新装版 大江健三郎同時代論集1

出発点

新装版

大江健三郎同時代論集 1

出発点

岩波書店

目次

出発点

I

戦後世代のイメージ

天皇

戦争がおわったとき、ぼくは山村の小学生で、十歳にすぎなかった。天皇がラジオをつうじて国民に語った言葉は、ぼくには理解できなかった。ラジオのまえで大人たちは泣いていた。ぼくは、夏の強い陽ざしのあたっている庭から、暗い部屋のなかで泣いている大人たちを見つめていた。

それから、ぼくは退屈して遊びに出かけた。大人たちはみんな家のなかでラジオを聞いていたから、村道に出ているのは子供だけだった。ぼくらは村道のそこかしこに集まって話しあった。

だれ一人、正確なことを知っていたわけではない。いちばん興味をそそる話題であったのは、天皇が、ふつうの大人とおなじように、《人間の声》で話したという、ふしぎで、いくぶん期待はずれな事実だった。ぼくらは、みんな話の内容はわからなかったが、声は確かに聞いたのだ。そして、ぼくの幼い友達の一人は、それをたくみにまねることができた。ぼくらは、その《天皇の声》で語る、きたならしい半ズボンの仲間をかこんで、声をあげて笑った。

ぼくらの笑いは、夏の昼まの、静まりかえった山村にひびきわたり、小さなこだまをよびよせ、そして高く晴れた空へ消えていった。それから、ふいに空の高みからまいおりてきた不安が、ぼくら不敬な子供たちをとらえた。ぼくらは黙りこんで、おたがいを見つめあった。

天皇は、小学生のぼくらにもおそれ多い、圧倒的な存在だったのだ。ぼくは教師たちから、天皇が死ねといったらどうするか、と質問されたときの、足がふるえてくるような、はげしい緊張を思いだす。その質問にへまな答えかたでもすれば、殺されそうな気がするほどだった。

おい、どうだ、天皇陛下が、おまえに死ねとおおせられたら、どうする？

死にます、切腹して死にます、と青ざめた少年が答える。

よろしい、つぎとかわれ、と教師が叫び、そしてつぎの少年がふたたび、質問をうけるのだった。

おい、どうだ、天皇陛下が、おまえに死ねとおおせられたら、どうする？

死にます、切腹して死にます。

御真影というものに、どんな顔がうつっているのか、ぼくは好奇心にかられながら、決してそれをまっすぐ見ることはできなかった。見たらさいご、眼がつぶれてしまう。

ぼくは病気になったとき、白い羽根を体いちめんに生やした、鳥のような天皇が空をかけってゆく夢をくりかえして見た。そしてぼくはおそれおののいた。

その天皇が、ごくふつうの人間の声で語りかけたのである。ぼくらはみんな、おどろきにうたれていた。そして、それにもかかわらず、心のかたすみには、天皇を、なお神のようにおそれうやまう気持はあったのだ。あれほどの威力をふるった存在が、ある夏の日のある時刻をきして、たんなる人間になってしまうということ、それは信じられることだろうか。

このおそれの感情は、やがて正しいことがあきらかになった。ある日のこと、ぼくは教師にたずねてみたのである。天皇制が廃止になると大人がいっているが、それはほんとうだろうか？

教師はものもいわず、ぼくを殴りつけ、倒れたぼくの背を、息がつまるほど足蹴にした。そしてぼくの母親を教員室によびつけて、じつに長いあいだ叱りつけたのである。

現在、天皇は国民にとってどういう位置をしめているだろう。

《象徴》という言葉は、あいまいな意味しかもたない。われわれは、この言葉を、自分流にどんな広さにも、あるいはどんな狭さにも解釈できる。結局それは、新しい憲法をつくるとき、天皇の位置や性格について決定することをせまられた人たちが、のちのちまで決定権を留保しておいたということではないか。

したがって、われわれは自分の考えかたにしたがって、それぞれ独自の天皇のイメージをもっていることになる。

そして、天皇が象徴であるという規定のある憲法のもとで、時には天皇はきわめて小さく無力な存在でありうるし、時にはきわめて強大な存在でもありうるわけである。

ぼく自身はどうかといえば、ぼくが小学生であった当時、まったくの無分別であった当時の、おそれ多い天皇とはちがうイメージを、いまは持っている。そして、天皇にも、天皇家にも、かくべつの親しみを感じていない。

しかし、げんにぼくの母親は、天皇を神のように拝むために宮城前広場へ行くだろうし、天皇家のできごとに強い関心をよせているようである。

一般的にいっても、日本人の過半数が天皇家に強い関心をしめすということは、ほぼ確かなことだろう。天皇にたいする深い敬愛の感情も、きわめて普遍的なようである。

それは、こんどの皇太子妃の決定に関しての日本中をあげての大騒ぎがあきらかにした。皇太子妃についての報道は、あらそって印刷され、あらそって買いもとめられた。日本中のほとんどみんなが、皇太子と婚約した方について知りつくした。

しかし、ここにも問題はあるようである。報道するがわと、うけとるがわが、正常な需要供給の均衡をたもっていたのかどうかは、はっきりしない。報道するがわが、うけとるがわの心に、むりやり好奇心をかきたて、そしてそれをみたしてくれたのかもしれない。

皇太子妃がきまったことを祝って旗行列をしている小学生の写真があった。その歓呼している幼い顔のむれの写真は、ぼくにとって衝撃的なものだった。

あの子供たちを、旗をもって行進させたものはなにだろうか。親たちの影響、教師の教育、根づよく日本人の意識の深みにのこっている天皇崇拝、または、たんなるおまつりさわぎの感情か。

日本人の一人ひとりが、自由に天皇のイメージをつくることができるあいだは、《象徴》という言葉は健全な使われかたをしていることになるだろう。

しかし、ジャーナリズムの力が、あの子供たちに天皇の特定のイメージをおしつけたあげくに、あの行進が歓呼の声とともにおこなわれる結果をまねいたのだとしたら。

あの小学生たちは、にこにこしていたが、ぼくらは子供のころ、おびえた顔をして、御真影のまえをうなだれて通りすぎたのだ。

敗けと終り

戦争に敗けたということと、戦争が終ったということのニュアンスのちがいは、今となってはほとんど深い意味をもたないだろう。少なくとも、そのことにこだわって長いあいだ議論しあう熱情を今や、たれが持つだろうか。

しかし、あの当時、それはそうでなかった。山村の一人の少年は、敗戦と終戦という二つの言葉を、いくたびもいくたびもノートにならべて書いてみたものだった。そして、かれは、終戦という言葉をえらんだ。それは、たいていの大人がそうしたことだった。

ぼくは、教師たちのたれもが、終戦という言葉しかもちいず、敗戦という言葉を徹底して嫌っていたことを思いだす。

ある日の朝礼で、校長は、小学生のぼくらにむかって演説したものだった。

みなさん、日本が戦争に敗けたと思ってはいけません。新聞で見たものもいるだろうが、終戦という字がつかわれている。戦争が終ったという意味の字がつかわれている。決して敗戦したと思ってはいけません。

小学生たちが、言葉のニュアンスによって一つの現実が多くの相貌をおびるという、ふしぎな錬金術のような操作をなっとくしたかどうかは保証のかぎりでない。

しかし、ぼくの仲間たちは、なんとなく、敗戦という表現よりも終戦という表現をこのんだのである。ぼくらは、敗戦という言葉をほとんど使わなかった。

ぼく自身についていえば、ぼくは敗戦という言葉を思いうかべるたびに、胸が不安で苦しくなり、おびえにとらえられ、ぼくのまわりの世界が、秩序をうしなってがらがら崩れてしまうような気がしたのだった。その逆に、終戦という言葉は、奇妙なやすらぎの感情をあたえた。

敗戦という言葉は、小学生のぼくの心に、破滅とか屈辱とかのイメージ、もうどうしようもない、絶望的な状態のイメージをよびおこした。

そして、終戦という言葉は、終結とか安息とかのイメージ、働きおわって休息し再出発しようとする、もの悲しいが、静かなイメージをもたらすものだったのである。

ぼくは、戦争がつづいているあいだ、いくつかの恐れをもっていた。ぼくは駆けることにきわめてめぐまれていないので、《突撃》のとき、一人ぽっちに荒野のまんなかへとりのこされるのではないか、とか、一斉に射撃するとき、ぼくの弾があやまって味方を傷つけないか、とか。

そして戦争が終ったことによる、ぼくのこうした不安の解消は、結局、終戦という言葉のムードにふさわしいものなのであった。

しかし片方では、進駐してくる外国兵にひどいめにあわされるのではないか、という激しい恐れがあり、それは敗戦という言葉のなまなましい破滅感と似かよっていた。

ぼくは敗戦と終戦という二つの《表現》のあいだをさまよっていた。そして敗戦と終戦の二つの言葉がさししめしている、ただ一つのはっきりした、ぬきさしならない《現実》については、正確にはわからないのだったた。それは子供のぼくらだけにそうであったのではない。大人たちもまた、そうだったのにちがいない。

第二次世界大戦について日本の立場をえがく歴史家は、敗戦と終戦との、どちらの言葉をえらぶのだろうか？

現実の一つにたいして、正確に一つきりの言葉があるわけではない。

言葉にあらわすこと、表現することは、現実にたいして一つの解釈をこころみることである。表現者にしたがって、現実はそれぞれちがった顔をしめす。また、故意にちがった顔をあたえるために、ちがった表現を、むりやり現実におしつけることも不可能ではないのである。

われわれはつねにそれをやってきたし、われわれのえらび出した政治家も、きわめて公然とした場所でそれをやっている。

再軍備についての政府の見解には、つねにこうした《敗けか終りか》的な、言葉のニュアンスの活用がめだっている。しかも、かれら政治家の言葉のニュアンスについての深い配慮は、じつに様ざまの新しい言葉を生みだしたものだった。

戦力なき軍隊という言葉。

警察予備隊、自衛隊、これは決してちがうものではないが、政府が、警察予備隊という言葉をいくぶんひかえめにもちいたときと、堂どうと自衛隊という言葉を採用するにいたったときとのあいだには、決定的な世間の風潮の変化があったのだ。

かれらも、なお、軍隊という言葉をつかうことにはためらっている。

しかし、この冬のはじめ、自衛隊の行進を見たぼくは、軍隊という言葉よりほかに、その勇ましい一群を表現しうる言葉はないと考えたのであった。

そして、軍隊という言葉を冠せられさえすれば、あの戦車をふくむ示威行進は、決して現在の憲法のもとでは許されていいものではないと考えた。

それでも、自衛隊という言葉の強力なオブラートをまとって、それはわれわれの喉に、ごくなめらかに入ってくる。それは立派に通用して、白昼、盛大な行進をおこなう。

われわれは、再軍備とか自衛隊とか、軍隊とか戦力とかいう《言葉》をつかって議論はするが、着々とできあがっている、あの《現実》を自分の眼ではっきり見きわめることはそれほど熱心にはやらないようである。

ことは再軍備問題のみにとどまらない。

われわれには、現実を見きわめることの困難さにへきえきして、現実に背をむけ、現実のかわりの言葉だけをもてあそぶ傾向があるということだろう。

現実を言葉におきかえること、これはやむをえないばかりか、文化的な行為である。しかし、他人がおきかえてくれた言葉をそのまま服用して、自分自身が現実を自分の言葉にかえることを怠ることは、危険な要素をふくんでいる。それは、自分の肩のうえに、他人の頭をのせて動きまわることだからである。

一人の悪意にみちた他人が多くの人びとにある特定の傾向のある頭をのっけさせたとしたら、そしてそれら善良で怠けものの人びとを、その特定の傾向のままに動かしはじめたらどうなるか。

この悪意にみちた他人の一人は、ドイツの政治家で一千万に近いユダヤ人を殺したヒットラーという男であるのだから。

きれいな手

日本は占領されていた。日本人と戦い、これをうちのめした外国人たち、勝ちほこった外国人たちが日本を占領していた。

洪水のように、かれらは日本をひたしていた。時がたち、かれらは日本からひきあげていった。日本はすでに占領されていない。しかし、かれらは洪水がひいてゆくように、すっかりひいてしまって、そのあとには何ものこさなかったか?

そういうことはありえない。かれらが確かに日本を占領していたこと、日本人に良き影響と悪しき影響とを、こもごもあたえて去っていったということはあきらかである。洪水にしても、土壌を肥沃にする場合もあるし、ひいてしまったあと、荒廃しかのこさない場合もある。

　占領されるまえと、占領されたあとでは事情が同じであるはずはない。しかもわれわれは、心のかたすみに、この二つの時期のあいだの、多かれ少なかれ屈辱的な溝をうずめてしまいたいという、甘えんぼうな希望がうまれていることも、認めなければならないのだから、ことは複雑になる。

　ぼくは子供のころ、勝った軍隊の兵士としての黒人を、初めて見たときの恐怖と嫌悪、それに一種の畏敬の念を忘れることができない。

　黒人兵は村を歩いていた。女の子をながめたり犬をからかったり、口笛を吹いたりして歩いていた。それを小学生のぼくが、躰じゅうに汗をかいて見まもっていた。

　また、ある時にはジープに乗ってきた白人の兵隊たちが、村はずれの小川で泳ぐのを見たこともある。かれらは桃色の皮膚と金色の体毛とを水や日の光に、きらめかせていた。あれはまさしく《外国人》そのものであり、《外国》そのものだった。そして黄色い肌のぼくらは、子供の日本人だったわけである。そして自分の内にある《日本》がおびやかされてでもいるような、つきつめた気持で、はるか上流の浅瀬に小さな裸の肩をよせあい、ぼくらはかれらを見つめていたのであった。

　それから十年たち、かれらはかれらの国へ去り、ぼくもまた占領者としてのかれらについては思いだすことがなかった。

　しかしそのあいだも、つねに占領者としてのかれらについて考えつづけていた人たちもいたのである。昨日のこと、ぼくは電車のなかで中年の母親、まぎれない日本人の母親によりそっている、黒い皮膚とちぢれっ毛の少年を見た。かれらは中学の入試について熱心に話しあっていたものだ。

われわれは考えてみなければならない。これら新しい日本人が、やがて就職試験をうけ、結婚するときのことを。混血児たちを寛大に雇い入れる企業者、混血児たちを愛する娘、それらは本当にいるだろうか？

海の向こうのリトルロックという小さな町に、黒人排斥の暴動がおこった、黒人の子供たちが犬よりもみじめに追いちらされた、そういうニュースは、今までもたびたび、ぼくらの眼に入ってきた。

そして、米国の黒人問題にかんするかぎり、日本人は黒人の側に立った。日本人はだれひとり、打ちのめされる黒人より打ちのめす白人にたいして好意をもちはしないだろう。すくなくとも平均的な日本人はそうだろう。

フランス人とアラブ人との関係についても、事情は黒人問題ほど明らかでないにしても、やはり日本人はアラブ人を拷問するフランス人に好意をもちはしない。

日本人の、かなり保守的な人たちも、アルジェリア戦争において、フランスの軍隊を支持するという意見を発表しはしなかった。しかし、米国では、げんに血まなこになった男たちに石を投げつけられて苦しむ黒人がおり、そういう差別意識をふくれあがらせた男たちに無言の支持をあたえる膨大な数の群衆がいる。

フランスでは、アラブ人に自由をあたえないこと、より低い程度の自由しかあたえないことを、国民に約束する政府が圧倒的に票をあつめている。これは明らかな事実である。そして日本では、この傾向とは逆に黒人問題については文句なしに、白人を非難する声が大きく、たいていの若者はアルジェリア独立を、海のこちらの、はるかな東洋からのぞんでいるのだ。

これはどういうことか？　日本人がきわめてヒューマニスティックであり、きわめて正義を愛する国民であるということを意味するのか？

ぼくはそれを、そうでないと思う。日本人が黒人に同情的なのは、どんなに同情しても、そのために懐が痛んだりはしないからである。日本人は、リトルロックの黒人に迷惑をかけられたりしないし、こちらから迷惑をかけることもまずありえない。黒人問題は、せいぜい抽象的な良心のうずきをひきおこすだけの、対岸の火事である。

アルジェリアの動乱についても、日本人はそれを倫理的に判断していればいい。自分の手でアラブ人を拷問しなければならなくなる気づかいはないし、自分の息子がアラブ人の銃で殺されることもない。

日本人は、これらの問題にかんして、どんな責任もおっていないということである。これらの問題について、つねにきれいな手をしていることができるということだ。心やすらかに、自由な良心のおもむくままに、日本人はいうことができる。

黒人は排斥すべきでない、アラブ人を人間あつかいしろ、みんな同じ人間ではないか。日本人は世界のあらゆる文明国のなかで、おそらくはもっとも人種問題について進歩的な国でありえたのである。

しかし、戦争のあと、占領軍が入ってき、出ていってから、徐々にではあるが、新しい人種問題が、われわれ日本人のなかに、われわれの身のまわりに発生しはじめていたのだ。あの混血児とその母親にとって、人種問題はすでに、手を汚さないで解決できる議論ではない。

そして、あの混血児の就職を、かれが混血児であるという理由のみで拒絶する企業者がいるとしたら、その企業者は人種問題について、手と良心とを汚してしまったのである。自分の娘が混血児を愛しはじめたことで恐慌をきたした母親がいれば、彼女もまた、もう決してきれいな手をしていると考えることはできない。

しかも、混血児を海外へ養子にやることで、その子供に幸福を見つけてやったと思いこむような考えかたは、本質的な解決を暗示しない。

そしてこの新しい人種問題に関するかぎり、もっとも人間的な解決を指ししめしているのは、戦争直後、いろんな事情はあったにしても、ともかく、あえて黒人兵の子供を生む勇気をもった母親たちの態度なのである。

国家

兄が予科練に入るといいだしたとき、ぼくの家は混乱におちいった。

父は家の外では、予科練を賛美しなければならない立場にあったし(それはあのころ、すべての日本人の家長がそうであったように)、兄の決心をひるがえらせるためにも、決定的なことは口にだすのがはばかられるというものだった。

母や姉たちは嘆いていたが、それも他人のいないところにおいてのみである。兄自身、決して軍国的ではない男で、夢のように美しい少女を歌ったりする学生だった。

弟のぼくとしては父や母の不安そうな顔にも胸をいためたが、兄がはたして軍事にたずさわりうるのかどうかをもっとも心配していたのだった。

ところが兄は、いよいよ入隊ときまった日、見送りの村人に昂然と宣言したのである。

みなさん、お国のために死んできます。

なんのために戦争へ行くか、なんのために死ぬか、なんのために生きぬくか？

国のために、お国のために、というしっかりしたこたえのあった時代があったのだ。そしてお国のために、ということは、天皇陛下のおんために、ということでもあった。そして、この、お国のために、という目的意識が、とにかく日本人に希望のごときものをあたえていたのだと思う。

やはり戦争中のこと、母につれられて村はずれの小さく貧しい家に行った。暗い土間、いろり、むきだしの荒壁の一間だけの家に、母とむかいあって中年の小柄な女が坐って泣いている、そういう思い出がある。

その女は夫を戦地でなくしたところで、途方にくれていた、そして泣いていた。泣きながら、かきくどくのだった。

ところが、その女がある時機を画して立ちなおったのである。国民学校の校長がたずねて行って、その絶望した女に次のようにいったときから、すべてはことなる様相をおびたのである。

お国のためだ、お国のために命をささげたのだ、めそめそしてはならない。

その女は元気をとりもどし、働きはじめた。率先して勤労奉仕にも出る、防火訓練の当番を買って出て、小さく貧しい家の暗い室内には、乳飲み子を泣きわめかせるしまつ。

そして、お国のため、お国のため、と口をひらくたびにいうので、お国さんという綽名をつけられてしまった。ぼくは出征兵士をおくる行列のなかで胸をはり声をはりあげて歌っている、栄養不良の《お国さん》の、なんだか悲壮で、そのじつ陶酔している顔つきを忘れることができない。

この種の美談はあのころ、日本のあらゆるすみずみに遍在していた。ぼくの村にだけではなく、あらゆる町や村に《お国さん》はいたのである。

《お国さん》の戦死した夫は帰ってこない、その生活の見とおしは暗い。彼女が夫の死をお国のためだと思おうが思うまいが事実はがんとして変らない。かわるのは、お国のためだと考えたとき、彼女から絶望が去ったということである。彼女に生活の目的がうまれたということである。その目的はついにむなしいものだけれども、たしかに《お国さん》にとって生活はすでに空虚でない。なぜなら彼女は、お国のためにつくしていることができるからである。

戦後、こういうはっきりしたイメージとしての国家は国民にとって消えうせてしまった。今、だれがお国のためにという言葉にすがって生きているだろう？日本のどこに《お国さん》がいるだろう。

政治家について見れば問題はかなりはっきりしてくる。

東条英機はなんのために政治にたずさわったか、という問いに、あの絞首された軍国主義者は昂然とこたえたにちがいない。

お国のために。お国のおんために。

河野一郎氏に、なんのために政治にたずさわっているかを聞きたいものだ。氏は、お国のためにとこたえるであろうか。こたえないだろう。氏がそうこたえる勇気をもったとしても、だれがそれを信じよう。

なんのために老軀をさげて首相の地位に固執するか、という問いは鳩山一郎氏にも発せられるべきだった。氏はなんとこたえただろう。お国のためにとはこたえなかったはずである。

日本の政治家は、これはまた、自由主義諸国の政治家は、ということでもあるが、かれらは、なんのために政治家であることをえらんだか、という問いに、説得力のあるこたえをもたない。軍国主義時代の政治家とか、となりの新中国の政治家のようには、はっきりしたこたえをもたない。

逆にいうと、良い政治家と、あやしげな政治家の区別が、その政治家としての目的をつうじては判別しにくいということである。

この正月に、ぼくは自由民主党のあるブロックの青年部なにがしという肩書きのある青年から賀状をもらった。かれは見ず知らずのぼくにむかって、同じ県、同じ年の生れだというよしみからだろう、所信をうちあけてくれているのだった。イノシシの版画のよこに書きつけてある。

三十歳都議、四十歳代議士、五十歳閣僚。この青年はいったいなんのために政治をこころざしたのだろう。お国のために？　国民のほうでも、政治家と国家というものをむすびつける習慣をうしなったようである。汚職について国民が怒るのは、自分たちの税金で甘い汁をすわれた、という利害関係にもとづく怒りであって国の名誉というふうには発展しない。

国家という考えかたが、消えうせてしまったのである。

国家という考えかた、国家意識は決して万古不易なものではなく、ときには強まったり、弱くなったりする。そしてそれは政治形態や為政者の考えかたと深く関係をもつ。

ベルツという外国人は明治の日本にきて、国家意識の希薄さを嘆いたそうである。戦前を頂点とする超国家意識は、為政者がつくりあげたものだった。そしていま日本人は新中国の人びとよりも国家意識がうすい。《お国さん》が生きてゆけない世の中は、結局、個人にとってより大きい自由が確保されているということで、良いことにちがいない。小さな自由で、なおかつ充分に幸福でありえる、そういう政治形態が可能なこともみとめたうえで、やはりぼくは日本に《お国さん》がいなくなったことはいいことだと考える。

しかし、極端な人もいるもので、ある若い女流作家は藤山外相の招宴で、日本がアメリカの属国になることを、情熱をこめて希望したそうである。

英雄的

われわれにとって、いま英雄的であろうとすることはむつかしい。ところが、あの戦争のあいだ、若者たちはじつにたびたび、英雄的であることのできる機会、また逆に卑劣であることのさけがたい機会にめぐまれていたのである。

戦場で、若者たちは、望みさえすれば、どんなに英雄的であることも、どんなに卑劣であることもできたにちがいない。または、戦場でかれらは、英雄的ならざるをえなくされ、卑劣ならざるをえなくされていたはずである。とにかくかれらは、英雄的であるか卑劣であるか、どちらかではあることができた。

しかし、現代の日本人の若者には、自分が英雄的であるのか、卑劣であるのかを見きわめるための機会がない。自分の友人が英雄的な男なのか、卑劣な男なのか、それが見わけられないのはまだしも、自分がいったい卑怯者であるかどうかがわからないのは、気にかけないではいられない。

冬山へ危険をかくごのうえで、または危険であるからこそ登る若者たちは、自分のなかにかくれているはずの、英雄的なものの芽をたしかめるために重いリュックをかついで出発するのではないか。

自動車を、すばらしい速度で走らせることに熱中する若者たちも、ロカビリーの歌手たちが舞台でおこなう身ぶりにも、悲壮きわまる、または威嚇するような、たしかに一種の英雄的なムードがある。かれらは英雄的なムードをかもしだすことによって現実における英雄的なものの欠如を、自分自身にもまた見物人たちのためにも、おぎなってやっているのである。

しかし、なににもまして、あの戦争のあいだ、日本人の若者は、英雄的であるための機会を限りなく豊富に、もっていたのであった。ほとんどあらゆる若者が。

戦争が終りに近づくころ、ぼくの村へも、戦って死んだ若者たちの《英霊》が、たびたび帰ってきた。ぼくらは心からの畏敬の念をもって、その、どこか遠いところで勇敢にも戦って死んだ若者の、遺骨をおさめた木箱に頭をさげ、声をはりあげて、海ゆかば、みづくかばね、山ゆかば、と歌うのだった。

悪ふざけばかりするので評判のよくなかった大工の見習いが、ある夏、出征し、すぐに戦病死ということで《英霊》になって戻ってきた。その遺骨をまえにして、村長が死せる勇士をたたえる演説をおこなうのを聞いていると、村にいるあいだ小学校の女教師をおいかけたり、夜ふけにしのびこんだ家で娘のかわりに親父の目をさまさせてしまったりした、あの大工の見習いが、いまやまぎれもなく英雄的な光芒をおびてくるようなのだ。それは小学生のぼくらにとって、じつにふしぎな、そしてじつにすばらしい変身だった。

戦争さえおこらなかったら、あの大工の見習いは一生のあいだ、英雄的であることなくおわったにちがいない。それは、逆にいえば、戦争さえあれば英雄的でありうる若者が、平和な時代にはその機会がない、ということでもあるだろう。それは、戦争がおわったとき、じつにはっきりした。英雄的であったはずの旧兵士たちが、銃も剣も持たず、手榴弾も腰につらず、たんなる農夫、鍛冶屋の息子、運転手などとして帰ってきた時に、はっきりわかったのである。復員兵をむかえるたびに、ぼくらは奇妙な失望を胸に育てるのだった。

これは復員した当人たちにとってはなおさらのことであったようである。かれらは自分の背後に再び英雄的な光芒を回復するために、いろんな試みをした。戦場での手柄話の流行、それも終戦まぎわの、きわめて血なまぐさい話の流行があった。海軍にいた若者は郵便局につとめることになっていたが、たいてい子供らを集めて話すことで一日をおくっていた。おれが、人間魚雷に乗りこんだのが八月十五日の夜あけよ、中止の命令で陸にあがったら、おまえ。

この若者だけではない、村中のだれもかれもが、この種の英雄的な昂奮にみちた危機一髪の《体験談》を発明するにいたり、村は奇跡的な生き残りでいっぱいになった。そこで、たいていのことではめだたないと考えたのだろう、小作人の三男の若者は、敗戦をきして作られた地下組織に参加していると主張しはじめた。その秘密の陸軍は、やがてふいに立ちあがり進駐軍を撃退するはずだ。武器はさる廃坑にかくしてあるんだから。ぼくら、村の子供たちの注目はその男にあつまり、かれは英雄になった。その名声をそねむ旧陸軍上等兵がいて、その話をうたがうような言動をしめす。若者はむきになって、それに対抗し、地下組織の本部は広島にあるというふうなことをいう。しかし、かれはしだいに追いつめられてしまう。

ある朝のこと、その若者のところへ、奇怪な差出人の封書が届いたという噂だった。若者は袋に身のまわりのものをつめ、親兄弟の嘆きものかわ、村を出て行った。かれは《叛乱軍》に加わりに出発したのだ。

現代の日本人の若者には、英雄的になりうる機会がきわめてすくない。しかも、えらばれた若者だけがそれをかろうじて確保するということになる。しかし、どの若者が英雄的であることを望まないだろう。

防衛大学生にむかうとき、岸信介氏には、そこがつけめということになる。《新しい愛国心》という言葉をもふくめて、防衛大学生の英雄的な感情をそそりたてる小道具はつぎからつぎへとつくられることになる。

そして次の段階になっておこることは、こんどは逆に、防衛大学生自身が、自分たちの存在を英雄的にするための工作をおこないはじめるにいたるということだろう。

一般の自衛隊員の関心は《新しい愛国心》よりも貯蓄にかたむいているようであり、かれらのヒロイズムは水害の救難作業などにおいて満足させられているようである。しかし防衛大学生は、よりインテリであり、しかも高い競争率をかちぬいて一生のすべてをそれにかけたのだから、かれらの英雄的な感情は、もっと本質的に満足することをのぞむだろう。《新しい右翼》がもっとも強力に誕生しうるのは、かれらのみたされない心を母胎にしてであるという意見に、誰が決定的な反駁をなしえよう？

《叛乱軍》に加わるべく出発した、英雄的な村の小作人の息子は、やがて尾羽うちからして戻ってきたが、防衛大学生たちは、そうかんたんにひきかえすことはできないだろう。

かれら良き若者を、むりやりそそのかして《英雄的》な場所においこんだ人たち、あなたたちは、やがて、かれらの青春のためにだけでも、責任をとらねばならなくなるだろう。

ハロー

港の石だたみに、子供らが集まって叫びたてていた。外国船の甲板に立っている者たちにむかって、ギブ・ミー・マネー、ギブ・ミー・マネー、と叫んだ。外国人が貨幣を投げる、子供らがあらそってそれをひろう。ほかならない日本人の子供らが、わめきたてながらわずかな貨幣をひろったのである。

ぼくはこの情景を報道した記事を読み、それを非難する論評を読んだとき、やはりほかならぬ日本人である自分自身について考えざるをえなかった。ぼくはこれらの子供らを批判する資格をもたない。ぼくもまた、かれらのように叫んだことがある、かれらのように恥しらずに叫んだ少年期をもっている。そしてそれを忘れえない若者だ。かれらとぼくのちがいは、かれらが大人のけわしい目にさらされながら叫んでいるのに、ぼくはむしろ、その叫びかたを大人たちに教えられたということだけにすぎない。

ぼくが初めてならった外国語は、あの耳なつかしい挨拶の言葉であった。Halloo！　誰にむかって挨拶したのだろう。それは、日本を占領した外国人たち、進駐してきたかれらへの挨拶だった。

ある朝のこと、ぼくらは校庭に集合させられた。たいせつな訓示があるということで、ぼくら小学生は不安と期待に胸をおののかせていた。教頭が壇にあがっていった。

みなさん、進駐軍が村へ入ってきたら、大きい声で《ハロー》といって迎えましょう。進駐軍をこわがることはない。みなさん、大きい声で《ハロー》といって手をふりながら迎えましょう。

そして教頭は大きい声で《ハロー》と叫び、それにつづいて全生徒に《ハロー》と復誦することを命じた。しかし子供らは声をあげて笑いどよめき、なかなか教頭の命令にしたがうことができないのだった。それを叱るというよりも、教頭はむしろてれくさがって困っているのだった。

その教頭は、つい一月ほど前まで、村でも最も軍国主義的な男だった。それがいまや《ハロー》と大きい声で叫んでいた。そしてそれも、新しい服にてれているように、当惑ぎみな笑顔をしながらであり、決して暗い自責の思いや、屈辱の感情をおしかくしての叫びかたではなかった。かれは、ついに全生徒が声をそろえて《ハロー》と叫んだとき、満足してにこにこしたものであった。

一つの国、一つの国民の生活の場へ、他の国民、それも軍服をまとった異邦の人間が入ってくる。その時、侵入はつねに自然になめらかに行なわれうるものではないだろう。いろんな摩擦がやむなくおこってしかるべきだろう。

しかし降伏した日本人は、ほほえみながら、《ハロー》と叫んで手をふりながら、勝利者を迎えいれたのであった。日本では、これという抵抗運動はおこなわれなかった。そしてそれは、むだな血を流さなかったということは、いまとなってはいいことだ。しかし、抵抗運動のおこらないことがごく自然ななりゆきであり、にこにこしながら《ハロー》と叫ぶことが敗けた日本人にとって、しっくりするやりかたであったということは重要な事実だろう。

何年かたってフランス史を読んだとき、ぼくは自分たちがやってきたのとはちがうやりかたを、敗けた国の人間がやりうるということを発見した。はじめて発見したのだった。日本は有史以来はじめて敗けた、とたびたび人はいったものである。それにしては敗けてからのやりかたが巧みなものだった、とぼくは考えたものであった。

しかし、とにかく、かれら進駐軍が村へ入ってきたとき、ぼくら子供たちは、声をはりあげて叫びたてた。《ハロー》とみんなが熱心に叫ぶまえを、外国の兵士はジープに乗って仏頂面をして通りすぎて行った。山のおくのひっそりした谷間にある小さな村へ入ってみると、日本の子供らがにこにこしながら《ハロー》とよびかける、それはかれら外国兵にとって不気味だったのだろう。そこでジープの上で自動小銃をにぎりしめ、仏頂面をしていたのだろう。

けれども、すぐにかれらは、ぼくらの挨拶に慣れてきた。かれらは手をふってこたえ、ときにはガムやチョコレートを投げてよこした。それからぼくらの一種の頽廃がはじまったのである。ぼくらのなかの、めはしのきいた連中が、どこかでもっと手のこんだ言葉をならいこんできた。ギブ・ミー・チョコレートというのや、ギブ・ミー・シガレットという、大人からのふきこみの色彩がきわめて濃いものとか。

外国兵は菓子や、煙草を投げてあたえてくれた。子供らはそれをひろうためにあらそった。ぼく自身の指が、投げられたチョコレートのひとかたまりを握ったということ、それをぼくは隠したいとは思わない。それは恥ずかしい記憶ではあるが、たしかにおこったことなのだ。外国船にむかって、ギブ・ミー・マネーとよびかける子供らを非難することはできない。

しかし、たいていの日本人はこれらの子供らに一つの恥辱を見るだろう。戦争直後といまと、本質的にはちがいはないが、現在、ギブ・ミー・マネーと叫ぶ子供らはきわめてはげしく責められるだろう。

ところで、その逆の立場に身をおいたとき、日本人はどう反応するのか。ぼくが思い出すのは、中国をふくめてアジア諸国を旅行したある保守党議員の帰国談である。

かれはアジアのある国の港で、やはりギブ・ミー・マネーとわめきながらむらがる子供らにかこまれて、はじめのうちは貨幣を投げだしてやったものの、ついには閉口してホテルへ逃げこんだ。ところがホテルにもまた、最初にギブ・ミー・マネーという者がいたというのである。この話の場合、かれは一人の日本人としてアジアの他の国の人間にたいし、傲然とふんぞりかえっている。ぼくらにたいする進駐軍の兵士の役割を、かれは他のアジア民族にたいしておこなっているわけである。

かれのみにとどまらない。たいていの日本人がアジア諸国の人間に優越感をいだいている。新中国の国慶節を報道する写真を見て、たとえば行進する娘たちの写真を見て、くすぐったい笑いをかみころす日本人は多い。アジア諸国と日本との関係がじつに小さな点でうまくゆかない摩擦をひきおこしつづけ、そのあげく大局的にも、どうしてもうまくゆかない側面をのこしているのは、簡単にいえばこの種の《東洋における孤高の日本》という意識にもとづくものだろう。

そして、白人に制圧されればにこにこして《ハロー》と追従し、おなじ黄色人種の仲間にたいしては、冷たく意地悪にとりすます傾向、このいくぶん女性的な傾向は、日本の経済のみならず文化をも毒しているのである。

地　方

冬の北海道は壮大ですばらしい。しかし北海道にも壮大さやすばらしさとはまったく逆の暗い側面はあるだろう。日本のあらゆる地方と同じようにそれはあるだろう。

ぼくは北海道を旅行し、稚内から船にのって礼文島へわたった。

そこでぼくはやはりすばらしい側面と暗い側面とを見た。ぼくはそれをつたえるために慎重でなければならないと思う。

中央から地方へ行ってきて報告の文章を書くこと、それは中央のためにも地方のためにも慎重にやらなければならない。地方について歪めた報告をすること、地方の現実をあやまった見方をしてつたえること、それは地方と中央とのむすびつきを崩すばかりか、地方と中央をひっくるめたうえでの《日本》の文化を、日本人の生活を悪い方向にみちびく作用をする。

ある文化人が礼文島へやってきた。島の人たちは東京周辺の小都市の人たちとほとんどかわらない服装をしている。それでは写真の効果が弱いと考えたのだろう。村役場の人たちにむかって頭にハチマキをまくこと、ドテラを着ることを要求し、そこで写真をとって帰った。雑誌にその写真がのったのを見て、若い人たちが憤激したが後のまつりだった。

地方へ出かけた文化人は、おうおうにしてこのようなあやまちをおかす。地方の人間生活を現実にそくして見つめることをしないで、自分勝手な《地方》のイメージをつくりあげ、地方の人たちにハチマキやドテラをむりやり着せて写真をとるようなことをする。

外国人が日本にやってきてやはりおなじようなことをやる場合がある。かれらは人力車に乗って、日本人の生活にふれたと思いこむ。日本人の方でもそのハチマキ的ドテラ的根性におもねって、観光客用の日本土産をつくり売り出す。日本人のほんとうの日常生活とは別の、不健全で局部拡大的な、ハチマキ日本、ドテラ日本が海を渡って行く。この場合、観光精神にあふれてサービス過剰の日本人に責任の大半はかかっているわけである。

礼文島にしても、中央とのあいだにこの種の誤解を生んでいる。そして礼文島の人たちの日常生活に必要なことは、じつに重要なことがなおざりにされているのである。

中央からお役人がのりこんでくる。かれらはお酒のみ、女を歌わせ、上機嫌でしゃべりまくるそうである。

突堤なんか明日にでも作ってやる。

しかし何年たっても役人の約束した《突堤》はできあ

がらない。これは中央と地方のあいだの事務の能率の悪さというようなものに由来することではない。礼文島でお酒をのんで放言したあと中央の役所へかえってきてけろりとしている役人方、あなたたちの人間的な責任にかかわるものである。いったいに官庁の役人という種族は、一般の人間とのあいだに壁をつくり、それにたよって自分の人間的な責任をあいまいにする性癖があるが、地方に出張したりすると東京と地方との距離がまたまた壁として利用されることになる。

礼文島の役場の人たちは、中央からきた連中をもてなすためにじつにそつのない巧みさを身につけているのだった。それは痛ましいような感じだった。村の予算に、接待費とでもいうべきものが大はばに計上されているとしたら、痛ましいどころのさわぎではなくなってくる。島の人たちが豊かすぎる状態にいるはずはないからである。

島の青年たちと話しあった夜はいちばん充実した時間だったと思う。かれらの一人が東京の男にこういわれたそうである。

あんたは、ソ連のすぐとなりにいて不安じゃないかい？　かれは不安でなかった。しかしかれは考えた、おれはほんとにソ連のとなりにいるのに不安でないなんて、おれはおかしくないか？　たとえばソ連による漁船の拿捕の事実から、漁民はすべて反・ソ連だろうと考えるとまちがう。海がしけて船が流されることがある。流された船がソ連のがわの海へ入れば、みんな安心するそうである。

ソ連の船がまちがいなく拿捕してくれるだろうから、少なくとも生命の安全は確保されたことになるからである。

ソ連のとなりにいて不安でないのか、と東京の男にふしぎがられた青年は、熱心に総合雑誌を読みはじめた。そしてかれは総合雑誌のやるやりかたでものを考えたり判断したりするようになった。これはいいことであると同時に、悪い結果もひきおこす。総合雑誌は、程度の差こそあれ、中央をめやすにして、中央の人間の頭で編集されている。ぼくはその青年と話していて、かれが総合雑誌を読むたびにでくわす困難や、感じる不満の性質がよくわかった。それは決して地方の雑誌でないのである。

この場合、地方の青年の歩みよりにたいして、中央の編集者が充分に歩みかえしてくれないということである。中央の総合雑誌を信じている地方の青年がいるとする。かれはソ連のとなりにいて不安でない。しかし総合雑誌はソ連のとなりにいたら不安なはずだと叫ぶ。ここで青年が、おれはおかしいのかな、と考えはじめるとすると悪い事情がおこるだろう。

中央が不健全で、地方が健全な場合、それもたくさんあるだろう。雪がふりしきり海は荒れ、氷点下十五度はある日だった。

ぼくは馬ぞりのうえで寒さに震えていたが、小さく貧しい民家の前の、ごく狭い空地で、幼い女の子が一人ぽっちでフラ・フープをまわしているのを見た。

薔薇色の頬と白くこおる息を風にさらして遊ぶその子を見ていると、その環境や条件から考えて、フラ・フープはもっともふさわしい遊び、もっともしっくりと似つかわしい遊びだと思われた。

フラ・フープの流行は嵐のように都会を占領し、たちまち去っていったが、おちつくべきところにはちゃんと根をはっていたのだ。良い種子のひとつぶをまいていったというべきだろう。あの女の子は、流行とは直接関係なく、少なくともブームにおしながされてではなく、その環境や生活条件にもっともふさわしい遊びとしてフラ・フープをえらんだのだろう。

中央と地方とで流行にずれがあるのだというような意見はつまらない。中央とか地方とかをこえて、一人の日本人の女の子が、自分の生活の場にいちばんぴったりするものとして、あの《流行》を採用したのである。ハチマキ式やドテラ式とは逆の精神を、あのスズメのように着ぶくれた少女が発揮したのである。ぼくは良い感情になってそれを見つめたが、少女は東京からきた暇な人間などは気にもとめないで、白くこおる息をはきながら赤いフラ・フープをまわしつづけていた。

新・戦後派

戦争がおわったとき、山村の小学生であったぼくは、じつに決定的な体験をしたのであった。ぼく個人としても、日本人の一人の少年としても、戦争に敗れ、外国人に占領されたという体験は、決定的なことだったというべきであろう。

ぼくらの兄たち、かれら戦争のなかで暗い青春をすごしたものたち、戦火にたおれていったものたちは、やはり日本人としてかけがえのない体験をした若者たちであった。

そして、ぼくらの世代の若者たち、兵士の弟たち、特攻隊員の弟たちもまた、かけがえのない時代を生きてきた。ぼくらは銃のまえに立たされもしないし、自爆のために飛行機にのりこむこともしなかったが、ぼくらは《戦後》を戦ってきたというべきなのである。ぼくらの世代のものたちは《戦後》にのみ、生きたといってもいい。したがって、ぼくらが日本を考え、日本人を考えるとき、それは戦後の日本であり、戦後の日本についてである。

外国人の友達がぼくを見つめ、ぼくを観察する。そしてノートに書きつけたりしている。それをながめながら、ぼくは、ああ、この男は、いま戦後に育った日本人のなかの戦後の日本を見つめているのだな、と考えた。

ぼくは戦後の国語教育がまちがった方向に行ってしまったものだ、という趣旨の論文を読んだとき、後頭部のところを拳銃の台尻でごつんとやられたカウ・ボーイのように、ふらふらになるのを感じたものであった。もしその論文が正しいとすれば、ぼくの国語はあやまった国語であり、それをつかって生きてゆくほかないぼくはあやまった日本人ではないか。もしその論文のとおりに日本の国語教育がもとに戻されるなら、ぼくらの世代の若者は、日本語世界の孤児になってしまう。

ぼくらには、たしかに特殊なところがあり、そのゆえにこそ、ぼくらのなかの防大生たちは、悲劇的な持病のごときものを致命的に病んでいる。ぼくらの世代の一人、皇太子にもまた、たしかに特殊なところがある。

しかも不幸なことに、皇太子は同じ世代の若者の顔をとおしてよりは、老人たちの顔のうえに日本人を見ているのではないかという疑問もある。

皇太子が眼をつむって、日本の国民について考えるとする。かれの頭にうかぶ日本の国民は、どんな顔をしているだろう?

皇太子のつむった眼のうしろにあらわれる日本の国民は、にこにこしているにちがいない。皇太子にとって日本人とは、かれにたいして好意あふれる微笑をうかべた人間のあつまりであることだろう。

しかし、皇太子よ、考えていただきたい。若い日本人はつねに微笑しているわけではない。若い日本人は、すべてのものがあなたを支持しているわけではない。そして天皇制という、いくぶんなりとも抽象化された問題についてみれば、多くの日本人がそれに反対の意見をもっているのである。

ぼくは皇太子に、日本人のなかの天皇制にたいする考えかたについて深く広い知識をもっていただきたいと思う。とくに、あなたと同じく戦後のデモクラシー時代に育った若者たちの声に、耳をかたむけていただきたいと思う。それら若者たちの顔は、決してすべての顔が微笑をうかべているとは限らないだろうから。

もし皇太子が、婚約や結婚をつうじて、日本人のなかにおける自分の絶対的な人気を信じたとすれば、それは人間的でないもの、ある悲劇的なものにつながりはしないだろうか。

御成婚の式典がおこなわれるとき、再び日本はわくだろう。しかしそれがそのまま《天皇制》への歓呼だと考えることはまちがっていないだろうか。

フランスのデザイナーがお祝いに服をつくっておくるそうだ。このフランス人は、天皇制と日本人との、長い歴史にわたる血なまぐさい重い関係を知ってはいないだろう。このたぐいのお祝い意識と、一人の日本人としての責任をかけた、天皇制支持とは話がべつである。

問題はこうだ。やがて決定的な瞬間がくるはずである。皇太子が天皇に即位する日。

皇太子は天皇になることを拒むか、即位するか、自分の人間的責任において選ばねばならない。かれはそのとき、日本人の運命そのものを選ぶのかもしれない。

御成婚の式典の大歓呼が、皇太子の心に将来の即位の決心をかためさせる動機になるとしたら、そして、もし、天皇制そのものが日本人の未来にとって悪しき種子にほかならないとしたら、御成婚の式典に旗をふることで、われわれは、おなじ日本人の一人の若者に、その未来を棒にふらせたことになる。

御成婚の日、空には花火があがり、人びとは提灯行列をするだろう。それは美しくはなやかであるだろう。しかし、われわれ若いものたちは、美しくもはなやかでもないところで、天皇制と日本人の未来について考えるべきだし、皇太子にもそれを考えていただきたい。おなじ日本人の若者が、おなじテーマで考える、これはあたりまえのことだから。

日本の民衆はいつまでも酔ってはいない。酔いからさめると、急激に逆行しはじめる可能性もある。とにかく天皇制が日本人の眼のまえにかくもあきらかに姿をあらわし、強力に視線をあつめたことは、戦後はじめてなのだから、揺りもどしもはげしく来るだろう。

このまえラジオで声帯模写の男が皇太子の婚約者の声をまねると、いっせいにくすぐったそうな若い笑声がおこった。ぼくは、あの声帯模写の男の意図を全面的には認めがたいが、若い人たちのなかにおこった笑声には、なにかしら健康で残酷な新しい民衆の知恵があったと思うのである。

戦後に育った若者たち、防大生も皇太子もふくめて、ぼくらはたしかに一種の特殊な日本人である。戦後のデモクラシーの時代、それが旧時代の日本及び日本人をほとんど変革しえなかったとしても、ぼくらだけは、戦後の子であって、ぼくらの故国は《戦後の日本》のほかにはないのである。

〔一九五九年〕

II

強権に確執をかもす志

一九六〇年の夏、ぼくは北京のホテルで、たちまち乾燥してしまう汗をたえまなく流しながら、『人民日報』を読んでは昂奮していた。安保問題をめぐっての日本人の動きが、そこには生きいきと運動エネルギーにみちて報道されていた。

ぼくは、現在から未来にむかうベクトルのはっきり正面にでているアクチュアルな歴史観が、いかに日本の政治問題をあざやかにとらえるか、ということに最も昂奮させられていたように思う。

ぼくはそのころ、日本においての政治という言葉の意味の二重性について考えていた。政治家、政治学者、労働運動の指導者たちにとって、政治とは、政策だ。そして一般の国民にとっては、政治とは現実生活の別のよび名にほかならない。中国の政治の特徴は、あらゆる人間にとって政策と現実生活とが一体であるように感じられているということだと、ぼくは観察していたのであった。

ぼくは北京で、きわめて動的な安保についての記事を読みながら、やがてきたるべき、洪水の後の現実生活の平穏について予想していた。それを沈滞というような言葉で、政治学者はよぶであろうけれど、現実生活者のがわからみれば、揺れ動いた季節と平穏の季節のあいだに、本質的な変化がない、ということもありえるのだとぼくは考えていた。しかし、その考えは『人民日報』の、未来へダイナミックに動くロケットのような印象の安保記事からうける昂揚感とはうらはらなものであった。

日本にかえってぼくは、安保をふりかえる集会にでた。その会議は昂奮した若い人たちをきわめて多く集めていた。ぼくは安保をめぐっての数週間が、日本人のごく広い層に、組織力をひろげたことを実感した。その集会で、ぼくをもっとも感動させたのはニュース映画のひとこまで、それは首相官邸のまえのデモの群集がひしひしとせまってゆく情景で、その一瞬、ひとりの学生が門柱の高みから、黒い沼のような、密集した警官たちの上へダイヴィングしたのである。ぼくはパセティックな感動にとらえられた。勇敢で、絶望的で、むなしい、危険と恐怖にみちたダイヴィング。ぼくはいいようのない悲痛な思いにとらえられた。

最近、ぼくはケニアのカンパ族の踊りのフィルムをみたが、そのときも、あの門から跳んだ学生のイメージに躰を占領されるような気がしたものだ。カンパ族の男は頭から地面に落下しながら情熱にみちた四肢を大きくひらいている、叫んでいるようにさえ感じられる。ぼくには、あの学生とこのアフリカ人とのあいだに、実に本質的なつながりがあるように考えられるのだった。

ぼくは思った、今カンパ族も文明をえて、このような民族舞踊のあと、背広をきて口笛を吹きながら自転車で広場を散ってゆくそうだが、安保デモであの絶望的に勇敢なダイヴィングを決行した学生は、いま日常生活の片隅でどのように感じ、考え、行動しているのだろうか、と。

またぼくの大学の友人は国会まえで警官におそわれたとき、周囲の学生たちが泣きながら、許してください、もうデモには来ませんから、と哀願したという話をしてくれた。そのときもまたぼくは、それら泣いた学生たちが、この平穏な現実生活をいまどう生きているかについて考えた。

別の側面からぼくをゆりうごかした事実もあった。やはり中国からかえってすぐ、ぼくはある朝刊で、東京の一つの私電に娘をひかれた若い父親が、妻と近所の人たちとともに、線路の上を行進して電車をとめてしまったという記事を読んで深い印象をうけたのだ。この貧しい市民の抵抗は、もし安保をめぐるデモがなければ、もっと穏やかでじめじめした、いわゆる日本的な型をとったにちがいない、とぼくは考えたのであった。

安保以後、多くの政治学者、文学者たちが、勝利だったか敗北だったかと議論をかさねた。ぼくは数多くの論文を読み講演を聞いた。そしてぼくは、問題にたいする関心がほとんどつねに、政策の面からの政治にかたより、それが現実生活においてどのような影をのこしたかについては焦点がぼかされていると感じた。ダイヴィングした学生のその後についてや、電車に徒手空拳でたちむかった若い父親の心情には、リアリスティックにふれてこないように感じた。ぼくは現実生活を、あの国民運動がどのように変えたか、あるいは変えなかったかについて、考えてみなければならないと考えはじめた。

しかしぼくは考えはじめたが、なにものかを確信するという場所にまでのぼってゆくことはできなかった。北京であのように方向と広がりと深さが明確にみえた日本人の運動も、いまやあいまいに不確実に、偶然のように感じられた。

アジア・アフリカ作家会議に日本をおとずれた文学者たちが、ぼくにおなじ問題について質問したときも、ぼくは明瞭な答をだすことができず、かれらを失望させたようであった。ぼくは会議の分科会でも、かれらの質問を総括して答える意味で、ぼく自身の、一九六〇・五・一九以後の日本人青年について、ほぼ次のようにのべた。

日本の青年が安保闘争以後、その敵を確認して、連続的に戦いをすすめており、未来にたいする展望を明確にもっていると考えるなら、それは日本の現実に密着していない。サルトルは日本の学生運動を高く評価したが、あの緻密なサルトルさえ、日本の真の左翼の前衛として全学連を評価するとき、かれの優しい声は現実からかなり離れているのである。たとえば日本の若い芸術家が集ってつくりあげた「若い日本の会」というものがある。それは安保闘争において個性的な役割をはたした。しかし、そのメムバーの大半は、アジア・アフリカ作家会議に参加することを、あまりに政治的だと考えたのである。安保闘争がアジア・アフリカ・ブロックの一員としての戦いであったという認識のみが、日本の青年を明日の世界へと能動的にむすびつけるのであろうが、残念ながらそのような意識は決して支配的でない……

それでは安保闘争をつうじてかちえた最低線のところはなにか？　という質問をアフリカのジャーナリストの一人がぼくにつきつけた。ぼくは考え、それから答えた、いまから五十年まえ、いまのぼくとおなじ年齢で死んだ日本の文学者に石川啄木という秀れた詩人がいる。かれが死ぬまえに書いたエッセイの一節に、《われわれ日本の青年は、いまだかつてかの強権にたいして何らの確執をもかもしたことがない》という批評がある。われわれ五十年後の日本の青年は、とにかく強権に確執をかもしたのだ、この叛逆精神、抵抗精神は、われわれにとって確かに血肉となっているにちがいないと信じたい。

ぼくはアフリカへかえっていったかれら遠来の文学者たちの、日本人にたいする印象を、いささか混乱させたのではないかとおそれる。また、ぼくがコミュニストであれば、ぼくは自信をもって日本と日本人についてのもっと別な展望を話すことができたのではなかったかと思う。しかしぼくは一人の作家として、現実生活のがわから政治をうけとめる人間の声でかたるほかはないのだとも思う。

ソヴィエトの作家と話しているとき、かれはこういった、きみは暗く消極的な側面から現実をみるという態度にこだわりすぎはしないか？　それはそうかもしれない。カメルーンの青年はまた、こうもいった、結局きみ自身は人間として作家として、あれをどううけとめたのか？

そうなのだ、ぼくには結局、自分の名において、自分の責任において、安保闘争は自分の現実生活になにをもたらしたかをかたるほかはない。日本の青年は、というような一般的総括は、やはり政治を現実生活の外で客観的に見る種族の方法だろう。

「若い日本の会」のメムバーは安保闘争をつうじてはじめて現実生活にふれた、という感じがあった。そしてその現実接触のあと、あるメムバーは自分の思想と肉体のコンサーバティヴな本質を、あらためて再認識した。逆に、あの数週のあとラディカルになったメムバーはいないというべきでないかと考える。しかし、「若い日本の会」のすべてのメムバーが、一種の抵抗精神、叛逆精神のやすりに自分をかけてみなければならなかったことは確かである。それとともに、若い知識人の烏合の衆タイプの協力体は、じつに脆く崩れさるものであるということを深くさとらされたことも事実である。すくなくとも「若い日本の会」のなかにはなお友情があって崩壊をこばむ。しかし学者たちの若い層との協力、また若い政治運動家との協力のバリケードは、いまや崩れさってしまい、ほとんどの「若い日本の会」のメムバーは、かつてともに働き、そのなかの構成分子でさえあった、横に広いつながりをもつ「安保批判の会」に、いかなる関心もよせていない。しかしそれにもかかわらず、ぼくはかれらの作品のなかに一九六〇年五、六月の激動が深いかげをおとしていることを発見せずにはいられないのである。

ぼく個人にかぎっていえば、ぼくは強権に確執をかもす志が、ぼくにとって現実生活にも文学にも最も重要であると、実感をこめてさとったということができると思う。文学において、抵抗精神、叛逆精神がもっとも苛烈なモティーフとなっているのは、おそらく現代のアメリカ黒人文学であろうが、ぼくは去年の五、六月をさかいにして、たとえばリチャード・ライトからの刺激のうけかたがことなってきたのを感じる。

ぼくはニュース映画でみた絶望的に勇敢な学生や電車にたちむかった悲しみに憤激した若い父親のイメージを頭にうかべるたびに、自分の文学的関心のもっとも本質的なモティーフは、強権に確執をかもす志だと考えるのである。ぼくは小説の形で、あるいは戯曲の形でそれを具体化し、それを現実にあらしめねばならない。ぼくの現実生活にとってそれはすでに文学的野心だというべきかもしれない。

啄木は、かれの時代と元禄との相似をのべているが、ぼくは現代が未来において、啄木の時代にたいし相似関係を見せる時代だと思う。戦後の民主主義教育は、われわれの手のなかにこそ強権があるのだという理念をおしえたが、手のなかが空虚だとしったとき、いかに強権に確執をかもすかについては教えなかった。一九六〇年夏に日本を揺りうごかしたものは、教育の側面からいえば、デモクラシー精神の抵抗的、叛逆的要素を学生たちの心に加える仕事をしたといっていいと思う。日本の読者と作家の両者をひっくるめて、いまはじめて現実的に、デモクラシー文学の畑はひらかれたのではあるまいか？

〔一九六一年〕

ぼく自身のなかの戦争

ぼくらのような戦後世代の、正直に個人的にいえば、ぼく自身の、戦争についてのイメージは、おそらく極度の偏向をきたしているにちがいない。具体的に戦争を体験してきた人間の戦争のイメージにくらべれば、その歪みはきわめてあきらかであるにちがいない。ぼく自身、その歪みについていくらかのことを予感してはいる。しかしいま、ぼくが試みようとするのは、偏向したまま、歪んだまま、きわめて主観的に、ぼく自身の内部の、過去の戦争、現在の戦争、未来の戦争についてのぼくのイメージを表現することである。それはぼくの恐怖心の告白ということにもなるだろう、とくに未来の戦争へのあきらかにヒステリックな恐怖心の。

ぼくの一人の友だちの思い出から始めたい。かれは東大の教養学科からアメリカへ留学し、そこでフランス人の美しい娘と結婚し、パリに住んで国際政治論の研究をしていた。かれは秀才で、その才能に充分にふさわしい位置、あるいは職業をえることができないことをおおいに気にかけていたということだが、パリで会って話しているとき、そのような暗い不満の印象はなかった。ぼくはこの分野の学問の水準が日本でどのくらいかを知らないが、その友人の書いた文章や談話は、つねにぼくのような門外漢にも秀れた輝やきにみちているように思われた。すくなくともそれらは啓蒙的に秀れていた。ぼくはかれがやがて日本にかえり大学で仕事をするか、指導的な評論家になるかすることを疑っていなかった。いかにもそのような未来にむかっての実力にみちた安定感が、かれのパリでの孤独な生活を、背後からささえているように思われた。その友人が去年の冬、突然に、みずから縊れて、死んでしまった、遺書もなくフランス人の妻への、あらかじめのわずかな暗示さえもなく、まったく不意に。

その死のしらせをうけとったとき、ぼくは深く悲しみながらひとつのことを思い出した。ぼくがかれと、サンジェルマン・デ・プレの料理店で、中国の核武装の話をしていたときだった、ちょうどタイム誌だったかの記者に、陳毅がその可能性を話したときだったようにおぼえている。ぼくの友人はそこから核戦争に話を発展させ、もし米ソあるいは米中間に核戦争がおこれば、それは確実に世界の人間すべての、最終戦争となるだろう、といった。なぜなら、ひとつの国が、核戦争で敵国にたちおくれたことを知ったなら、その国の指導者は、第二のボタンをおすだろうからだ。第二のボタンとは地球全表面を破壊しつくすにたるだけの量の核爆発物のしまってある倉庫につながっている。A国は自分の国だけがほろびるのを望まず、B国をもほろぼそうとし、その逆の場合もおなじだ。とくに共産主義の世界征服のイメージより、世界の滅亡のイメージを望むアメリカ人は、ルーズベルト夫人がBBC放送の対談でラッセル卿に答えたように、絶対多数なのだから。

このような非現実なほど絶望的な理論を、ぼくの友人はほとんどファナティックに感じられるほどの、異様な熱情をこめてかたったのだった。ぼくはその友人の自殺と、かれについての記憶のうちのこの部分とを、むすびつけることができるだけだ。

この友人の自殺のしらせに一週間ほど前後していわゆるキューバ紛争がおこった。ぼくはテレビで、ケネディやフルシチョフ、カストロ、それにジェット機からとった基地の航空写真、核武器撤去の船にちかづくアメリカの軍艦、それら戦争の恐怖の悪臭につつまれたすべての形象のフィルムを見ながら、あの友人の世界の滅亡についての熱情的な語り口を思いだしていたのだった。そしてぼくは、かれと話したときとおなじ、あるいはぼくにとってはもっと深い恐怖感がぼく自身の内部に喚起されるのを感じていた。すなわち、ぼくにも世界最終戦争というヒステリックな(それがやがて現実におこるにしても、やはりそれを予想することは、現在の人間一般にとってヒステリックだろうと思う)イメージがじつに深く固く、自分の内部の歯車にかみあってくることがある、ということを、ぼくは確認せざるをえなかった。世界の終末がまぬがれがたく近い、という固定観念をもった青年がみずから縊れ死ぬとしても、たれがそれをとどめる有力な言葉をもとう? おまえはヒステリーだ、人間の善意を信じよ、というようなことをささやいたにしても、いったいそれが具体的に有効だったろうか? とぼくは死んだ友人を悼みながら貧しい気持で考えるのである。

この友人も戦争を現実に体験したのではなかった。したがってかれにとっても戦争の恐怖は具体的に限定されることなく、たちまち抽象的にふくれあがった。戦争体験という、いまでは日常生活の一因子となった知恵の空気のつまっている場所では、核戦争への恐怖というガスのつまった風船も、無際限に膨張することはできない。ともかく外部と内部の均衡はとれ、人間はその頭のなかの風船とともに自分を破裂させないですむだろう。しかし、戦争体験についてまったく真空のぼくらの日常生活において、いったん風船が恐怖のガスに膨張しはじめたなら、もう破裂してしまうまでとどめようのない場合があるだろうと思うのだ。ぼくの友人は爆発してしまったのである。

戦争にたいする恐怖感の強弱の種類を、次の三つの場合にわけてぼくは整理してみることがある。

A 戦争において死んでしまった人間(兵士であれ、非戦闘員であれ)が、死のまえに感じたであろうところの恐怖感。

B 戦争体験をもつ人間(すなわち、戦争に参加して様ざまの具体的恐怖はあじわったものの結局は、死ぬことなく生きのびた人間)が戦争にたいして、現在もっているところの恐怖感。

C 戦争を現実に体験しなかった人間(とくに戦争の時代には幼なすぎて戦うことのできなかった人間、たとえばぼくら)の戦争、とくに未来の核戦争にたいする恐怖感。

Aについていえば、死んでしまった人間の恐怖感のことを証言できるものはいはしない。興味深い一致だが、一九三七年のNRF誌に、やがてフランスの代表的な作家となる二人の若い小説家が、死んでしまった人間の死の直前の恐怖感について、ともにスペイン市民戦争を舞台にして書いている。サルトルの『壁』が実存的な心理の研究なら、マルローの『希望』は、もっと直截に恐怖心と死との関係についてひとつのモラルを、やがて銃殺される勇敢な将校にかたらせている。《拷問にしても、死の確定性に比べると、たいしたことじゃない。死の最大事は、死以前のことに救いを与えない、永久に救いのないものにすることだ。拷問も強姦も、そのあとに死がくる場合がほんとうに恐しい。》

戦争で死んでゆく人間の死のまえの、戦争への恐怖感がどんなに激甚か、それは、それを空想してみる人間が、かれ自身の内部にどのような恐怖感の震幅をそなえているかによってきまるだろう。そしてぼくらはAの恐怖感をもっとも深く追体験するものが、Bの恐怖感の人間でなく、むしろCの恐怖感の持主、すなわちぼくやぼくの友人ではないか、と思っている。

Bの恐怖感の持主は、ぼくの感じ方とはっきりちがったやりかたで、戦争について様ざまのことを感じとっているのにちがいない。ぼくはじつにたびたび、ああ、この人はちがう、ぼくとまったくちがっている！という内心の叫び声を、戦争体験の持主たちにたいしてあげてきたものだ。

そしてまた、このような戦争の体験家たちが戦争についてかたるとき、ぼくにできるのは黙ってそれをうけいれることだけだ。ガスカルは孤独な主人公を、戦争の開始にあたってこのようにえがく、それはぼくをじつに様ざまなもの思いにふけらせた章節だ、《夜の闇のただなかにいるのに、ペールは一人ぼっちだとは感じなかった。今までわれとわが身に引受け、その孤独の塔をめがけて襲いかからせた多くの嵐の後に、ペールは全世界を襲う嵐、すべての同胞の顔、大地の顔全体が差しのべられている嵐に、とうとう立会っていたのだ。》この主人公がやがては脱走兵となってしまうだけに、ぼくはかれが戦争のはじまりとともに感じた《宏大な共生感》に興味をいだかないではいられない。戦争に、孤独な人間たちをそのようにむすびつける磁力があるのだ、と戦争体験家にいわれれば、ぼくはそれを信ずるほかないのである。したがってぼくは、太平洋戦争の開始にあたって感動した孤独な知識人たちの《宏大な共生感》の幻影にたいして寛大だ。

戦争にさして協力的でないガスカルの主人公さえ、戦争の開始に《宏大な共生感》をあじわうのだから、スペイン市民戦争の人民共和派の人びとが戦争のはじまりにたちまち広く深い連帯感をもって、サリュド！と叫び、握った拳をあげて挨拶した風景は、マルローの小説のなかできわめて説得力がある。ぼくはたびたび自分の内部に戦争への憧憬を見出したものだったし、スエズ戦争のときには大学の友人たちと義勇軍募集の噂を追いかけたりもした。それも、端的にいえば、この《宏大な共生感》、連帯の感情にあこがれていた、ということにすぎないのが、いまのぼくには、はっきりわかっている。

この《宏大な共生感》を、ぼくはきわめて縮小されたかたちにおいてではあるが、安保闘争のときに感じたようだった、その時ぼくは闘争という言葉にたいしてつねづねもっている嫌悪感からいくらか自由だった。しかしその《宏大な共生感》がますます拡大して、そこにひとつの戦争における勝利のごときものがもたらされる、とは考えなかった。戦争あるいは革命は、Cのタイプの恐怖心の持主であるぼくには、きわめて抽象的で反・日常的な大変化であって、それがごく容易にあらわれてこようなどとは実感できなかった。そこで、あのあと、安保闘争に敗れた、というじつにパセティックな悲嘆の声を聞くたびに、ひとつの違和感にとらえられた。ぼくは自分の記憶のなかに《宏大な共生感》の幻影のなごりを感じるだけでも、あの六月を充実した一時期とふりかえることができたからである。そこでぼくは、安保闘争敗北説の悲嘆家たちを、おそらくBの恐怖心のタイプの人びとにちがいない、と推測した。Bの恐怖心のタイプの人びとにとって、戦争という怪物は、いちどそれに出会って一悶着やってみたことのある相手だ、それはたしかに手強いが、その実力のおおよその見当はついている。かれらにとって戦争という怪物は具体的だし、現実的だ。

ところがCの恐怖心のタイプの人間にとっては、戦争という怪物は抽象的、反・現実的な、見当もつかない大物なのだ、ここでは、いったんこの厖大な恐怖心にとらえられると、立ちなおりようがない、具体的な足がかりがみつからないからだ。それはたちまち、ヒステリーにつうじてしまう。おそらく第三次世界大戦がはじまるとするなら、その前夜にもっとも多く自殺し、発狂するのはCの恐怖心のタイプの連中、すなわちぼくらだろうと思うのである。したがって今日のCの恐怖心のタイプの人間は、明日のCの恐怖心のタイプの人間となるだろう。まさにわずかな数の生き残りがBの恐怖心のタイプとなるのだが、明日の戦争が核戦争であることを思えば、ますますCとAとは直結してくるように思われる。そこでぼくには、パリで死んだ友人の終末観(明日の戦争はどちらの勢力が勝つにしてもただちに世界の終末をみちびく、という奇怪なほど絶望的な終末観)が、ごく親しいものに思われてくることがあるのだし、キューバの動揺の際にはとくにそうだった、ぼくは深甚な恐怖のヒステリーにかかってしまっていた。

ぼくがこの恐怖の神の聖週間の話をすると大内兵衛

氏は失笑されたものだ、そして氏はきわめて科学的に、あのとき戦争か平和かのどちらへ分銅がかたむいていたかを分析された。ぼくは正宗白鳥氏の生前にも、この明治以後のすべての国際戦争を生きぬいてこられた文学者が、ぼくのCのタイプの恐怖心の過激さについて、幾分、嘲笑的な批評をされたことを思いだした。そして一瞬ぼくは核戦争後の荒野に明治生れのしたたかな老人たちだけが悠然と生きのこっている光景を空想したものである。

ぼくが北京に行った数年まえの夏、中国の将軍は核戦争において中国に二人しか人間が生きのこらなかったにしても、その核戦争後のアダムとイヴは、ふたたび七億の中国人民を復活させるだろう、といった、微笑しながらではあるが。Bの恐怖心のタイプの人間は、核戦争にたいしてさえもこういうふうに考える。かれらは決して終末観にむすびつけはしない、そう考えるとなんの理由もなしに、ぼくは自分の躰じゅうに冷たい汗が流れるのを感じたのをおぼえている。

Cのタイプの恐怖心の持主が、未来の戦争について書いた小説で成功しているものを、ぼくは見たことがない。それはヒステリックに無限大の怪物について喚きたてるだけで、まったく即物感に欠けている。

最近ぼくはスペイン市民戦争についての、ヒュー・トマスの歴史書を読み、マルローとヘミングウェイの小説をあわせ読んで、奇妙な感慨をもった。ぼくは百年前の戦争についての記録を読んでいるのだという気がしてならなかったのである。それは人間的で、感動をさそう、あるいは非人間的で憤激と悲しみをさそう。しかしそれらすべてをふくめて、いかにも失われたユートピアの武勲詩の印象があるのだった。そこには現在のぼくのCのタイプの恐怖心の発動をうながすものはなかった。そこに戦争がえがかれてはいるが、それを読みながら、ぼくのいくらか病的に過敏な恐怖心は、やすらかに眠っていた。

スペイン市民戦争には、きわめて具体的な日常生活の感覚があって、歴史家も小説家もたくみにそれらを積みあげることによって、ひとつの《戦争》をえがきだす。しかし、いったいぼくや同世代の作家は、未来の戦争を、どのような細部の組みたてによって描写することができるだろう？　それは不可能だ。

スペイン市民戦争ではファシスト側の兵士も政府側の兵士も、みな、日常生活の匂いのする失敗を戦場でおこなう、それはいかにも暗示的だ。郊外で戦っていた兵士たちが、ついに誘惑をおさえきれなくてマドリッドに夜をすごしに帰って行ったりさえする。爆弾に、日常生活の即物的な匂いがこもっているようにも思われるのである。もちろん、それはおだやかな戦争ではない。虐殺も拷問もある。しかし、いまぼくの心に巣くっている未来の戦争への恐怖にくらべれば、それは圧倒的に人間的な戦争だと感じられてくる戦争である。ぼくはむしろこの戦争のなかの人びとに嫉妬を感じるほどだ、ああ、このようにして人間が戦ったのだ！という感慨にとらえられる。しかし、それはすでに百年前の戦争なのだ、というようにもぼくは思うわけである。この時代に小説家たちはいかにも具体的な細部をくみたてながら戦争を考えること、表現することができたのだった。いわば戦争より人間のほうが巨きかったのだ、そこで戦争への恐怖感も、まだ人間の手のとどく範囲のひろがりにしかいたらなかった。すなわち文学的に表現可能であった。

サルトルの『猶予』は戦争前夜の《期待》をきわめて総合的、全体的に描写することで、いくらかガスカルとは性格のちがう《宏大な共生感》をかもしだそうとし、成功している。しかしそれはチェンバレンの反歴史的な譲歩によってついに戦争が回避されたことによって、《期待》としての完結性を獲得したからこそ、小説の技法の上での成功をおさめたのである。あの方法で、戦争そのものを、やはり総合的、全体的にえがきだそうとすれば、戦争という怪物はサルトルの手にあまったにちがいない。『猶予』はいかにも様ざまな意味で、戦争と文学者の関係の、ひとつの別れ道の標識となっている。

未来の戦争について今日の小説家が成功する小説を書けるだろうか？　ぼくはSFの愛読者だが、そこでえがきだされる未来の戦争には、いかにも現実感が欠けている。SFのなかの未来の戦争はすべて弱よわしい想像力の掌のひとなでによってしか表現されていない。たとえば、そこで人間はどのような日常生活をもつのか、ということについて説得的なイメージをあたえられたことはない。それはおそらく、SF作家の力量の不足のせいだろう。ロマネスクな戦争の時代は終わったのだ。核兵器による全面戦争について、日常生活的な細部を空想し、それを小説の文章に即物感をあたえながら表現してゆくことは、おそらく本質的に不可能な要素をはらんでいる作業なのだろうとぼくは思っている。

アメリカの大衆誌だったか、わが国の翻訳誌だったかに、SF作家の印象的なひとつの短篇がのっていて、いまぼくはその作家の名も小説のタイトルも思いだせないが、そこにえがきだされた未来の暴力の恐怖感についてはいかにも鮮明におぼえている。戦争というより大暴動だった。アメリカじゅうの黒人が蜂起して白人を殺戮しつくす、メキシコへ逃れようとするある白人夫婦の車はガソリンをつかいつくして、ひとつの広場で立往生し、広場の周囲からの銃弾に雛のようにたあいなくなぎ倒されて死ぬ、おそらくかれは最後の白人だったのだが……

それはアメリカの黒人問題についていかにも無責任に煽動する危険な小説のようでいて、そのマゾヒスティックな恐怖のヒステリーには、いかにも具体的な迫力があった。もちろんこのSF作家は、未来の大暴動(あるいは戦争)を総合的にとらえようなどとは試みていなかったし、革命の全体的なイメージはこれっぽちもなかったが、それだけに鋭く深く恐怖心の一断面をとらえるものがあった。アメリカの大衆雑誌に、ときどきすさまじく絶望的な恐怖心のヒステリーの小説がのることがある。それをアメリカの大衆がもとめているのだとすれば、それはコミュニズムの怪物との最終戦争についてのヒステリー、未来の破滅的な戦争の恐怖感とむすびつくところがあるのではないか。

数年まえぼくは、ひとつのショッキングな画集を借りて毎日それに熱中していた。フランスの女の美術史家の編纂した画集で、戦争と殺戮の絵画という意味の総タイトルがついていた。そこにはバロックからモダーンにいたる、じつに数多い残虐と恐怖の絵画があつめられていた。それは確実に、それを見る者の心をとらえて離さない画集だった。それを眺めていると、ぼくの頭にはいつもひとつの妄想がうかぶのだった。戦争をもとめ破壊と殺戮を望むものは、レーニンが理論化し、グロッスが漫画化した、あの帝国主義的資本家たちだけでなく、民衆のなかにもまたマッスとして存在するのではあるまいか、という妄想。自殺する人間がいるように、この世界全体の自己破壊をのぞむ人間の群がいるのではあるまいか、というふうにこの妄想は核戦争をつうじて発展し、ぼくの恐怖心の根本形式になってしまった。

ルーズベルト夫人の談話によれば、コミュニズムによるアメリカ征服を、アメリカ人すべての核爆発による死よりもっと暗黒に感じるアメリカの庶民がいることは確からしい。また、シモーヌ・ド・ボヴォワールはフランスの右翼についての分析のなかで、ヨーロッパ中心思想の具体的な衰退をそのまま人類の滅亡と同一視する者たちの傾向について書いていたが、それはジュール・ロワのアルジェリア戦争についてのルポルタージュにおいて、ひとりの将校に具体化されていた。かれはヨーロッパ文明を擁護するために、チュニジア国境の鉄条網をまもり、アラブ人の子供が餓死するのを見ても正義の勇気にふるいたつばかりで、そんなことには心をいためないのだが、この将校はアラブ人の独立とフランスの威力の衰弱という卑しい未来像よりは世界の滅亡をねがったのだろう。なぜならかれにとってヨーロッパの夕暮ということはおそらく人類のすべての死そのものだし、むしろそれよりもっと暗黒なのだから。

ぼくはヨーロッパとアメリカの人間の心に黙示録的な終末感がどのように今日の日常生活において作用しているかを空想する権利をもたないが、未来の戦争においての、この人間世界の終末を肯定するタイプの精神傾向をもつ民衆は、きわめて多いのではないかと疑うことがある。それにしてもアメリカの民衆が、コミュニズムよりは世界の滅亡を！　と信じて核戦争を許容するとき、かれらには恐怖心の代償がある。しかし、核兵器による世界戦争で日本の民衆が滅亡するときには、それは単なる巻きぞえの死にすぎないのだから、恐怖心の代償はそこにありえない。もしその日本人が徹底したマゾヒストの心情をもった人間であるなら別だとしても。

ぼくはモスクワでフルシチョフの核実験の再開について話していた日々、ソヴィエトの青年にはまたアメリカの民衆のそれとはちがう代償が、核戦争の暗黒について自覚されているということを感じた。そして、核兵器の操作についていかなる制限も加えることのできない日本人、腕も足もない魚のように無力な日本人である自分の内部に、恐怖心がとどめようもなく深まるのを感じるのだった。いわば密閉した箱のなかで溺死しようとする猫の恐怖のヒステリーがぼくを揺りうごかしていたのだ。自分にいかなる決定権もなく、自分には触るるべからざる未来の戦争というイメージは、ぼくの恐怖心をますます抽象的に肥大させ過激にした。

さてぼくは自分の内部の戦争のイメージの暗黒について記述した。夜には死の恐怖におびえる人間も、真昼にはそれから自由であることが普通であるように、ぼくも世界が早急には滅亡しないという、確たる理由もない固定観念を土台にしてものを考えたり、日常生活のいくらかの部分を改良したりして生きていけるわけである。そこへトビのようにさっと恐怖心の影がまいおりてくるというわけだ。

そこでぼくは未来の戦争について、核兵器による滅亡の戦争は除外して、ひとつの戦争ＳＦのイメージをもっていることをつけくわえたい。それは核兵器による恐怖の均衡が良識のコンクリートに固められた時代で、もちろんボタンの押しちがえやレーダーの故障などによる偶発戦争はありえない。二十世紀後半にはじめて達成された、永久的な反・戦争の時代だ。

ところでその時代には、ヴィエトナムやラオス、印中国境、コンゴ、朝鮮、そういう国ぐにで局地戦の花ざかりだ。沖縄でもいくらか性格のあいまいな代理戦争がはじまるし、ことに台湾は、小さな核爆弾で具体的に消滅してしまっている。ところが恐怖の均衡はしだいに局地戦争を停止させるまでにすすみ、それからは部族間の戦争、個人間の戦争へと、戦争の単位はますます縮小してゆく。

この時代には《宏大な共生感》などこの世界のどこにもない。人間たちはみな、真昼にも自分を一人ぼっちだと思い、自分だけの孤独の塔に、自分だけの嵐が吹きつけてくるのを感じている。そこではもう、連帯という言葉の意味を理解することさえ困難になっている。そこは恐怖の均衡という煉瓦で幾重にもつみかためられたユートピアだが、人間の個人はすさまじい勢いで孤独の荒廃をつづけてゆくほかない……

そのとき、火星からの攻撃があって、地球のうえのすべての孤独な人間が蘇生する。かれらはまさに全世界的な《宏大な共生感》の復活をあじわう。モスクワからワシントンへむかって、サリュド！という挨拶の声がおくられる。地球人すべてが、全世界を襲う嵐、すべての地球同胞の顔、地球の顔全体が差しのべられている嵐に、とうとう立会っていると感じて、もう誰も自分が一人ぼっちだとは感じない。そこで地球を破壊する火星人の超核兵器が地球の大陸のひとつか大洋のひとつにむかって投下されるとき、爆撃機に乗っている火星人のレーダーは、滅亡の歌のかわりに希望の歌を聞くだろう。

このペシミスティックで滑稽な物語になるはずの未来戦争小説のプランを、ぼくはずいぶん前にノートに書きそれは机のなかに永いあいだおしこんである。ぼくは結局、このＳＦを書きはしないだろう。

しかしぼくは戦争への恐怖心にかられてヒステリーにちかくなるたびに、このぼく自身の未来の戦争についてのイメージを思いだす。そしてぼくは、いったい自分は生きているあいだに《宏大な共生感》を充分にあじわいつくすことがあるだろうか、と暗い空想にふけるのである。

〔一九六三年〕

戦後世代と憲法

ぼくが谷間の村の新制中学に、最初の一年生として入学した年の五月、新しい憲法が、施行された。新制中学には、修身の時間がなかった。そして、ぼくら中学生の実感としては、そのかわりに、新しい憲法の時間があったのだった。

ぼくは上下二冊の『民主主義』というタイトルの教科書が、ぼくの頭にうえつけた、熱い感情を思いだす。もっともそれは始め多分に物質的な内容の熱情だった。戦争中から、戦後にかけて、教科書はもとより、立派な、ちゃんとした装幀の子供むきの本が、ぼくらの手に入ることはなかった。終戦直後に配給された、新聞用紙をいくつかに折ってとじただけの国語教科書を、ぼくらはにせの本と呼んでいたものだったが、それほどひどくはないにしても、新制中学で、ぼくらに与えられた教科書は、やはり、ひとつの物として愛着を感じさせる、という対象ではなかった。ところが、この『民主主義』だけは、分厚く、がっしりした、素晴しい本で、滑稽なさし絵まで入っていたのである。だれもが夢中になった。

しかし、この本は部数が少なくて、ちょうど戦争のあいだクラスで、ズック靴のクジビキ配給がおこなわれたように、今度は、『民主主義』のスリルにみちたクジビキがおこなわれた。クジにはずれた生徒のなかには、冬、ズック靴の配給にもれて、明日からもまた裸足に近い格好で登校しなければならないということを納得した時とおなじく、肩を震わせてすすり泣くものまでいる始末だった。

そのようないきさつもあって『民主主義』を教科書

に使う新しい憲法の時間は、ぼくらに、なにか特別のものだった。そしてまた、修身の時間のかわりの、新しい憲法の時間、という実感のとおりに、戦争からかえってきたばかりの若い教師たちは、いわば敬虔にそれを教え、ぼくら生徒は緊張してそれを学んだ。ぼくはいま、《主権在民》という思想や、《戦争放棄》という約束が、自分の日常生活のもっとも基本的なモラルであることを感じるが、そのそもそもの端緒は、新制中学の新しい憲法の時間にあったのだ。

このように憲法と、都市から山村にいる日本のさまざまな地方の子供たちとのあいだの、一種のハネ・ムーンの時期はきわめて短かったのかもしれない。ぼくは自分より数年だけ若い人たちに、たびたび『民主主義』という教科書のことをたずねてみたが、おおむね、かれらの記憶に、それが重要な書物としてのこっているということはなかった。しかし、ぼくより一歳だけ年下の、友人の編集者は、かれの最初の息子に、憲介という名前をつけた。それは、かれにとってもまた、少年時の教室で憲法がどのようなものであったか、そしてそれがどのように、かれの青春のモラルの核心として残りつづけてきたかをあきらかにしている。かれにとってもぼくの場合と同様、《主権在民》や《戦争放棄》は、ひとりの戦後の人間としての自分の肉体や精神とおなじく、根本的なモラルの感覚をかたちづくるものなのだ。

数年前、やはり戦後世代のひとりの少年が左翼の政治家を刺殺し、かれ自身も、自殺した。それはぼくに激甚なショックをあたえた。ぼくはこのようなタイプの戦後世代についてひとつの小説を書いた。それがどういう性質のショックであったかといえば、ぼくにとって、日々の生活の基本的なモラルのひとつである《主権在民》の感覚、主権を自分の内部に見出そうとする態度が、いまや、戦後世代すべての一般的な生活感覚とはいえなくなっていることを発見して受けたショックだった。

ぼくの《セヴンティーン》のヒーローは、かれの自由で不安な内部に存在する国民主権よりも、もっと絶対的に確実に感じられる主権を外部にもとめ、ついにその志に殉じたのだった。かれはそれによっていささかも実益をうけず自殺したのだから、かれもまた、自分の基本的なモラルの感覚において行動したというべきだろう。しかし、国民主権というモラルにおいて生きる戦後世代と、死を賭しても自分の内部の主権を拒否して外部の権威に没入しようとする戦後世代とのあいだのミゾが、なぜひらいたのかということを考えるたびに、ぼくはひとつの鋭い恐怖にめぐりあわないではいない。

終戦直後の子供たちにとって《戦争放棄》という言葉がどのように輝かしい光をそなえた憲法の言葉だったか。ぼくの記憶では、新制中学の社会科の教師が、現在の日本大国論風のムードにつながる最初の声を発したのが、《戦争放棄》をめぐってであった。日本は戦いに敗れた、しかも封建的なものや、非科学的なものの残りかすだらけで、いまや卑小な国である。しかし、と教師は、突然に局面を逆転させるのだった。日本は戦争を放棄したところの、選ばれた国である。ぼくはいつも、充分に活躍する最後の切札をもってトランプ・ゲームをやっているような気がした。このようにして、《戦争放棄》は、ぼくのモラルのもっとも主要な支柱となった。

同時に、ぼくが自分のモラルの危険を切実にあじわった最初の機会も、《戦争放棄》に関わっていた。ぼくが新制高校に入った年、朝鮮動乱がはじまった。そしてその直後、警察予備隊が発足した。ぼくはこの時期に、自分があじわった不安と動揺の酸っぱい味を忘れることができない。ほぼそのころから、ぼくが大学に入るまでのあいだに、警察予備隊は、保安隊へ、そして自衛隊へと、ひとつずつカエル跳びしながら、既成事実をかためて行ったのだが、そのカエル跳びのたびに、ぼくは自分のモラルが嘲弄されているように感じた。受験準備をしていたころのことだが、ぼくは神戸で自衛隊のデモンストレーションを見た。ぼくのわきで、ひとりの老人が幼児をかかえて、やはり行進に眼をうばわれていた。

その時ぼくはこのように考えたのを覚えている。いま、ぼくと老人と、かれの腕のなかの幼児の眼に見えているものは、まぎれもなく軍隊だ。したがってそれは憲法の《戦争放棄》の約束を踏みにじるものだ。憲法に反したものが存在していて、それが老人の眼にも、子供の眼にも、青年である自分の眼にも見える。しかも、ぼくらはそれと《戦争放棄》のモラルとのあいだに、なんとか妥協点を見出そうとしている、日本人すべてがそのようにつとめている。これは日本人の基本的なモラルにとって悲惨なことではないか？　それは本質的なところでわれわれに、頽廃をもたらすものではないか？

大学入学試験のあと、もっと直接的にぼくの《戦争放棄》のモラルは揺さぶりたてられねばならなかった。ぼくの高等学校の友人の幾人かが防衛大学に入ったことを知ったからである。考えてみれば、それはぼくにとって、戦争が終った日以来の、もっとも決定的な友人との別れの体験だった。

かれら友人たちは、みずから《戦争放棄》のモラルを拒否することを決意したのだろうか、とぼくは考えた。すくなくともかれらは憲法と、防衛大学とのあいだの背反を、見て見ぬふりをして跳びこえたのである。自分が《戦争放棄》のモラルをもちつづける以上、ぼくはかれら友人たちと絶対にあいいれることはできない、とぼくは考えたものだった。しかしぼくの胸を棘のようにチクチクさす感情は、かれらをとがめだてる気持ではなく(ぼく自身に、なにかその資格に欠けるところがあると思われた)、ぼくら戦後世代の《戦争放棄》のモラルがじつはいかにも脆いものなのではないかという、恥ずかしい不安なのだった。

自衛隊の既成事実、という際に、ぼくは自衛隊のみを単独に検討すべきではなく、自衛隊が日本に存在することで、国の内外にひきおこされた、政治的、経済的、外交的、文化的歪みの総体を、現在の自衛隊をめぐる既成事実だと考えるべきだと思っている。その歪みの総体を正常化してゆくことで、しだいに自衛隊という究極の核心の処理が可能となってくるのでなければならない。そしてその時はじめて、ぼくの《戦争放棄》のモラルは、おとしめられた今日の状態から解放されるのだろう。しかしそうなったにしても、むしろそうなったとしたらとくに、既に高級職業軍人としての人生をはじめている旧友たちとぼくとのあいだに、おなじ戦後世代としての明るい再会がおこなわれるかどうかといえば、それは不可能なことだろう。そしてそれこそが、もっとも酷い既成事実だとぼくには思われるのである。

ぼくが憲法をモラルの感覚の支えとなるもの、とする考え方に固執するのは、この憲法のもとで育ってきた、戦後世代の人間であるぼくが、改憲論に接するたびに感じる、ひとつの切実な感情にもとづいている。すなわち、ぼくは、この憲法を非難する声を聞くたびに、自分の人格を否定されているような不安を感じるのである。この憲法のモラルを自分のモラルとすることで、戦後の二十年近い期間を成長してきた人間であるぼくは、この憲法にたいして、冷たく客観的な他人であることができない。戦後の一時期の教育は、子供たちにそのように憲法に肩をいれさせる熱情的な教育であったのだろう。

とくに改憲論者たちが、もっとも権威をこめて主張する、《押しつけられた憲法》という考え方は、ぼくに奇妙な違和感をひきおこさないではいない。ぼくは、この憲法の制定にあたって現場で働いたひとりの政治家が、それは事実われわれの意志に反して押しつけられたものだ、と打ちあけ話をするのを聞いて、それはまさにその通りであったかもしれないと思った。当時、ぼくは十一歳の子供にすぎなかったわけだし、もしこの憲法が、外国勢力からの押しつけなしにできあがったものであったにしてもなお、この憲法はぼくにとって、他人の手でつくられたものである。それはすべての戦後世代にとってもそうだ。

しかし、ぼく自身は、この憲法を自分のものとして受けとり、それと自分との血のつながりを疑うことはなかった。そしてそれが一片の誤解にすぎなかったかといえば、それはそうでないだろうとぼくは考えるのである。

すなわち、ぼく自身のモラルと憲法の相関という視点からみれば、憲法はぼくにとって、それが押しつけられたか、とか、あたえられたものか、というふうに疑ってみることに意味はなくて、ただ、ぼくがこの憲法を、自分のモラルに関わる自分の憲法として選びとったかどうかに、意味があるのだ。そしてまた、ぼくが日々、それを自分の憲法として選びとりつづけているかどうかに、意味があるのである。

ぼくは十一歳の夏から、二十九歳の夏の、今日にいたるまで、たとえば、《主権在民》の思想を自分のモラルとしてきたし、それを疑ったことはなかった。《戦争放棄》の約束、決意については、その意味を疑うことがなかったことはもとより、もっと切実に、その永続をねがってきた。したがって、ぼくは、新制中学の一年生の教室で、熱情とともに見出したモラルを、今日まで二十年間近く、日々あらためて自分のモラルとして選びつづけてきたのだと思う。

そしてまた、現在、あれはやむなく押しつけられた他人の憲法だと主張する改憲論者や、その同調者たちが、この戦後のすべての時にわたって、もしこの憲法を自分の憲法として選びとった日々が皆無ではないとすれば、いま、それをあえて無視しようとしているかれらの内部において、そのモラルが崩れるのを、ほかならぬかれら自身が感じているのだろうと、思うのである。

したがって、この憲法を自分のモラルとして選びとった人間は、それがどのような状況でつくられた憲法であれ、いまなお、それを自分の憲法として選びつづける、正統的な理由をもつのであり、その態度は、モラルの側面においても一貫している態度だと、ぼくは信じている。

しかし、いま《戦争放棄》のモラルと具体的にもっとも危うく関わっている集団、すなわち自衛隊や防衛大学のもっとも実質的なメンバーは、戦後世代の若者たちであり、《主権在民》のモラルに不安や退屈を見出す戦後世代もまた数少なくないとすれば、ぼくらは再びあらためて、自分の最初の中等教育の場での、この憲法との出会いを検討してみるべきだと思うのである。

〔一九六四年〕

憲法についての個人的な体験（講演）

ぼくは太平洋戦争が終ったとき国民学校の五年生でした。したがって満十歳以後の中等教育をずっと、戦後に改まった教育システムにおいてうけてきたことになります。新制中学というものが村にでき、隣村に新制高校ができ、その向うに新制大学がひかえている、そういう新教育体制ができたわけですが、それをもっとも正確にいちばん最初から、一年生として新制中学にはいり、そこを卒業して、新制高校、新制大学というふうに勉強してきた、そういう、時代区分の境目の人間として、ぼくの世代と、それ以後の人たちのことを戦後世代と呼びたいと思います。

この世代、それもとくに、ぼくの年齢の周辺の戦後世代にとって現在、鼎《かなえ》の軽重を問われている新憲法がどういうものであったかということをお話したい。それも、ぼく自身がこの憲法についてどういうふうに考えてきたか、感じてきたか、そして現在どういうふうに考え感じているかということを、具体的な体験に即してお話したいと思います。

ぼくにはもちろん憲法について専門的なことをお話する力はありません。ただ、戦後憲法がもし改正しなければならないものだとすると、少年期以後ほぼ二十年近く、その悪しき憲法によって育ってきた人間のひとりとして、ぼくはもっとも憲法の被害を受けているはずでありますから、それがどのような被害を受けたことだったかというふうなことを、個人的な体験に即してお話することはできるわけであります。いわばそういうことが今日ここでお話しようとするぼくの目的であります。

新制中学ができましたのは、戦争が終って二年目の春でしたが、その年に新憲法の施行をはじめいろんな種類の社会の変動がありました。ぼくは愛媛県の小さな山村の新制中学に入学しましたが、そこでもじつに様ざまな変化の機運がありました。そして、それは新憲法と民主主義に関わっていた。ぼくよりあと五年ほどたって、同じ新制中学に入った弟と話してみますと、新憲法あるいは、民主主義が、新制中学生を生きいきと興奮させるということは、すでに弟の時代にはどうもなくなっていたのじゃないかという気がします。新憲法が発布され、民主主義の体制になったということで非常に具体的な刺激を受けた、そういう新制中学生、そういう子供の、もしかしたら唯一の世代が、ぼくらだったのかもしれない。戦後の四、五年のあいだ、そういう民主的な機運といいますか、国家の思想が小さな村の子供たちの思想でもあるという、そういう機運があった。そして、それはすぐ失われてしまったのであって、ぼくの世代は非常にめずらしい特殊地帯にいるのかもしれないというふうにも考えています。

しばらく前のことですが、東北の入口の安積平野の、いまは美田となった明治の開墾地で、そこを実際に開墾した古老たちに開墾当時のお話を聞いてまわっておりましたら、明治十九年に、ほんの小さい女の子としてそこへ移住してき、そこで、非常に苦労して小さな土地を開き、いわば百年近く生きてきたというおばあさんがいられた。その方にお話を伺っていますと、そのお兄さんがいわゆる政治的な若者だったらしい。ある日のこと、国会が開設されて憲法が制定されるというニュースを知って、その明治の若者は気ちがいのようになるほど喜んで、開墾地の田んぼの畔を走りまわったということを、そのおばあさんが覚えていらっしゃるんですね。

その若者は、憲法が制定されて国会ができたところで、とくに実益というものを受けるわけではなかった。実際、やがて四、五年たつとかれは、開墾地でうまく生活できなくなり、野望をいだいてアメリカへ移民としてわたり、結局消息を絶ってしまった。しかし、ともかくそういう若者がいた。自分の実益と関係なしに一つの憲法が制定されるということで非常に興奮する、そういう人間が、明治初頭の地方にいたわけです。そして、それから幾つかの戦争をへだててその人びとと同じように、ぼくらも地方の新制中学の生徒として、新憲法に生きいきした興味をもつということがあったのだとぼくは思います。

終戦前後はもとよりぼくが新制中学に入りましたころは、ちゃんとした教科書はありませんで、配給されるのはフランスの古い雑誌の、ペーパーナイフを使わないと開けない四つ折判みたいな、そういう感じの教科書だけでした。ぼくらはそういう教科書で勉強していたので、ページの切り方をまちがった生徒などは、続き具合がわからなくなって困ったりしたんですが、そういうときに二冊上下巻に分れたひと組の教科書が現れたんです。非常に立派な教科書でそれは『民主主義』というタイトルでした。現在のように教科書がふんだんにあって、教科書会社さんが夢中になって売りこみ競争しなければならないような時代ですと、立派な装幀をした本だといってもとくに感動はありませんけれども、ぼくらの時代には『民主主義』という二冊の本だけが厚みがあって、縦にたてることもできる、唯一のちゃんと装幀された本だったんです。

ぼくらはそれに夢中になりました。しかし三十人のクラスに、五人分の教科書しかないんです。しかも上巻をもらったものは下巻をもらえない。戦争中ぼくらはズック靴のクジ引きに夢中になったものでしたが、戦争が終ると『民主主義』という本のクジ引きに夢中になったわけで、当った生徒は大喜びだし、当らなかった子供は泣きだしてしまった。当った生徒のうちには、学校で授業に使うのは惜しいから、家に持って帰って、しまっておいたりする子供までいた。あのとき、それは新しく立派な本だから、それに夢中になるということが、まずあったでしょうけれども、やはり四国の小さな村の子供たちの心に、民主主義という言葉が鋭く働きかける特別の力をもっていたからだということもあったんだと、いまのぼくは思います。日本一般にそういう機運があったんじゃないかと思います。そしてそれは意味深いことだった筈だと思うんです。

その教科書にしたがってぼくら村の子供たちは民主主義を習ったんですが、そこでぼくが強い関心をもったのは、やはり主権在民という言葉と、戦争放棄という言葉だったと思います。先生方のなかには戦争中頭を短く刈って、非常に熱烈に大東亜共栄圏について叫んでいた先生が、社会科の先生に早がわりしていたというふうな例もありましたけれども、たいてい戦争から帰ってきてすぐ先生になった若い人たちでした。だから、とくに学力の点で信頼をおけるということはなかったかもしれないけれども、熱情は充分にもっていられる先生が多かったと思います。そういう熱情家の先生が『民主主義』という本を使って主権在民という言葉とか、戦争放棄という言葉とかの意味を教えてくださった。それは、戦後廃止された修身の時間のかわりという感じで、心のひきしまる授業だった。その点がぼくの心にいまも強く残っているんです。

そこで、戦争放棄という言葉と、主権在民という言葉、すなわち新憲法の二つの根幹となるべき言葉は、ぼくにとっては自分が現実生活を生きていく上でのモラルとなったという感じがします。モラルという言葉を、ぼくがどういうふうに使っているかということも少しずつお話したいと思いますけれども、とにかくぼくにとって戦争放棄という言葉と、主権在民という言葉はモラルに関わる言葉であったということを強調しておきたいと思います。

したがって主権在民という言葉の力において、天皇制について基本的に批判的な態度をもつということは、ぼくにとっては生活の基本的な根幹だったわけで、それを疑うような戦後世代が現れるということは、まず考えてもみなかったわけです。

ところがこの数年間、たとえば非常に若い保守主義派といいますか、行動的ライトサイダーといいますか、そういう青少年たちがあらわれて、天皇制について熱情的な態度、考え方を示している。そういう人たちのひとりが、自分自身の主権、あるいは生命を否定して、天皇主権の考えのために殉じたりした。そういう報道に接しますと、まずぼくにとってショッキングなのは、一人の少年が政治的殺人を犯したとか、一人の少年が監獄で自殺したとかいうふうなことに対する実感的なショックよりも、むしろぼくよりもあとで生れてきて、より完全に新憲法のもとで育ってきた、そしておそらく新制中学で主権在民という言葉を習った戦後世代の人間のなかに、主権在民ということについて疑いをもっている、あるいは主権在民という言葉を具体的に価値あるものとして考えない、そういう人たちがあらわれてきているということがショッキングだったと思うんです。自分自身の個人生活のモラルに、主権在民という言葉が採用されていない、そういう人たちがいる。そういう人たちがぼくよりも若い世代にいる、それを非常にショッキングに感じて、ぼくは、『セヴンティーン』という小説を書いたのでした。

同時に戦争放棄ということも、ぼくには非常に大きいモラルでした。それはぼくをふくめて、社会全体のモラルでもあったと思う。たとえば、お正月の新聞を読みますと、おめでたい論文がのっているわけですが、戦後数年の間、そういう文章のテーマは、つねに富士山か、戦争放棄ということだったように思います。子供のぼくに大きい新聞の、論説欄なんか読むことはできないけれども、たまたま戦争放棄という言葉を見つけると、そこに、ぼくにとって近しい言葉といいますか、自分がその内容を知っていて、そしてその内容にうたれたことがある言葉を発見する気がした。そういう点でも、ぼくら戦後の子供に、戦争放棄という言葉は非常に生きいきした言葉として存在していたと思います。

しかし、ぼく自身も、現在にいたる成長の過程で、戦争放棄というモラルが自分の内外で揺らぐのを体験しなければならなかった。戦争を放棄した国の人間であるということで保たれる絶対的なモラルが次第にゆらいでいくといいますか、動いていく、それを少しずつ、しかし確実に体験しながらぼくは育ってきたのじゃなかったかというふうに考えます。戦争が終った直後の数年、ぼくが新制中学の生徒だったころの数年間は、戦争は絶対に再びあり得ないもので、戦争放棄という思想は日本人にとって確実なものだった。ぼくはそれを余裕たっぷりに信じていました。

ぼくは新制中学の終りごろからフランス文学を読みはじめたんですが、そのころフランスではすでに新しい戦争をしていたわけです。ベトナムで戦争をしていた。しかしそういう時代にフランス文学を読みながら、ぼくはベトナムの戦争にはまったく意識が及ばない、そういうことがあった。現代フランス文学が、背後にベトナム戦争というようなものをひかえているということを考えるにいたらない。それは、フランス文学においてもまた、確実に、戦争放棄ということが普遍的なモラルだ、というふうに考えていたということがあるためじゃなかったかと思います。

ところが実際には、そのように戦後は単純でなかったわけですね。ぼく自身もそれを感じはじめるに至った。新制高校の一年生の時、ある朝のこと、新聞を読むと、徳田球一氏や野坂参三氏の写真があって、共産党の幹部が追放されたという記事がのっていた。やはりそのときにぼくは、戦争が終ってからいわば最初の絶望的なショックを受けたと思います。

憲法に言論の自由という言葉はあるけれども、ここに何人もの秀れた知識人たちが言論の自由を失って、地上から追払われようとしているということを考えると、僕はとても辛い不安な気がした。もちろんぼくはコミュニズムについて知らず、野坂参三氏や徳田球一氏がどういう思想家かということも正確なことはなにひとつ知りませんでしたけれども、しかし、言論の自由ということを憲法に約束している以上は、これはまずいんじゃないかという暗い気分におちいったわけですね。

そのときぼくは、なぜこういうことになるんだろうと考えていて、はじめて、それは現在自分の国が占領されているからだろう、日本は占領されていて外国の軍隊が日本にいるからだろう、そこで日本人のうち、いちばん過激な人たちが沈黙することを強いられたんだろうというふうに考えたのでした。そのときになってはじめて占領という言葉がぼくの心のなかで意味をもってよみがえってきたのだったと思います。

滑稽な話なんですが、ぼくはその日まで占領ということについて無感覚だった。ジープに乗ったアメリカの兵隊が村の谷間までやってきたりしていた。それを現に自分の眼で見ていて、しかも占領ということを気にしなかったんですね。それはどういうことかというと、やはり戦後の数年間には非常に明るい感じがあって、アメリカ兵が解放軍に見えることがあったんじゃないかと思うんです。それはご存じのように、子供たちだけがとらえられた錯覚じゃなかった。もっとも、都会のインテリたちは、たとえば二・一ストというふうな契機があって、突然暗くなる戦後というものを体験していたのでしょうけれども、田舎で育っている十代の少年にとっては、やはり戦後はあいかわらず明るい感じがしつづけていて、その明るい一連の歴史の中心に新憲法があり、それがうまく運用されているという気分があったわけでした。そういうとき、共産党の幹部の日本人たちの追放ということを経験して、占領という絶大な圧力があるということにぼくは重苦しい感情を抱いたのだったと思います。しかし、ともかく、新憲法とそれにまつわる戦後のイメージは、まずわれわれ子供にとって明るい感じのものだったということを、ぼくは覚えておきたいと思っております。

さて、共産党の指導者の追放前後、すなわち朝鮮戦争前後を通じて、ぼくらの世界にも、あまり明るくない雰囲気がしのびこんできはじめていました。そして、早くも新憲法に対する疑いの声があがってきていた。新憲法が辱かしめられるということもおこってきた、そういう状態だったと思います。それは実に重要な時期でした。

ちょうど朝鮮戦争がはじまりました翌年に、ぼくは隣町の高等学校から、地方都市の高等学校へ転校していったんですが、そのお城がある地方都市に一つのデマがまかれていたんです。どういうデマかといいますと、朝鮮の戦場で若い日本人たち、とくに高校生程度の学力と年齢のものが必要とされている。そういう少年たちは教育されてスパイになったり、弾を運んだりするという。そして、どういうふうにその少年たちを募集するかというと、地方のなまけている高校生をつかまえて朝鮮に運べばいいだろうと考えている有力者がいるという。ぼくらは非常に心配したんですが、そういうときにも楽観的なタイプはいるもので、それでは俺は朝鮮料理に慣れておこうといった少年もいた。ともかくぼくらは心配して、怠けないで高等学校に通うようになりました。滑稽な話にすぎませんが、ともかくそういうふうに朝鮮戦争は、具体的にわれわれの目に触れるところにおいて戦われている感覚の戦争だったと思います。

おなじくそのころ警察予備隊というものができていて、それが今日の自衛隊にむかってどんどん改造されてゆくのが、新聞をつうじて眼にふれるし、警察予備隊にこいという勧誘がぼくらの身辺にある。そこでぼくは戦争放棄という戦後の日本の大看板というか、最大のモラルというか、それがすっかり踏みにじられている、辱かしめられているという気持をいだいた。しかもそういう現実があって、自分がそれに気づきながら、それについて口をぬぐっている、なにも感じないふりをしている、それをひどく困る悪い状態だと思いつづけていました。

そこでぼくが、自分の不安をしずめるために考えついたトリックは、憲法というものが片方にあれば、実生活というものがもうひとつ別の片方にあるのであって、法律と実生活、あるいは表向きのタテマエと日常生活のホンネとの二面性というものがこの世の中にあるのだ、と考えてみることでした。その二面性の背反に対して鈍感になっていくということが、現実生活者として成長することかもしれないという、人間のモラルをそのまま危うくする考え方をぼくは採用しようとしたんです。ぼくにはその他に自分の内部と外部を統一するやり方はないように思われた。

しかしそのトリックは永つづきするわけではなくて、やはり不安だった。ただ自分たちは選挙権をもっていないのだから、憲法を辱かしめる政府とは無関係であって、すなわち自分は無罪だという感じはしていました。ところが、そうでなくなる日がきた。それは大学を受験するときになって、よくできる友だちの何人かが防衛大学に入ったからです。それはぼくら戦後世代の最初の大きな分れ道だったと思います。

すなわち、ちょうど同じように疎開し、あるいは疎開してきた者らと出会い、同じように進駐軍のジープから罐詰をもらったりし、そして同じように『民主主義』という教科書で習った同世代、新憲法の旗のもとで、知的な青春を迎えた同世代の人間のなかに、自分の一生をかけて断固として、戦争放棄のモラルに疑問を提出する人たちが現れてきたということだったわけだからです。それは本当に激しい問題を含んでいる選択だったと思います。

ぼくは防衛大学を受験する友人と同じ東京行きの汽車に乗ってきて、東京周辺の駅で別れたんですが、そのときぼくは自分がいま大きい別れをしている、自分が生れてはじめて体験するほどの、まさに取りかえしのつかない大きい別れをおこなっていると感じた。その別れの感覚はいまも続いています。戦争放棄とか、主権在民とかいう根本的なモラルがぼくらの少年期の生活を普遍的に満たしていた。それが次第にそうじゃなくなっていく。すっかりそうでない方向に自分の進路を定めてしまう人間もいる。その経過がぼくの青春と、新憲法との相関の歴史だったとぼくは思ってます。

主権在民を否定する側に、あるいは戦争放棄を否定する側に自分の一生をかけて、進んでいった友人にとってみれば、憲法は当然改正されなければならないだろう。逆にぼくにとっては、主権在民とか戦争放棄とかが自分のモラルである以上、それに反対しなければならない。そこで、ぼくとそうした友人たちとは、憲法にかかわって、すっかり別れてしまっている。そういう不幸がぼくの同世代の若い人間の生活一般にあるわけだと思います。

さて、ぼくは戦争放棄という考え方が、自分自身の生活を確実に支えてくれるモラルの一つだと考えるがわの戦後世代ですが、しかしこういうふうにいうと、戦争放棄という考え方をもっていても、もっていなくても、東京で小説を書いて生活する上に、とくに関係はないのじゃないかと疑われるかたがいられるかもしれません。

しかし、ぼくは小説家の生活をおくっていて、たびたび、目がさめるように、自分の職業には戦争放棄という言葉が重要な支えになっている、自分の現実生活のモラルになっていると感じる瞬間があります。

たとえば去年広島で、第九回目の原水爆禁止世界大会が開かれまして、いろんな政治的な混乱がありました。しかし政治的な困難とはなれて、人間的な重みのあきらかな側面ももちろんあったわけです。そのひとつですが、平和行進というものがおこなわれまして、日本のいろんな地方の人たちが広島へ行進して入ってくる。かれらが広島に入ってくると、原爆病院前で入院患者たちが迎える、そういう儀式が毎年あるわけです。

去年のその儀式にあたって、ぼくが原爆病院の前に行くと、まずいことに、原水協の指導者たちは政治交渉に手いっぱいでそこへやってくることができない。また市民たちは、この大会にそっぽを向いていて集ってこない。そこでその日、平和行進を迎えた人たちというのは、原爆病院に入院している人たちとぼくら、ジャーナリズムの人間だけでした。

さて、真赤に陽にやけた平和行進の人たちが病院前広場で立ちどまって演説をする。それが終ると、原爆病院のなかから、三人の患者代表が出てきました。ぼくは心配して、あの人たちは日かげのなかにいるほうがいいのにと思ったんですが、そうじゃなくて陽の光のなかへ出てきてしまって、なかのひとり、小柄な人で非常に衰弱しているのがあきらかな中年の男の人がお返しの演説をはじめた。それはなんというか、蚊の鳴くような声での小さな声での演説でした。まったく聞えないので演説者のそばに駈けて行ってぼくはやっと、世界の平和、核兵器の全面的な廃止、それを自分は非常に期待しているという意味のことを聞いた。そしてその方は演説を終って、いかにも満足して引下がられました。

行進団は平和広場に向ってすでに出発していて、あとに残ったのはぼくをふくめて、二、三人と、原爆病院の方たちだけだったんですが、三人の患者の代表はゆっくり原爆病院の玄関へ入っていかれた。それを見ていてぼくは、なんだか元気はないけれども、とにかく自分の足で歩いていかれたのだからまず病状の軽い方だったのだろうと、そういうふうに考えていたわけです。

ところが、去年の十二月にぼくは新聞を読んでいて、原爆病院で宮本さんという平和運動に熱心だった患者が死んだと書いてあるのを見たんですね。問合わせると、やはりあの小さな声で演説した人だった。それから聞いてみると、あの日、宮本さんは、威厳をもって演説すべく自分の足で立って演説された。そして演説を終ったあと、やはり自分の足で病院に歩いて入っていった。しかしわれわれの目が届かないところへいくと、もう立っていることができなくて、もちろん階段なんか上ることはできなくて、抱えてもらって自分のベッドに帰った、それほど衰弱していられたわけです。そして彼はそのまま病状を悪化させ、ついには死んでしまわれました。

そのことを考えると、ぼくはやりきれない、痛ましい気持ちになります。氏の遺稿を読みましても、自分たちは非常に絶望的で、悲惨な死に向って闘っているんだと書いてあったりする。近い将来の確実な死のことを考えていられる。遠からず原爆病で死ぬことを意識していられる。しかし、ともかく生きているあいだに、平和とか戦争とかに関わって一言自分の志を述べたいと氏は考えられた。どういう志を述べられたかというと、すなわち核兵器を全廃して、世界平和を招来したいという志を述べられた。

その衰弱した肉体を死にむかっておしやるほどのスピーチを、平和行進の人たちも、われわれも聞いたわけですし、そして会議を開きもしたわけですけれども、しかし去年の暮れまでに、そういう見通しが明るくなっていたかというと、そういうことはなかった。それでもわれわれはなんとか希望をつないで生きておりますから、これから何年かあとに、そういうことがうまく達成される日があるかもしれないと信じる自由をもちますけれども、しかしあの宮本さんにとってみれば、昨年末の死の寸前、もうそれは希望がないということだった筈です。自分はすぐさま死んでしまおうとしている。したがって彼には、自分が生きているあいだにその可能性がはっきりきまることが必要なので、それがお先真暗のまま死ぬほかないということは、かれにとって非常に無念な、悲惨なことだったにちがいない。償いようがないほどに悲惨な心において、絶望的な死をむかえられたにちがいないとぼくは思います。

生残っているぼくには、自分の個人的な生命をかけて短い演説をした宮本さんに答える言葉もないけれども、もし、しいてそれに答える資格を求めるとすると、それはやはり新憲法に関わる筈です。われわれは戦争放棄という言葉を自分自身の生活のいちばん基本的な考え方の一つとして、戦後二十年近くを生きてきた、今後も生きていくだろう。したがって本質的にその点において死んだ宮本さんとわれわれとはつながっているのであって、しかもそのつながりを将来確実に証明することができる日があると信じるほかない。そういうことを信じなければ、この、非常に絶望して死んだ一人の男に対して、どうしても心の平衡を、感情のバランスをとることができないというふうにぼくは思います。

こういうとき自分がすがりつくというか、自分が頼りにするというか、そういう考え方の中心に、憲法の戦争放棄という考え方があるわけです。もしそのモラルがなければ、まったく困ったことになる。ぼくは死んだ宮本さんのことを考えるとなんとも言えなくなるだろうという気がします。

そういうふうにぼくは自分の日常生活のモラルとして、あるいは戦争放棄ということを、あるいは主権在民ということを考えてきたわけですが、しかしそれらに対して次第にいろんな抵抗が積重なってくるのも見てきたわけでした。

新憲法の考え方に対するアンチテーゼが様ざまな形で提出される過程に立ちあって、それになやまされつづけるのが、ちょうど十九年間の自分の戦後の歴史ではなかったかというふうにもぼくは思います。そしてそのアンチテーゼの中核はいうまでもなく自衛隊という存在でした。

まず警察予備隊ができたときにぼくはショックを受けたわけですが、しかもそれはつねに改造されていく。

そのたびごとに新しいショックを味わう他ない。そしてついに現在の状態の自衛隊がなかば固定した。ぼくは、警察予備隊ができたときに、それができなければ、本当にこの国は危ないかどうかと考えて、いや、そうではないのじゃないかと思ったことをおぼえている。またそれが自衛隊に改造されるときにも、自衛隊に改造されなければ、本当に、この国は危ないかどうかと考えて、いや、それはそうじゃないんじゃないかと思ったことをおぼえている。自衛隊に関する限り、ぼくはいつもこういうものができるというショックと、これはなくてもいい筈じゃないかという疑問とを常にもち続けてきたわけですが、ともかく今や厖大な既成事実として、自衛隊ができあがっている。

そこで、たとえばぼくの保守的な友人が、お前は自衛隊についてどう考えるかとぼくに聞くとすると、ぼくは次のように答えると思います。ぼくは戦争放棄というモラルを大切に考えていて、それを日本人の一般的なモラルと見なしている。ところが、現在、日本に自衛隊という軍隊があって、それは、赤ん坊の目にだって見えるし、老人の目にだって見える。それは、われわれ日本人みんなの前に現れてパレードをする。それを眺めるなら、憲法に、戦争放棄という条項がある国の人間として、誰でも自分のモラルというものが傷つけられる気がするのじゃないか。そしてそれは一般に人間的な頽廃、あるいはモラルの破壊を結果するんじゃないかとぼくは思う。そして、ぼくはそういうことを悲惨だと思う。したがって自衛隊はないにこしたことはないというふうに答えます。

ところが、たとえばこういうふうに友人は追及するわけですね。しかし現に自衛隊に入っていて、いろんな災害の救助のために働いたりしているきみと同じ年齢の若い人たちがいる。かれらにとっても、また日本全体にとっても、もし自衛隊がまったくなければどういうことになるかということを真剣に考えるべきじゃないか？

そこでもちろん、ぼくは考えてみます。ぼくは自分の村の青年たちで自衛隊にいる若い人たちを何人も知っています。確かに、自衛隊が現在すぐなくなればどうなるかという問いつめ方は、改憲派の非常に有効な武器だと思います。しかし、具体的に考えれば、これはいままで次第に積重なってきた既成事実というものの考え方によって答えがきまる質問じゃないかとぼくは思っています。

すなわち、自衛隊がいますぐさまなくなればという言い方は、ほんとうは具体的に真実をとらえていない。自衛隊というものを今日の日本の現実からポンととってしまうと、軍事的な空虚がおとずれたり、失業者が何万人と現れるではないかというふうに抽象化しても

のを考えてはいけないので、あくまでも具体的に考えなければならない。すなわち既成事実ということは、自衛隊単独に切離してはならない。自衛隊が少しずつでき上がって日本にいまこういうふうに存在するということで、アジアあるいは世界全体に非常に微妙な影響関係を引きおこしている。文化的にも、経済的にも、政治的にも、外交的にもそうです。

したがって現在の自衛隊をめぐる既成事実ということは、自衛隊がそこに存在しているということだけでなしに、それとともに、日本に自衛隊の存在があるから、日本周辺の国で日本を仮想敵とする条約が結ばれたこととか、自衛隊がこういうふうに存在するから、新しい農村の改革にむかってなんとか努力をかさねる筈だった若い人たちが、自衛隊という易きについたままでいるとかいう、影響関係の全体を考えてみなければならない。その全体をひっくるめてとらえて、それ

を自衛隊をめぐる既成事実として考えるべきなのだ。自衛隊の存在がひきおこした日本あるいは世界の政治とか文化とか、社会とか経済とかの歪みの総体として、自衛隊の既成事実を考え、そしてその歪みを着実に是正していく。少しずつでも着実に是正していって、日本と日本をめぐる状況をも、われわれの憲法の線に即した方向にもってゆく。それに何年かかるかわかりませんけれども、ともかくぼくらが生きているあいだにそうしようというのが正統的な考え方だろうと思います。

さて、憲法を改正するという考え方の人たちの代表的な意見のひとつに、こういう見方があります。すなわち、現在の憲法はわれわれ日本人が作ったんじゃなくて、占領軍から押しつけられたものだ、したがって自分たちの手でもう一度作りなおすべきだという言い方です。

最近ある雑誌で自民党の憲法関係の指導者のひとりとお会いする機会があったんですが、その方も新憲法が占領軍から押しつけられたものだということをたびたび強調される。この方は、実は新憲法の作成者の一人ですが、かれらが憲法の条文の工夫にいろいろと苦労していたときに、占領軍から、それを受入れなければ天皇制は保証できないということを言われて、しょうことなしに押しつけられたという話だった。

しかもぼくら戦後世代は憲法制定の際に、新制中学生か小学生だったわけですから、この憲法がわれわれの主体性においてつくられたものでないというふうにいわれると、それに直接抗弁することはできない。しかし、ぼくらは、いま憲法を押しつけられるということがどういうことかということについて考えてみる余裕がある筈だと思います。もっと本質的に、押しつけられるとはどういうことかと考えてみてもいい。

たとえば一台の自動車を買うとして、セールスマンと交渉している。セールスマンがひとつのタイプの自動車を、このタイプを買えといって押しつける。押しつけられて買ってしまう。しかし買った瞬間その自動車の持主にとって、それは、押しつけられた存在ではなくなるんですね。すなわちそれからあと、彼が、その自動車を売ったり捨てたりすることなしにいつまでも乗りつづけていくということは、その未来の瞬間ごとにこの自動車を自分のものとして選び続けていく、自分の責任でもって選びつづけていくということになる筈だと思います。

この新憲法が、ごく少数の起草委員たちにたいして押しつけられたものだというのは昨日の歴史的事実かもしれない。しかし、たとえばぼくはそれを新制中学の教科書で習いながら、あるいは、その体制のもとで生活しながら、この憲法に対して自分がこの憲法を自分たちの憲法として日々選んでいるのだという態度をとってきたのだと思うんです。

すなわち本質的な問題はそれが押しつけられたかどうかということではなくて、自分がそれを選びとったかどうかということだと思いますし、そういうふうに考えることが人間的現実の真実に近いと思います。ひとりの人間が、この新憲法を自分の憲法として選びとったならば、そしてそれを日々、選び続けてきたとするならば、それはやはりその人間にとって主体的な責任のある行動だったのであって、押しつけられたかどうかということと無関係に、それを自分のものだと主張する権利と義務があるのじゃないか。あると信ずべきなのじゃないかとぼくは思うのです。

ここにひとりの老政治家がいて、かれに占領軍が憲法を押しつけたにしても、かれが国会でそれに賛成投票をし、それからあと、この憲法に抗して自殺あるいは引退をしないで政治家として生きてきたということは、やはりかれもこの憲法を自分のものとして選んでいた日々があったのじゃないか。それをいま、あれは押しつけられたもので、したがって自分の本意でないといえば、それは外部に対しては通用するかもしれない。他人に対しては通用するかもしれないけれども、しかしその老政治家は、自分の内部で一つのモラルが崩れることを感じなければならないのじゃないかとぼくは思います。

すなわち自分が十九年間選び続けてきたものを、いま否定して、それは自分が好きで選んだのじゃなかったというふうにいう人間は、やはり内部のモラルが崩れているタイプだと、ぼくはそういうふうに考えるわけです。

そして逆にいえばぼくら戦後世代は、旧憲法についてはは実生活的になにひとつ知らないわけだし、新憲法についてもそれを自分の手で作ったなどとは決していえませんけれども、しかしこの十九年間を成長する段階で、この憲法を自分のものとして選び続けてきたということはいえるので、そういう場合には現在もなおそれを選び続けていく、正統的な理由があるし、そうすることが正しいのじゃないかとぼくは考えます。すなわちそのときは、戦後世代にも、この憲法について、これは自分たちの憲法だと主張するまっとうな権利がある筈だと思うんです。

ぼくはそういう考え方をしているわけでありますけれども、しかし現在、もっとも困ることなのは、戦後世代の、それもいちばん若い層に憲法についてまったく無関心で、新憲法でも、新新憲法でもなんでもいいじゃないかというタイプの感じ方の人たちが、かなり多いようだということです。それは大学や高等学校での、アンケートでたびたびあきらかになっている。ぼくは、それを困ったことだと思っています。憲法というふうな特別な存在は、それに無関心であるべくつとめる人間にとっては、いわば死んでしまった怪物みたいなものだと思うからです。それがそこにあるけれども、それと無関係に暮すことも充分できる、そういう存在だと感じられるものではないかと思う。したがって、その死んだ怪物に生きいきした力を与えるには、憲法について、自分独自の想像力をもつことが必要な筈です。その人間の想像力において憲法とかかわる。そのときの個人にとって憲法は生きた存在となるのだろうと思います。

ぼくの友だちで、フランスでしばらく前に自殺した若い学者がいました。かれは若いが優秀な人で、フランス人の奥さんと幸福に暮していたんですが、そして精神のゆがみなどなかった人間だったのですが、ただ、核戦争にたいして非常な恐怖心をもっていた。核戦争というものが起ればこの世界がどのように滅びるかということを、具体的に綿密に想像する力をもっていたわけです。

一昨年、キューバをめぐってアメリカとソヴィエトが対立したときに、ほんとうに戦争がおこるにちがいないとかれは考え、核戦争の可能性を激しく熱中して空想し想像しているうちに、彼はこの日常生活への持続力をつかいはたしてしまい、それからすぐあとかれは自殺してしまった。この人間は偏執的だとか、この人間は気が弱すぎる、気で病む男だったとかいうふうなことをかれの死にあたっていう人もいましたけれども、しかしそうじゃなくてかれのように戦争について想像する力をもっている、悲惨への想像力をもっている人間がいるからこそ、ぼくらは世界は決して滅びまいとか、戦争は早急にはおこるまいし、もしはじまったにしてもそれはこの地上に人間がすっかりいなくなってしまう前に終るだろうというふうな、予定調和を信頼していられるのじゃないかと思います。

そして、かれが戦争について独自な想像力をもったと同様、現在のように憲法の問題がもっとも危険な状態、あるいはもっとも重要な状態にあるときには、われわれはその憲法を、死んでしまった怪物、なにか自分の現実生活とは無関係なものというふうに考えることをやめて、自分の想像力でもって、憲法に自分の想像力の血を与えてみる必要があると思います。

そして憲法が、自分のこの戦後二十年間の現実生活の歴史の上で、どのように具体的な意味をもってきたかということを確認してみなければならないと思うのです。そしてそれこそが未来にわたって自分自身とこの憲法とのつながり合いをたしかにしてゆく、唯一の方法なのじゃないかとぼくは考えています。そこで今日、ぼく自身も、自分があの戦争のあと、憲法についてどのように具体的な印象をもってきたかということを体験に即してお話したわけであります。

〔一九六四年〕

Ⅲ

私小説について

《私小説は亡びたが、人々は「私」を征服したらうか、私小説は又新しい形で現はれるだらう》と小林秀雄氏の書いた年に生れた人間であるぼくはいま、こう考えている。私小説は亡びなかった、人びとは「私」を征服しなかった、そして私小説は新しい形をとることがなかった……

人びとは「私」を征服しなかった、征服しなかったというより、この二十六年間に「私」はますます文学の中心問題となった。「私」より他のものは征服されつくしたが、「私」だけはのこった、というべきかもしれない。他人のこと、あるいは人間を他人としてとらえること、すなわち政治、それよりも、「私」にこだわり、「私」のなかにはいりこみ、私の内奥の暗い深みをさぐることが、文学者の当面の問題となったように思われる。すくなくとも社会主義国家群をのぞいて、あらゆる国の若い作家たちが「私」のなかにもぐりこみはじめているとぼくは考える。それも「私」を征服する、というのではなく、叫び声をあげながら「私」のなかに抜け穴をさがしもとめているように思われる。

荒蕪の島で人間になにができよう、自然を見つめ、ミスティックになり、自分自身の本原の個性のなかへ、より深くはいりこんでゆくようにつとめることのほかに？　とノーマン・メイラーが新聞記者にかたっていた。そこで荒蕪の島に数冊の書物とともに追放されるなら、自分の書いた本をたずさえてゆき、それをつうじて自己探検の旅にのぼりたい、自分の書物こそ、自分の問題についての最高のドキュメントだから……

ノーマン・メイラーのこのインタヴィュー記事は感動的なほど自己告白的である。日本の作家がインタヴィュー記事でこれほど赤裸々に自己告白をおこなうことはないし、これほど率直に人生の信条をかたることもない。ノーマン・メイラーはかれの「私」を表現するために努力し、そしてこういう。あまりせっかちに私を理解しようとなさらないでいただきたい！

ノーマン・メイラーはつづいてセックスこそが十九世紀、二十世紀前半の作家たちの手によって開拓しつくされなかったわずかな残りものの文学的主題だともいっているが、二十世紀後半の作家たちが「私」にこだわるほかないということも同じ理由できわめて切実なことである。

アメリカの若い作家たちは、きわめて明らかに「私」をきわめつくすことを目的としてその新しい文学をつくりはじめた、と海のこちらがわから観測するものの眼にもうつる。アメリカ、メキシコ、アフリカの海、ヨーロッパと冒険してまわりながら、ソール・ベロオの主人公は結局、その「私」の内部へ旅するのだし、アメリカ大陸を高速の自動車で背後に炎の車がせまるようにあわただしく駈けずりまわるジャック・ケルワックの主人公も、映画の都のそばの歓楽郷から闘牛の町、ニューヨークと楽しく生きて放浪する旧爆撃機乗組員のノーマン・メイラーの主人公も、聖者のように自分の「私」の内部へ深く手さぐりしながら、モノマニアックなほど「私」にこだわるのである。

ぼくも若い作家の一人として「私」の内部へ自己探検の旅をおこなうことを、文学的主題のもっとも基本的なものと考える点で、これらのアメリカの作家たちにつながっていると感じる。ノーマン・メイラーをもう一度だけ引用すれば、かれは神に問う、《あなたは、セックスが哲学の出発点であることに同意なさいますか?》ぼくはそれにならって次のようにいうことができるだろう、みなさん、あなたがたは、「私」が文学の出発点であることに同意なさいますか?

おなじ文章で小林秀雄氏はこう分析している、《今自分の正直な告白を小説体につづつたのが私小説だと言へば、いかにも苦もない事で、小説の幼年時代には、作者はみなこの方法をとつたと一見考へられるが、歴史といふものは不思議なもので、小説といふものは、人間にとつて個人といふものが重大な意味を持つにいたるまで、文学史上に現はれなかつた。ルソーは十八世紀の人である。》

そしてこの文章の印刷されたあと今日までの二十六年は、個人にたいして千八百年の人間の歴史がなしとげた以上のことをおこなったように思われる。一箇の爆弾がすべての人間の同時の死の可能性をほのめかして、すべての人間の運命を統一したとき、逆に個人は極度にその「私」の重みを思い知った。作家たちの眼にもっとも重要なものと見える存在は、すべて「私」の内部の深淵に沈んで不安なきらめきを発しているようになった。「私」は征服されるどころか、最強の敵となって城を構築してしまったわけである。文学者は、自己探検の攻撃をかけるほかない。

私小説は又新しい形で現われるだろう、この予言を読みかえしながらぼくが私小説に関心をもつのはこのような事情からである。

現在おこなわれている私小説、それを考えるためには志賀直哉氏のなしとげたところから出発しなければならない。私小説は志賀直哉氏によって変質をとげた。むしろ、現在の私小説という日本文学だけの形式は、志賀直哉氏とその追随者によってはじめてつくりあげられたというべきかもしれない。

それは文体のがわから、まず指摘することのできる傾向だし、文体のがわからということは、文学の本質の中核からということでもある。志賀直哉以前の私小説製作は、たとえば次のような文体でおこなわれていた。

《僕はあの時分から駄目だつたんだ。あの時分から僕の病気はだんだんひどくなりかけてゐたのだ。僕は教室の後の隅つこに小さくなつてごちやごちやと並んだみんなの頭ばかり見てゐたのだ。そしていろいろな円い、角い、尖んがつた、圧しへされた、旋毛のグイと後に喰附いたそんなやうないろんな頭を見てゐると、俺は訳もなくつくづくと憂鬱になつて来て、この世の中が果敢《はか》なまれて来て苦しくて堪まらなかつたのだ。けれどもその時分はまだまだ詩人だつた。》……A

Aの文体は個性的で、立体的にこの「私」を表現している、そしてこの「私」がこれだけのパラグラフでもなにか特異な新しい人間であることを暗示する。ところが、志賀直哉氏はその文学のほとんど最初から、それ以後あらゆる国語教師によって追随され、日本語散文の正統的な規範のあつかいをうける特殊な文体を固定して創作をはじめた。それは日本の国語教育にとって大きな事件であったといわねばならない。戦後の作文運動はその文体的リアクションですらあった。

それればかりか、志賀直哉氏の文体によって最も大きい被害をうけた作家が志賀直哉氏自身なのである。氏は一人の作家に一つの文体しかないというめずらしい誤解をストイックに信じとおし、みずからの肉を剥ぎとるように自分の他の可能性を封じこめ、不動の「私」をつくりあげた。そのように文体をえらぶことは、作家にとってその人生の行動法をえらびとることである。かれはいまや数万の国語教師と数人の私小説作家をしたがえて、その作家としての肉体と精神とを、死んだ人間のように規範的に明快にいかなる不安もなく存在させている。

志賀直哉氏は、治安維持法のつくられた翌年に、その時代にいかにも超然と『痴情』という秀れた小説を書いた。そこには珍しく対照的な二つの文体がある、「私」に裏切られて傷ついた弱者の妻の手紙が引用されているからである。

《もうもうすぎた事だからと思ひながら、こだわりて仕方が御座いません。どうしても、ようきの気持になれません。ほんとうにもう一生のうちにこうゆうつらひ思ひをどうぞさせないで戴き升。お猿もたうとう死にました。今もかなしくてかなしくてたまりません。もうほんとにあなたを信じさせて戴き升。ほんとにほんとに信じて信じてゐてこんな事がありましたので御座いますから、此後はほんとに内しよでもいやで御座い升。私の我まま斗申上まして御気におさわりになりますかもしれませんが私の胸の苦しみ出しまして御願ひ申上升。》……B

《彼が外出から帰り、此手紙を見てゐる時、電報が来た。「オカヘリネガウ」——妻がいよいよ堪へきれなくなつた気持が彼には明瞭《はつきり》うかんだ。彼は妻がこれ以上我慢しようとしなかつたのは、幸だつたと云ふ気がした。用は少しも片づいて居なかつたが、直ぐ帰る事にした。

「病気でも悪いのかしら？」

「私が道楽したんです」

母はそれには答へなかつた。そして「直ぐ帰るといいね」と云つた。

彼は二十分程で支度し、漸く最後の急行に間に合つた。》……C

Bの文章の奇妙なかなづかい、用語、そして独創的な飛躍（お猿についての突然の記述のなんという効果!)それらはいかにも切実に、この苦しみながら卑下している「私」を短い行間に生動させる。

Cの文章は雄渾で簡潔だ、そしてエゴイスティックで鈍感な「私」とその母とを、いかにもふさわしくえがきだすことのできる文体である。

ここで重要なことは、日本語の標準的な文体という架空の概念によって、Bの文章よりCの文章が正統的ですぐれているとすることはまちがいだということである。この常識は国語教師たち、志賀直哉氏の流れのなかの私小説作家たちによって無視されたむきがある。志賀直哉氏にとっては個性的だったCの文体も、それを継承して、日常的でおだやかで反復可能な小説の文体として採用した私小説作家たちは、もっとも個性的でない文章の書き手となり、もっとも個性的でない生活者としての「私」となった。

Bの文体はCによりもAに近い。葛西善蔵、牧野信一、嘉村礒多、宇野浩二、滝井孝作らの私小説作家たちの文体に近い。志賀直哉氏の文体とはもっとも遠く、その追随者たちよりはなお遠い。そして現在、私小説から追放されたBの文体が「私」をかたるのは、作家でなくもっと具体的な生活者の文章においてである。森崎和江氏の女坑夫からの聞き書きは、Bの文体によってしかとらえられない「私」が、現在どこに生きているかをあきらかにしてくれる。

《それに娘たちはみんなしゃんとした気分でした。どんなことでも堂々とむかってやる、こい、という気風でしたね。今ごろあんな娘たちいませんねえ。思いっ切りやりました、何も。悪さもしましたが、負けられるか! という気持でしたよ。このごろの娘はふうせんのようで頼りないです。あのころのわたしたちの気分をさがそうとしてもありませんね。せいぜい土方ですよ。それも大層ちがいますけどね。ニコヨンの女

たちのなかには少しあの気分はあります。さみしいもんですね。戦争のあとよけい女はつまらんようになりましたよ。》

現在の私小説の文体において正統的な位置をえ、覇をとなえているのはCの文体である。尾崎一雄氏の近作『まぼろしの記』にはCの文体の最も誠実な継承者としての面目がある。

《私はかつて、「人非人になる」などと揚言し、無頼の所業にいそしんだ覚えもあるが、長つづきしなかつた。他人の指弾に耐へ得なかつたからではなく、そこに自分の甘つたれ根性を見出したからであつた。そして、

(うつかり甘たれてゐると、エライことになる)と思つた。》

均衡のとれた姿勢の良い文章である、それはCの文体の血の正統をついでいる。そしてこの文体のかたる「私」は正常で退屈で、不安な好奇心をそそったりはしない、既知の一市井人である。市井人というのもいわば文学的な形容であって、現実を生きている市民とは別の、いわば反・市民生活者である。

Cの文体の発明者、志賀直哉氏にとってはAの文体が葛西善蔵氏にとってそうであったように、Cの文体は氏固有の人間の真実に相関わる、きわめて特殊なものであった。それはすくなくとも志賀直哉氏の「私」が、Bの文体の書き手である妻と残酷なほど質のちがう人間であることをはっきりしめすだけの特殊さをもっていた。志賀直哉氏の「私」は、Cの文体がほんとうは日本語の範例どころか、きわめて特殊な性格のものであるという意味とまさにおなじ意味で、特殊なものであった。

しかし、尾崎一雄氏の「私」は、できるだけ個性的な歪みをなくした規範的な文体によってえがかれる、

反・個性的な人間である。それは日常的な、決して異常でない、「人非人」でない「私」である。

したがって『まぼろしの記』でも、ほかの氏の作品においてたびたび反覆されるように、「私」は単なる記述者にすぎない。年代記の記述者のように、可能なかぎり「私」は影にしずみ、色彩をみずからにほどこすことを避ける。この作品で個性的なのは(すなわち固有の文体を要求するであろう「私」をもっているのは)外面から描写される「他人」たちであり「他人」としての過去の「私」である。そしてこの私小説作家が、ほかのいかなる反・私小説作家よりも「他人」を正確にえがくという奇妙な、しかし当然でもある背理が生じることになる。そしてこの場合、志賀直哉氏の次の言葉は、もっぱら「他人」を知ることについてのみあてはまり、「私」を知るためにはそれがあたらないと感じられるのだ。「私」は最初にすべてを知っている。

《作家は書くといふ事で段々人生を深く知るより道がない、書いて見て初めて自分がその事をどの程度に深く知つてゐたかが判然して来る。書いて見て如何にその事が本統の行ひでなかつたかといふ事も分つて来る。》

しかし『まぼろしの記』は、現在の私小説がほとんどすべて感動的なように、確かに感動的である。そしてそれは、この私小説が、いかに非個性的な人間も共有しているところの、生と死の問題についてかたっているからなのだ。ここには日常的な平均的な人間の、生と死についての信仰告白がある、それは電車のなかでとなりあわせた他人からおなじ問題について信仰告白されたとしても感じるはずの感動を、われわれ読者の胸にひきおこす。

誤解をさけるために敷衍すれば、その作用は次のような構造であるだろう。

　正常な生活者における異常事(たとえば、死)をかたることによって感動をひきおこすこと。しかもこの場合、この異常事は非個性的に、誰にでもおこることが「私」におこったと「私」がかたることで真実性をたしかめ、おなじ正常な生活をおくる非個性者たちを感動させるのである。

　これは、現在の私小説がいかにも日常的な次元をあつかうように見えながら、ほとんどつねに生と死の異常事をあつかっていることからも逆にあきらかにされることであろう。そして現在の私小説家のうちで例外的に固有の文体をもった、川崎長太郎という異常な生活者が、きわめて日常的な次元をその小説のシークェンスに採用することの意味をも、裏側からあきらかにするだろう。

　右の事情を展開すると、次のような例を証明する論理にもなるはずである。すなわち、Cの文体は、ごく平凡な非個性的な人間が、きわめて特殊で異常である状態におちいっていると、その異常状態においての日常生活をも感動的にえがきだすことができる。しかもこの異常状態は、万人の常識が異常とみとめるところのことでなければならない。

　日本の私小説の最上の才能の一人であった北条民雄とおなじ病の作家、日下直樹氏の『不肖の子』がその範例である。ハンセン氏病という、ごく広くその異常性のあきらかである病にかかっている「私」兄弟を七年ぶりにみまった母親を、いかにもCの文体の規範にしたがって、没個性的な文章で作家は描写する。

《健も手が悪くなったなあ、と私の右手を取って、入園する前によくしてくれたように、両手の中へ入れてもみ合せた。母も子も、また黙った。この療養所に多い尾長鳥が、激しい鳴き声をたてて、後ろの杉の木

から飛び立って行った。》

この凡庸なシンタックス、凡庸な尾長鳥のあつかい、しかしぼくは感動を禁じえない。そしてこの感動は、もしこの作家がこの「私」とちがってハンセン氏病者でないとしたならば湧きおこらないものであり、この感動はハンセン氏病への既成概念が背後の声となって支えているものなのである。それは現在の私小説の本質につながる。

現在の小説の大群のなかで私小説がうけているふたつの評価、その正統的な秀れた文体、その深い感動をひきおこす内容、という評価の意味についてぼくはぼくの考えをあきらかにした。それが正しいかどうかは、とくに私小説作家の批判をまたねばならない。

ただ、ぼくは、それではおまえはどうなのか？　という問いに、あらかじめぼくと「私」の関係をあきらかにしておかねばならないだろう。私小説が感動的なのはそれに作家の、生と死についての信仰告白があるからだ、とぼくは書いた。それは逆にいえば、日本の反・私小説作家たちが、きわめて多く、その生と死についての信仰告白のない小説を書くということである。インタヴュー記事で自己告白をおこなわないように、小説においても作家は自己告白をすることがない。きわめて少数の例外をのぞいて、それはおこなわれない。その自己隠蔽の傾向は、政治的な意味においても広く見うけられることである。

そこで日本の作家たちは、その厖大な著書とともに荒蕪の島に追放されても、その自分の書物を自己の問題の最上のドキュメントと観ずることはできず、それによって自己の内奥へ自己探検の旅にでることもまた不可能なのではあるまいか？

先にひいた志賀直哉氏の日記の文章は、小説論としても認識論としても真実にふれているが、もし作家たちがあまりに自己離れしてしまうならば、そのとき作家たちは文章を書くことによって段だん人生を深く知ることができず、その行為が正統的な行為であったかどうかを知ること、すなわち決定し選択すること、それもできないのではあるまいか？　したがって私小説作家が昭和期のはじめになしとげたもの、到達したところから、今日の小説は現実の人間との関係において後退するのではあるまいか？

ぼくは自己告白すれば、ノーマン・メイラーのいうように自己探検の旅を自分の内部におこなうことと、小説を書くこととを統一したいとねがうものである。しかし「私」を、現在の私小説作家の文体の規範にしたがわせようとするとき、ぼくは「私」がぼくの真実の内奥にふれてゆかなくなるのを感じる。またぼくが、自分の内部に自己探検の旅をはじめるとき、ぼくは「私」が想像力《イマジネール》の世界に踏みいることなしには、ぼくの内部の暗い深みからうきあがってしまうのを感じる。そこでぼくの文体はCのそれよりもBの、不均衡で偶発的な歪んだ文体にちかづく。そしてぼくの「私」は若い作家のぼくから遠ざかり不安な予想外の怪物にちかづいてしまう。もし「私」を征服するということが可能ならば、ぼくにとっては想像力の世界でぼくの内部にもぐりこんでゆく「私」を発見し具体的なイメージにかえることとしかないと、ぼくは考えるのである。

そしてもっと一般的にいえば、われわれの文学はあらゆる文体とイメージをもちいて自己探検し、自己告白することによってしか、反・文学の攻撃にたちむかうことはできないと考えるのである。自分自身が敵でないかということさえ発見できないのではないかと。

〔一九六一年〕

戦後文学をどう受けとめたか

　ぼくにとって戦後文学、あるいは戦後文学者という言葉は、つねに深く激しく鋭く、喚起的だった。それは《意味》をもっていた。ぼくと、ほぼ同年代のものにも、これらの言葉にまったく反応しない連中、これらと鈍感にしかふれあわない人たちがいるから、ぼくの頭のなかで、これらの言葉がつねにぶんぶん唸りたてる《意味》は、きわめて個人的な性質のものかもしれない。それにしても、フランスの戦後文学者イメージより年少で、アメリカの戦後文学者イメージよりは年長の、日本の戦後文学者たち、その戦後文学、それらはぼくの内部で《幻影》だったことはない。

　ほぼ同年代のものというのは、たとえば、一九三二年生れの石原慎太郎と、一九三三年生れの江藤淳だ。石原は、『新日本文学』別冊のための座談会で、戦後文学者たちについてどう思うか？　とたずねられたとき、ああ、あのだめになった人たちか、といった。微笑しながら、ではあるが。かれがそういったとき、隣りの椅子にすわっていたぼくは微笑をうしなった。ぼくはそのように反射的に揶揄の反応ができる軽い言葉として、戦後文学、戦後文学者という言葉を自分の内部に存在させているのではなかった。

　江藤淳がこのような文章を書いた、それは『青春の荒廃について』というタイトルにおいて、である。

《自然主義文学が文体を破壊したというのはすでに常識になっている。それをさらにプロレタリア文学と新感覚派の運動が左右から粉々につき崩し、戦後の文学は文章の実験を試みはしたが結局文章を軽蔑するという悪習から一度も意識的に離反しようとはしなかった。それが本質的には精神の衰弱を意味するということを反省すべきときではないだろうか。翻訳小説の模造品の問題なども、文章についての感受性が批評家のなかに養われていれば、もってまわった議論をしなくともただちに解釈のつくことである。》

いまはじめて江藤淳の文章を書きうつしてみて、かれが戦後文学、戦後文学者とはまさに遠い文章家だということをあらためて感じる。右の文章にかぎってもこ「常識」とか「意識的に」とかいう言葉は、若い批評家の逃げ道戦術というわけだろうが、「精神の衰弱」とか「青春の荒廃」とかの、あいまいで気分的な言葉を、重要なモメントとしてもちいるのは、「文章についての感受性」のある批評家としては、そういうことをしてはいけない。こういうふうに、「ただちに解釈」をつけたりするのは、戦後文学の文章家にたいして恥かしい。いまアメリカにいる親しい友、江藤淳にはじめて苦言を呈すれば、それもアメリカまでぼくの声がとどくなら、の話だが、江藤淳はその「文体」についての考え方を、「反省すべきときではないだろうか。」それは大岡昇平のような人にいちど率直な意見を聞いたほうがいい。それも、「やはり『東京生れ』の私が、大岡氏の文体にいいがたい親しさを感じるのは」などと甘ったれて耳をみずからふさいだりしないで、聞いたほうがいい。ぼくは、江藤淳の「文体」論が衰弱している、などとあいまいなことはいわないが、それは、たとえばフランスやイギリスの「文体」についての常識から、すでに不勉強な遅れをしめしている。ここでぼくが使っても、この「常識」という言葉には戦略の匂いがするから、いいかえれば、身近なところで、当の戦後文学の時代からさえ、江藤淳の「文体」論は遅れている。プリンストンで勉強してもらいたい。

友人への注文から本題に戻れば、江藤淳とほぼ同年代のぼくが、戦後文学と戦後文学者にたいして、いま引用した文章の内容のようなことをいう勇気はまったくない、ということをぼくは書きたかったのだ。この場合、一九三五年生れのぼくよりいくらか年長の江藤淳が、ぼくにはじつに無邪気に見える。無邪気すぎて疑わしい。戦後文学者たちは、江藤淳があたかも自分の新しい発見ででもあるように定言命題にしている考え方について、先刻承知だったし、もっと老獪に承知していた、とぼくには思える。ぼくはこのようなことを不用意に、あの戦後文学の古強者たちにたいしていうことができない。すなわち、石原慎太郎の場合とおなじく、江藤淳の場合も、ぼくはかれと自分とが戦後文学、戦後文学者という言葉からまったくちがった内容を喚起される、というわけだ。ぼくの戦後文学体験が、ぼくだけの個人的偏向をきたしているのではないかと疑う所以である。したがってそれを具体的にあとづけてみたいと思う。

戦後文学とぼくは、それぞれことなったタイプの出会いを二度体験したことになる。年代について区分すれば、野間宏、椎名麟三ら戦後文学者たちが、『暗い絵』を書き、『深夜の酒宴』を書いていたとき、ぼくは地方の小学生から新制中学生になるところだった。そこで、この時代のことをぼくは、兄たちの昂奮をそばで感じとっていた、というイメージをつうじてしか思いだせない。ただ、奇妙なひびきをたてるかもしれないが、新制中学生のぼくが生れてはじめて村の本屋に注文して買ったのが、岩波文庫の『カラマゾフの兄弟』と、渋で和紙を強化した表紙の背に、おおぶりの活字を金でおした(とおぼえている)花田清輝『復興期の精神』だった。それはともに、社会科兼農業科の教師にすすめられたものだ。その後、ぼくは『復興期の精神』の著者と同席したことがあるが、このことは自分だけの辱かしい秘密のように黙っていた。十四歳のとき、あなたの本に夢中でした、などといえはしない。しかしぼくはこの博学な著者をじつに永いあいだ畏敬していたのだった。そして自分も、フランス語、ドイツ語、イタリア語、ラテン語、ギリシャ語そのほか北欧の言葉まで習いたいと考えた。やがてこの本のなかのたとえばダ・ヴィンチのエピソードが、イタリア語あるいはラテン語の書物からというより、フロイトの著書の脚注からみちびかれたものらしい、というようなことを感じるようになって、ぼくの語学狂の一時期は終った。いま『復興期の精神』は手許にないが、たしか「楕円幻想」という、楕円の二焦点をレトリックの契機にした文章にもっともひかれたことをおぼえている。それがきっかけで、ぼくは大学にはいるころまで幾何学を最大の趣味にしていたのだった。また、高等学校の一年生のとき『浪漫的完成について』という太宰治論を文芸部誌に発表したこともおぼえているが、そのタイトルは、花田清輝からの剽窃だった。

この時期にぼくが友人たちと読みふけった小説は石川淳だったこともまた、複雑な感慨とともに思いだす。ぼくらは、石原慎太郎の太陽族小説を読んで熱狂する不良少年たちのように(もしそのような読書家の不良少年がいるとして、の話だが)、戦後少年の冒険をえがいたイカス小説として石川淳の戦後の作品すべてを読んだのだった。この体験についても、ぼくはこの敬愛するというより畏怖することと激しい文学者にたいして告白したことはなかった。そしてこのような時期ずっとぼくは、そのころ刊行されはじめ、やがて完結した小林秀雄の全集を徹底して一ページももらさず素直に読んでいた。そのような文学的体験が地方の少年の戦後だった。この期間、戦後文学の小説としては

『顔の中の赤い月』を読み、感動しながら、しかもタイトルを滑稽に感じたこと、それだけの記憶しかない。

第二の出会いはもっと明瞭におぼえている。それは一九五二年に始った、すなわち戦後の終った年に始った。そしてそれがいまもつづいている。それは中村光夫が『文学』戦後文学特集号に書いた『占領下の文学』という文章を読んだことから論理的に整備されたのだった。この戦後文学否定の文章から、逆にぼくは占領下の時代の古本へとさかのぼっていったのだ。それもこの文学群が最初の出会い以来、気がかりに感じられていたので。また武田泰淳の『風媒花』の連載されている『群像』をほぼおなじころ、毎月じつに緊張して読みつづけていたことから、ぼくの戦後文学への第二の出会い、実際には内容のある始めての出会いが、一年間にわたって持続したのだった。ぼくは十七歳だった。そのころ愛していた村上菊一郎訳ランボオの詩句のとおり、「堅気ではおられませぬ」というざわざわした気分で、しかも大学受験をすぐ前にひかえた時だった。ぼくはフランス文学科にはいることを初めて予定した。そしてサルトルを読み、このいくらか年長のフランス戦後文学者の『分別ざかり』のマドリッドのモチーフと、やや年少の日本戦後文学者の『風媒花』の中国のモチーフをかさねあわしたりしていた。ぼくがもっとも激しく胸をしめつけられたのは、武田泰淳という、はじめて読む作家に、なにか暗く得体のしれない「中国」というものが背後の体験としてひそんでいるらしい、ということだった。マドリッドを背後にひかえたヤクザのフランス知識人にたいする、歯がみしたいような羨望とも、それはつらなっていた。結局、ぼくが、これはただものでない怪物たちだ、と感じて羨望し畏怖する作家たちとして、再び戦後作家たちが顔をだしてきたというわけだ。そしてそれが中村光夫の否定的契機に逆にエネルギーをあたえられて、ぼくの頭のなかを、暗い尾をひいてぶんぶん旋回しはじめたのだった。それが、感性の上では今もなおつづいているのだというふうに、ぼくは思う。ぼくは、そのころはじめて小説の習作をしたのだった。

それにしてもぼくは『風媒花』の冒頭の文章の、きわだった印象を忘れない。戦後文学が幻影だったというような命題がぼくの内部で一瞬でも現実感をもつのは、武田泰淳は十年後のいま、このような文章を書かない、と考えてみるときだけだ。

《青黒い汚水の上に堅固に延びた、コンクリイトの橋を、峰はことさらゆつくりと歩いた。幅の広い灰色の橋は、妙な安定感があつた。その束の間の安定感は、彼自身のものだ。電車レエルのないその路は、橋のあたりで雑踏から離れる。急ぎ脚で渡り切ることも、のんびり立止ることも、彼の自由だ。》

この短かく正確な文体の技術的な秘密は、「その束の間の安定感は、彼自身のものだ」と「彼の自由だ」という、ふたつの錘りのような定言命題に由来しているわけだが、それにしても、この咏嘆的な思想小説という、まずい条件のついてまわる小説をがっしりさせ、刺激的に(脳にたいして)しているこの文体は、精神の衰弱どころのさわぎではない。文体とは一般に動的なものだ、それを静的にとらえたがる理論は「文体」論として脆いことがすでにわかっている。すくなくとも、武田泰淳はじめ、戦後派の作家たちは、みな動的な文体の手ごたえを知って、それを運用していた。『風媒花』はそれを充分に納得させる。

野間宏についていえば、『暗い絵』にしてもたしかに動的な文体を正確に意識したものの手でそれが書かれている。もういちど、あの冒頭を虚心坦懐に読みかえしてみるだけでそれは充分に理解できる。
《草もなく木もなく実りもなく吹きすさぶ雪風が荒涼として吹き過ぎる。はるかに高い丘のあたりは雲にかくれた黒い日に焦げ、暗く輝く地平線をつけた大地のところどころに黒い漏斗形の穴がぽつりぽつりと開いている。》

これはむしろ軽快な気分さえあじあわせる、明確な即物感をもった文章ではないか。『わが塔はそこに立つ』の冒頭の、人工的な混迷とは性質がちがう。戦後文学はおおむね明快な声で歌われる健康な歌だった。いま一九四六年から一九五二年にいたるあいだの戦後文学を読みかえすものの耳には、戦後文学は幻影だったというような歌はきこえてこないはずである。それにしても文学という、幻影にふかくかかわった実体について議論するさいに、幻影という言葉そのものを不用意にもちいるのは穏当でないだろう。

あらためて、もっと個人的な声でかたることにしよう。ぼくが小説を発表しはじめたとき、いつも心にかかっていたのは、これはすでに戦後文学者がのりこえた問題でないか？　という不安だった。それはとくに、政治とセックスについてそうだった。あの、中国とか治安維持法とか、軍隊とか、二・一ストとかパンパン風俗とかを悠ゆうと体験してきている小肥りの暗い顔つきの怪物たちは、いま、平和な時代のガラス箱のなかで育ったぼくが考えついた地獄など、すっかり書きつくしてしまっているのではないか？

そして疑心暗鬼のぼくは戦後文学を読みかえし、戦後文学者と同席するときには耳をすませた。また、日本の戦後文学者を挾撃するつもりで、サルトルとノーマン・メイラーの今日の思想に熱中した。フランスの戦後文学者もアメリカの戦後文学者も、日本の戦後文学者よりずっと率直に自己告白する傾向がある。そこでぼくは、かれらをつうじて、日本の怪物たちの行動半径を目測したかったのだった。

戦前・戦後の文学的伝統から切れているという状態は辛い病気だ。岩野泡鳴にしても、ぼくにたいして背に冷汗を流させるだけの一撃を、その文体の感覚についてひそませていた。戦後文学者という怪物群においては、なおさらだ。ぼくがもっと誠実な人間だったら、小説をあきらめて、本郷の教室にかえっていったにちがいない。もし、ぼくが小説を書きつづけていることについて、敵のチームの失点が援助しているとしたら、それはフランスとアメリカの戦後文学者の場合と比較対照してあきらかにできるポイントにおいてである。それはこういうふうに説明できるだろう。

フランスの戦後文学者たちは、たしかに行きづまった。カミュは死に、サルトルは小説を書かない。同時に重要なことは、かれらフランスの戦後文学者の後継者たちがずっと低迷している、ということだ。たとえば、サルトルの影響下にある新しい作家がはじめてみとめられるには、一九六一年のゴンクール賞をもらったジャン・コオまで待たねばならなかった。しかも、ぼくはジャン・コオの受賞直後、サルトルに会ったが、かれはそのとき文学的な意味でのジャン・コオを認めていはしなかった。ジャン・コオは周知のとおり、サルトルの秘書を永年つとめた青年である。それでは文学的とは別の、政治的な意味でのジャン・コオはといえば、ぼくら『レクスプレス』誌の読者はみな、最近アルジェリアのベン・ベラ首相が『レクスプレス』誌をすべてのアルジェリア人の眼からとりあげた原因が、当のジャン・コオのルポルタージュにあることを考えあわせ、複雑な感慨にふけらざるをえないだろう。乱暴なことをいえばフランスの戦後文学者の系譜は惨澹としている。

またアメリカの戦後文学者たちについて考えれば、かれらの切実な方向転換の舵の切り方がただちに眼にとまる。もし、『地上より永遠に』の読者が、数箇月まえ『プレイボオイ』誌に連載されたジェームス・ジョーンズの小説を読めば、この間の事情はその胸をうつだろう。戦後のシケを陽気にのりきったノーマン・メイラーは、『ぼく自身のための広告』において、この凪のケネディ時代におかしな溺死からまぬがれるべく、すさまじい限りの努力をかたむけ泳法を変えようとしている。

すなわち、ぼくが考えるのは、日本の戦後文学者たちは、カミュのように自動車事故で死にもせず、サルトルのように小説の文章と別れもせず、そうかといってノーマン・メイラーのように切実な転身をはかりもしないようだ、ということである。毒の方向から衛生食品の方向へ、ロッククライミングの場所から家族づれのピクニックの方向へ、このようにずるずると生きのびてゆく人びとの見た地獄なら、とくにぼくが畏怖することもないかもしれないと思うことがある。それが、いわば戦後文学者のフットボール・チームの失点とぼくが見なしているところのことだ。それにたすけられて、ぼくは自分のチームのフォワードのつもりで駈けまわる勇気をえているのだろう。

すなわち、明るい青空のもとの自由な石原慎太郎や江藤淳とちがって、つねに戦後文学者という底しれぬ怪物におびやかされつづけてきたぼくは、かれらの怪物性の洞穴のかなりの奥までいくらか照明があたってきてはじめて(それは時代のランプがあきらかにした部分と、怪物自身があきらかにした部分とふたつある。野間宏と政治との関係の秘密は、おおむね時代そのものがときほぐしたようだし、武田泰淳と政治との関係は、おどろくべく素直な『私と共産主義』や、おどろくべく素直な人物をあつかってはいるが、それほど素直でない『快楽』で、作家自身が種あかししているよう見える）、ぼく自身も政治とセックスについて書く自由を、あるいは自由だと信ずる勇気をもつようになったのだと思う。そこでぼくらのチームが得点するかどうかはこれからの試合経過によるのだが、強いていえば、ぼくは明るい見とおしをもっている。いつか、ぼくは自分たちが戦後文学を継承したとファンファーレを吹きならしたいのである。

ぼくは戦後の終焉した年の中村光夫の文章から逆に、戦後文学の愛読者となったのだったが、大岡昇平の一九六二年の次の文章も、ぼくの頭のなかでは、中村光夫の『占領下の文学』ときわめて似かよった響きをはっし、似かよった効果を発揮しはじめている。

《戦後が終焉した後、彼等が時代の随伴者になれなかったとしても、別に不思議はない。作家も宿命を持っており、人間は皮膚を脱ぐことができないように、技巧を棄てることは出来ないかも知れないが、彼等が迎えられたのは、彼等が自惚れている、新意匠によってではなかったのではないか。彼等が多くの失敗作にも拘らず、繰返し問題にされるのは、その思想に人生の普遍に根ざしたものがあったからだと考えてよい。彼等はもっと平易に語れる時が来ているのではないか。》

かれらが時代の随伴者になれなかったのはそのとおりかもしれないが、ぼくにとって、羨望にたえない事情は、かれらが戦後的人間という頼りになる随伴者たちにかこまれて、戦後文学の時代に活動した、ということである。ぼくはもちろん戦後文学者になるためには遅れてきすぎたし、その同時代の読者になるためにもずいぶん遅れてやってきた。したがってぼくの羨望は二重になる。おそらく、戦後文学の随伴者、すなわち同時代の戦後的読者たちは、戦後文学を「平易に語」られた自分たちのための歌としてむかえたのにちがいないと思うのである。戦後文学には、そのようにみずから読者をえらびはするが、いったんパイプのつうじた読者にたいしては、きわめて豊かに平易だという、すぐれた文学に基本的な文体上の性格がある。

そこで結局、もっとも重大な出来事は、戦後文学者は残ったのに、戦後的読者は、消費ブームの平和日本の雑踏のなかへ、さよならともいわずに散りぢりに去っていってしまったということのようだ。日本文学は近代以後の最良の読者グループをうしなったわけだから。

しかし文学の成果についてあまりに短い眼でものを見ることは危険だ、そういうとき往おうにして幻影が見えてしまう。この冬ぼくは大内兵衛という一時代の社会主義者から、その同時代の文学者として谷崎潤一郎がいかに正確に思えるかという話をきいて胸をうたれた。やがて戦後文学者を、その同時代のもっとも正確な表現者だと告白する老人たちもあらわれることだろう。しかもその老人たちの年齢の幅は戦後文学の場合かなり広いはずだというのが、ぼくの戦後文学者への心からのオマージュだ。

そこで、ぼくらの時代についてはどうか、といえば、まだ幻影やら実体やらが渾沌としてさだまらないように見える。谷川俊太郎の最近の詩は同年代の心情について、こう歌っている。こういう感覚がいかにも同年代というものだという気がするのである。

さあ。いこう。何処へいこう。

と　我が友詩人の藤森安和君は云った

さあ　いこう
ひとまずいこう　とにかくいこう

〔一九六三年〕

反逆的なモラリスト
＝ノーマン・メイラー

『ぼく自身のための広告』が、ノーマン・メイラーの日本の最良の研究家、山西英一氏によって翻訳されたとき、ぼくはこの本の広告を書いて、これは戦後日本で出版された、もっともすばらしい数冊の本のひとつだといったのだったが、その部分が出版社で採用されなかったのは残念だった。

ぼくは、この本のアメリカでの文庫版を、ながいあいだ、自分の聖書のようにしていた。この翻訳は、日本の若い世代に、深く真摯な反応を呼びおこすだろう。それは本質的な影響をあたえるだろう。

この本が日本の注意深い読者の関心をあつめるまえ

にも、ノーマン・メイラーは日本で広く知られていた。『裸者と死者』は、発禁さわぎもひきおこしたが、ベスト・セラーになったし、あるパーティーの夜、ノーマン・メイラーが妻をナイフで刺し、結局、精神病院におくられることになり、どうか自分をそこへ閉じこめないでくれ、それでは自分のいったことがすべて、狂人の言葉ということになってしまうから、と悲痛な抗議をしたという事件も、スキャンダルとして東京の新聞をにぎわせたものだった。それでもなお、ぼくがいま、ノーマン・メイラーの自己流の肖像をえがこうとするのは、かれがつねに、くりかえし人間の関心をひきつづけねばならない、その種の現代人であると、ぼくが信じているからである。

もう一年もまえのことになる。ノーマン・メイラーはシカゴで、アメリカの右翼の若いリーダー、ウィリアム・F・バクリーと公開討論をおこなった。それはノーマン・メイラーがどのようなタイプの《アメリカの現代人》であるかを示すものだし、また、ノーマン・メイラーが、かれのタイプとはちがう、膨大な数の《アメリカの現代人》に、どのようなイメージでとらえられている人間なのかということをも、バクリーの嘲弄的な意見をつうじてあらわにしている討論だった。ぼくはまず、それを紹介したいと思う。

この討論のテーマは《アメリカにおける右翼の役割》だが、メイラーは最初の演説を、ひとつの物語を話すことからはじめている。

サウス・カロライナにひとりのオールド・ミスがいた。彼女は自分の家のまえの街路樹を愛していたが、市当局が新しいバイパスをつくるために、それらを伐るということになる。バイパスはアメリカ現代文明のさまざまな証拠、スーパー・マーケットやらなにやらを建てるために必要なのだが、オールド・ミスはそれに反対して戦いはじめる。

彼女にしてみれば、もし伝統的なるものに価値があるなら、これらの樹木は必要なのだ。また彼女はいくらか急進的に、これらの樹木は町のすべての人たちのためのものだから伐ってはならない、と考えたり、あるいは、町に成長しつつある黒人の新しい世代のことを気にかけて、かれら黒人の祖先が働いて育てたこれらの樹木を伐ることは、かれらの南部への感情を悪くするだろうと考えたりして、反対をつづける。

しかし反対は成功しない。彼女は町のひとりの有力者が、これらの樹木を伐ることを定めているのだから反対は無理だといわれ、その有力者はだれだろう、と考える。それはコミュニストか、黒人の進歩のための国民会議の指導者か、自由の騎士《フリーダム・ライダー》か、ビート族か麻薬患者か、ニューヨークの扇動者か、キューバ人か？そのどれでもない。悲しいことに、その強力な悪党は、良家の出で、金持の娘と結婚し大変な不動産をもち、プラスチックの会社の社長をしている男であり、そのオールド・ミスの知人でもある、ジョン・バーチ協会の地方支部長だった。

すなわち現代のアメリカにおいては、すでに、どこに敵がいるのか、なにが敵なのか、はっきりしない。すべてのものの意味があいまいになっており、人間は自分自身にとってもその主人でなくなっている。人間は自分自身にさからって行動する。人間の実体は病んでおり神経は麻痺しており、欲望は減退している。そこで人間は未来に無頓着、現実に嫌悪、過去に健忘症ということにならざるをえない。

人間のつくる建物はみなおなじで、病院と学校の区別もつかないし、医学は進んだが、人間の病気はなおミステリアスになるばかりだ。教育は考えることを教えるかわりにその答をおしえ、未来に希望をもとうとしても、そこには核兵器による大量殺人のイメージがまぎれこむ。もはやセックスを民族の持続のための行為と考えないものが多くなっても驚くべきではない。結局そこには責任から疎外された膨大な人間群が生じ、行為そのものから疎外が生じる。そして、こういう病状にくいこんでくるのが、アメリカの右翼であり、かれらの冷たい戦争のテーマなのだ。

ノーマン・メイラーは、冷たい戦争がアメリカ人の生活にもたらした荒廃を分析する。かれは右翼が冷たい戦争を世界の終りまでおしすすめようとすることについて批判する。冷たい戦争は決してこの現代アメリカ文明の疫病を治療しない。コミュニズム圏が多くの国を包含すればするほど、かれらの矛盾は深刻になるはずだし、核兵器の発達がすでにコミュニズム圏と自由主義圏との領土あらそいを固定させた。冷たい戦争はただちに終らしめねばならない。そして新しい真の戦争こそを開始せねばならない。

その真の戦争とは、西と東の戦争でもなければ、資本主義と共産主義の戦争でもない。民主主義と全体主義の戦争でもない。それはこの六世紀のあいだ、西ヨーロッパの人間の内部においておこなわれてきた深い戦争、保守派と反抗家のあいだの戦争、権威と本能とのあいだの戦争である。この社会の形態が神のみこころのままだとする保守派の考え方と、それを神と悪魔の戦いの結果だとする反抗家の考え方とのあいだの戦争。

この戦争こそが、われわれの歓迎できる戦争であり、冷たい戦争さえ終るなら、われわれがそれを期待することのできる戦争である。それはわれわれの人間としての意味をおしえ、芸術を蘇生させ、西側社会がそれ自身もっている偉大さをおしえ、われわれのおかされている疫病と戦う力をあたえる戦争である。現代アメリカ文明をおかす疫病への治療法は、芸術、自由な探究、言論の自由ということのほかない。

しかし、そのまえにまず、われわれは全体主義的になるか、冷たい戦争をおわらせるか、討論しなければならない。恒久的な冷たい戦争がもたらすにちがいない、われわれの生活の攻撃的な集団化をうけいれるか、あるいは、現在の兵力がわれわれに自由と安全を保障するという考えに賭けて、われわれ自身を発見することにつとめるか、そのいずれを選ぶかをアメリカ人すべてが討論しなければならない……

ノーマン・メイラーは、ほぼ右のような自己主張から、若い右翼のリーダーにたちむかったわけである。もちろん、ぼくは自分のいくぶん恣意的で、あやまりにみちているにちがいない要約に不安を感じるが、すくなくともノーマン・メイラーが現代アメリカ文明の病状と冷たい戦争を有機的にむすびつけ、そして西側社会の文明と人間の回復の唯一の道を、冷たい戦争の終結と保守派と反抗家の戦いという、西欧文明の本質的な状況への新しい反省にみいだそうとしていることは、これでもあきらかだろうと思うのである。

そして実際に一問一答の応酬がはじまると、右翼のリーダーは、ついさきごろケネディの敗北に終ったキューバ動乱への世論を背後に、あなたは冷たい戦争に勝つことを望むのか、負けることを望むのか？とノーマン・メイラーに問いただす、いかにも右翼的な戦法にでることになる。メイラーの冒頭の主張を読めば、すでにバクリーのこうした戦法の卑しい浅薄さはあきらかだが、ともかく、あなたは冷たい戦争に勝つことを望むのか、負けることを望むのか？という踏絵式の論法が、アメリカの一般市民にかなりの影響力をもつ、右翼的一形式であることは、考えるにあたいすることだろう。

ノーマン・メイラーは、かれのきらいなサルトルが、独立まえのアルジェリアとの関係で、フランス一般市民に対した態度とおなじ態度を、冷たい戦争あるいはキューバとの関係で、アメリカ一般市民に対してとっているといってもいい。しかも、メイラーは、サルトルが最近はまぬがれている様ざまなスキャンダルの足かせに、つねにつきまとわれているのである。

バクリーがかれ自身の冒頭演説でこころみたのは、ノーマン・メイラーをそういうスキャンダルライクな人間として嘲弄的にえがきだすことだった。それはまた、アメリカの一般市民のメイラーについての皮相的なイメージに迎合することでもあるのだが。

公衆にむかってかれはこんなふうに語りかけた。自分はメイラーさんと話す人間としては、性的ノイローゼの点において資格に欠けるのじゃないだろうか? メイラーさんは、アメリカ南部の黒人と白人とのあいだの政治的緊張が、黒人の男の性的能力の優位に由来するというし、かれはまた十年来、大統領をめざしてきたそうだし、次に書く本は秘密出版でもしないことには発禁になるすごい本だといっているし、そしてメイラーさんによれば、芸術家でない人間の生涯に見出せる唯一の意味は、社会主義への情熱だというんです。

メイラーさんはその芸術的な能力のおかげで、イデオロギー上の奉仕を免除されている、そういう社会主義者ですが、かれ以外の世界じゅうの人間は二つのグループに分れます。それはマルクスやフロイトが読みたいとねがうほど偉大な小説を、メイラーさんに書かせるネタとなる、恐るべき世界を構成する大多数のグループと、もうひとつは、メイラーさんが自分はのんびりしたまま希望をたくすことのできる、社会主義をめざす連中のグループです……

これはなかなか巧みな、ノーマン・メイラーのパロディーだ。そして重要なことは、このパロディーがたのしませるアメリカ市民の層は広く厚いだろうということである。ぼくはこの種の滑稽化したメイラー観を、東京にきた数人のアメリカ知識人に、いわばパーティー・ジョークみたいに聞いたものだ。しかし、いうまでもなく、勇敢な反逆家ノーマン・メイラーの真摯な正当さは『ぼく自身のための広告』の読者にとって、いささかも疑わしいものではない。

かれ自身がそのなかで、もっとも主要な論文として推す『白い黒人《ホワイト・ネグロ》』は圧倒的だ。いうまでもなく、この高名な論文はひろく読まれている。しかしぼくは、あらためて、山西英一訳でここにそれを要約してみようと思う。ノーマン・メイラーは、ひとつのインタヴューで、現代アメリカ社会における芸術家の役割はなにか？ときかれて、それはかれ自身のエネルギーと勇気で、できるかぎり攪乱的であり、冒険的であり、透徹力があることだ、とこたえているが、いかにもそれらの言葉にふさわしいこの論文の著者であり、また、いま進行している『彼女の時の時』という、大長篇小説、《この本！ヒーローたちと悪党ども、人殺しと自殺者たち、狂宴《オージー》のマスターたち、性の倒錯者、熱烈な恋人たち、時をとらえようとするぼくのはげしい欲望の物語》の作家というのが、ぼくにとってもっとも魅力的なノーマン・メイラーのイメージだからである。

《おそらくわれわれは、強制収容所や原子爆弾が現代に生きるほとんどすべての人間の無意識な心に、どんな精神的荒廃をおよぼしたかを、はっきり知ることはけっしてできないだろう》と、メイラーは語りはじめる。

いまやわれわれは、自分が大量虐殺の被害者として無意味な死を死ぬる運命にあるかもしれないということを知りながら、生きてゆかねばならない。われわれは、理由のない死から、理由のない生という考えをみちびかれざるをえないし、人間そのものの本性についても、おそろしい考えをもたないでいられない。そのうえ人間はもはや個人として生き、自分自身の声でかたる勇気をもたない。この《荒涼たる情景》に登場したアメリカ的実存主義者――ヒップスター。

核戦争、強制収容所での死か、順応主義者としての緩慢な死を死ぬるほかないのが現代人だとすれば、《生命の糧となる唯一の答えは、死の条件をうけいれ、身近な危険としての死とともに生き、自分を社会から切離し、根なしかずらとして存在し、自己の反逆的な至上命令への、地図もない前人未踏の旅に立つことだということを、知っている人間。》

いまやアメリカ生活にはいってくる新しい世代は、ヒップになるか、順応主義者スクエアになるかどちらかを選ばねばならぬことを感じはじめている。そしてヒップの起源は、つねに危険とともに生きねばならず、生きのびるために原始人の技術を維持して快楽とともに生きることをもとめる黒人なのだから、ヒップスターたちは白い黒人と呼ぶことができる。

実存主義者であるためには、自分自身を具体的に感ずる能力をもたねばならないが、ヒップスターたちは燃えるような現在意識をもち、死との対決によって深刻な絶望の代償にかちえた、《熱病的な現在の各瞬間に生起していることは、自分たちにとってよいか悪いか、自分たちの目的、恋愛、行動、要求にとってよいか悪いか》についての本能的な知識をもち、それがヒップスターの世界に感情の共通性をあたえている。そこでは、《内的生活と暴力の生活、無礼講《オージー》と夢のように美しい愛、殺人の欲望と創造の欲望といった、たがいに相いれないものが》共存する。

矛盾にみちた通俗文明のおかげで、精神病者が毎年何百万とうまれるアメリカで、ヒップスターは、自分の反逆の正しさを内的に確信しているところの《精神《サイコ》病者《パス》であると同時に、精神病者ではなくて、精神病者の否定である。》

ヒップスターたちは、かれら独自の言語をもち、したがってかれらの新しい哲学をもっている。かれらはアプリオリなもの、過去からうけついだ基準で、人間性を判断することにまったく興味をもたない。人間を善か悪かと判断せず、すべての人間をいろんな可能性の集合体とみなしている。かれらは固定した性格のかわりに、自己の存在が各瞬間に感じることだけを自己の存在の真実だとする。《人間――真実とは昨日感じたものでもなければ、明日感ずるだろうと予想されるものでもなく、むしろ現在という永久的なクライマックスの各瞬間に感ずるものでしかないとする》人間の現実である。

その結果、《人間は自己の価値から絶縁し、自己は社会の超自我《スーパー・エゴ》から解放される。ヒップスターの唯一の道徳(だが、もちろん、永久的に現存する道徳である)は、可能なときにはいつでも、どこでも、自分の感じるとおりにことをやることであり、そして――ここでヒップとスクエアの戦いがはじまるのである――自分自身のため、自分自身だけのために――それが自己の要求だからである――可能性の限界を打ちひらくという、第一義的な戦いに参加することである。しかも可能性の領域をひろげれば、相関的に他人のためにもそれをひろげることになる。だから、各人の欲望をニヒリスチックに遂行するということのうちには、人間的協力という、そのアンチテーゼを内包しているのである。》

ヒップの倫理は、現在への子どものような賛美であって、いっさいの社会的抑制と範疇をとりのぞくことを提唱する。この提唱には、そうなれば人間は殺人的であるよりも創造的になり、自己を破滅させないだろうという確信がひそんでいる。

人間の創造的可能性にたいする信念があるからこそ、ヒップは暴力行為を、成長を準備するカタルシスだと考える。原始人のような個人的暴力と同時に、セックスの絶対的自由をもとめるヒップスターの欲求に、新しい社会への急進的な構想があるかどうかは別問題にしても、危険が深刻化する場合には、ヒップスターが社会の恐怖を急進的に理解するようになることもまた、ありうることである。

なぜなら、性的急進主義者を政治的急進主義者同様に否定する社会で被害をこうむっている性の冒険家もまた、自分を内外両面から支配している保守的な力の残忍さを、政治的急進主義者と、おなじように理解するかもしれないからである。

そして《ヒップスターは、そうした自分の状態は、じつは一般人間の状態の誇張されたものにほかならず、自分が自由になろうと思えば、すべての人間が自由にならなければならないということを、理解するようになるかもしれない》からである。危機の瞬間の勇気を重視するヒップにとって、それはおおいにありうべきことだ。

そしてこうしたヒップスターの将来の現実的な可能性は、かれらの血縁、黒人がアメリカ生活のひとつの支配的勢力となるかいなかにかかっている。黒人が社会的に台頭するとき、《ヒップは精神的に武装された反乱となって爆発し、その性的な力はアメリカのあらゆる組織的権力の反セックス的基盤にはねかえって、非常な憎悪、反感、新しい利害の衝突をまきおこし、大衆的順応主義の卑劣で、空虚な偽善など、もはや用をなさなくなってしまうだろう。そうなったら、暴力と新しいヒステリア、混乱と反乱の時代が順応主義の時代にとってかわるだろう。》

そしてメイラーは最後に、《生活のいっさいを究極的な二者択一に還元してしまう傾向をもつ》二十世紀を、たとえ恐怖にみちているにしてもすばらしく興味深い世紀だといい、究極的な二者択一の戦争の時代がやってくるとすれば、それにたちむかうためにネオ・マルクス主義的微積分学の、輪郭をえがいておかねばならないという。すなわち、かれは芸術家としてその作業にあたる気がまえなのである。ネオ・マルクス主義的微積分学、《それは、人間の経済的関係を心理的関係に翻訳し、ついでまたその心理的関係を経済的関係に翻訳しなおすことができ、それによって人間の生産関係はその性的関係をも包容するようになり、二十世紀の資本主義の危機は、新しい群集心理的アンバランスを犠牲にして経済的アンバランスを解決しようとする、社会の無意識的順応作用として理解されるようになる微積分学である。》

これが『白い黒人』の、ぼくが理解したなりでの、おそらくはきわめて不完全にちがいない要約だが、ぼくが最初に紹介した、右翼のリーダーとの討論におけるメイラーの演説と、それより五年前のこの論文とのあいだの、深くまた率直な照応に喚起されるぼくの感銘は、メイラーが、アルコールと麻薬タバコのスキャンダラスな惑溺のなかの、傲岸な、ひとりよがりの奇矯な独断家どころか、じつに誠実に自分のものの考え方を固執し、それを地道に発展させてゆく態度をもち、アメリカのゆたかなタレントをもった、モラリストだということによっている。

そして、冷たい戦争がアメリカ現代文明と、それに順応して生きるものたちにもたらした荒廃を糾弾し、西側の文明の回復のための真の戦争を主張する反逆的人間としてのノーマン・メイラーの、根本的に健全なモラリストの印象は、ぼくにヘミングウェーのことを思いださせるのである。

ヘミングウェーはアフリカの緑の丘で犀を追跡しながら考えるアメリカ的モラリストだったが、ノーマン・メイラーはアメリカの大都市の夜のジャングルでおなじように危険をおかしながら考える、もうひとつのタイプのアメリカ的モラリストなのだ。

ヘミングウェーは肉体的鍛練を信じる作家だったが、アメリカ現代文学のいかにも実作者らしい犀利でチャーミングな批評家、みだらで優雅でもの悲しく人間的ですさまじく攻撃的な詩集『淑女たちの死、その他の災厄』の詩人、勝ったばかりのリストンにパターソンにかわってチャレンジするようなボクシング観戦記の筆者でもあるメイラーもまた、アパートの一室に綱をぶらさげ、それをよじのぼっては体をきたえているそうだ。〔一九六三年〕

飢えて死ぬ子供の前で文学は有効か？

二十世紀の作家たちのほとんどすべてのものの、柔らかく弱い部分を、いつまでも効力のうせない毒をもった針で、くりかえしチクリと刺しつづけてきた蜂、その鋭く、したたかな蜂が、『ルモンド』紙のサルトルのインタヴィユー記事から、幾千回目かの攻撃の飛翔をおこなった。この蜂の毒をまぬがれたいなら、蜂にかかわらないでいるほかない。どのようにたくみに、蜂をうちおとしたように見えても、かれは確実に、いちばん痛いところをチクリとやられている。

『ルモンド』紙が、話題をあつめた『言葉』をめぐってサルトルにもとめたインタヴィユー記事は四月十八日付の紙面にのったし、それは早くも六月号の『エンカウンター』誌に訳出され、『レクスプレス』誌は、五月二十八日付で、二人の作家、クロード・シモンとイブ・ベルジェの反論をのせた。すなわち、この一連の文学的事件は、ジャーナリスティックには、いささか旧聞に属しているし、わが国でもすでにたびたび紹介されてきた。それをあらためて、ぼくがここにとりあげるのは、そこから飛びたった蜂が、ぼく自身をまた、チクリと刺したのを感じるからである。

反論のうち、とくに若い作家イブ・ベルジェの《われらは裏切者でない》という文章は、同誌のかれの写真の下に、「叫ばねばならない」と注記されているとおり、ヒステリックな叫び声にみちたものである。それはイブ・ベルジェが、サルトルを激越に反駁しながらも、じつは蜂にやられた傷をかくしおおせないことをあかしだてている。ぼくは、かれとほぼ同年配の作家として、かれの反応に無関心ではいられない。

『ルモンド』紙のインタヴィユー記事の筆者は、ジャクリーヌ・ピアティエという女性である。それはほんの軽く、であるにしても、やはり考慮にいれておいたほうがいい。最近のチェコ旅行でのインタヴィユー記事を読んでも、サルトルにはインタヴィユーのおこなわれる場所や質問者のふんいきにたいして、いかにもフランス人らしく敏感なところがあるように思われるのである。数年前、ぼく自身もパリのクーポールというレストランでサルトルにインタヴィユーした。サルトルとの一時間のあと、やがて自殺してしまうことになる憂鬱なタイプの友人もふくめて、ぼくら質問者のメンバーは、サルトルから過剰なほど歓待された幸福感を抱いたものだ。サルトルは、しかつめらしい威厳とは無縁の、ユーモラスでせんさいな気分をおもんじる愉快な話し手だった。


もうひとつ考慮にいれておくべきだと思うのは、講演したりインタヴィユーを受けたりする際のサルトルには、一種の啓蒙癖があるということである。『実存主義はヒューマニズムである』という有名な講演をはじめ、サルトルが直接に聴衆にむかって話す時には、かれの啓蒙癖が、かれのものの考え方を、いくぶん単純に、いくぶん図式的にするきらいがあるのではないか、とぼくは疑っている。もちろんサルトルが、このインタヴィユー記事でのかれの冗談を借用するなら、マゾヒスティックにも自分自身にさからって、なにごとかを主張するということはありえない。それは言葉のこまかな陰影においての話である。

最近、邦訳の出た『作家の秘密』という、小説家や詩人を対象としたインタヴィユー集は、じつに興味深い本だが、そこで自分を語っている作家たちは、みな絶対に、啓蒙的でない。むしろかれらが個性をあきらかにする語りくちはその逆だ。サルトルの啓蒙的な饒舌はいかにも例外的なものであって、それはサルトルというイ作家の、戦後の生活の進め方、ひいてはこのインタヴィュー記事でかたられるかれの現在の思想の秘密にもかかわっているだろうと、ぼくは考えるのである。

『ルモンド』紙は記事の冒頭に、《私は絶望していないし、いつわって旧作を否認するものではない》というサルトルの言葉をかかげている。すなわち『ルモンド』紙もおそらくサルトル自身も、そのあたりをインタヴィューの中心だと考えたわけであろう。しかし反響はそこからはずれたところに集中することになる。まずぼくは、このインタヴィュー記事を自由に要約しながらその全体のイメージを描きたい。

……私は書くために生れてきたと考えていた。自分の存在を正当化したくて、文学を絶対的なものとしていた。このノイローゼからぬけだすために三十年もかかった。私に共産党との関係が、必要な視野をひらいてくれたとき、私は自伝を書いて、いかにして、ひとりの人間が、神聖化された文学から、実際行動へ移ることができるかを示したいと思った。それが知識人の実際行動にとどまるにしても。それは一九五四年のことだった、『言葉』の大部分はその年にかかれた。

……小説を書こうという熱望は、奇妙だし分裂してもいる。ボクシングのチャンピオンになろうとねがう青年は、現実を選ぶわけだが、作家が想像力の世界を選ぶことは、それと現実とのふたつを混同してしまうことだから。

『言葉』を読むとあなたが文学を選んだことを後悔しているという印象をうけるが、と質問されて、それは一九五四年の自分が、五十年の夢のなかの生活から現実の世界に新しく帰依したばかりだったからだろう、とサルトルは答える。

……しかし私はノイローゼによって実際行動に入る者もあるということは知っていたし、実際行動の困難も知らないわけではなかった。文学によってと同様、政治によっても、われわれが救われることはない。救済はどこにもない。救済は絶対の観念をふくんでいるが、私から絶対は去っていたのだ。そして私には、なすべき数しれぬ仕事がのこされていた。それらのうちで文学が特別あつかいされる理由はなかった。私は自分の人生において、いまやなにをおこなっていいかわからない、と書いたが、それは、右のような意味であって、ボヴォワールのように絶望の叫びをあげたのではない。私は幾らか行きすぎるほど楽観主義者であった。

『嘔吐』のサルトル的な世界はバラ色ではなかったが、あなたは世界をそのように暗い光のなかに見ることをやめたのか？ という問いにサルトルは、いや世界は暗いままだ、と答える。

……しかし突然に私は形而上学的な悪は、ぜいたくというもの、二次的なものであって、疎外や飢えや搾取こそが真の悪なのだということを発見したのだった。あるソヴィエト市民は、コミュニズムの勝利の日、人間の有限性の悲劇がはじまる、といったが、私はまだそれを考えるべき時ではないと思う。私は社会的・経済的な病弊が治療されることを信じ、ねがっている。私は世界が変れば、物事はうまくゆきはじめると考える側の人間だ。私はベケットに感嘆するが、かれの改良をみとめないペシミズムとはまったく逆のところにいる。まず最初に人びとは、その存在の条件を改良して、人間になることができなければならない。そのあとで普遍的な道徳が創造されうるのだ。まず人間の解放が第一である。

それでは、あなたの旧作を否定するのか、という問いに、サルトルはそういうことはないと答える。だからといって旧作が良いというのではないが、とサルトルは『嘔吐』を批判する。

……私は『嘔吐』のヒーローの病気の外にとどまっており、『嘔吐』を書くことで、文学を絶対とするノイローゼによって幸福をあたえられていた。私には現実の感覚がなかった。いまや私は現実を知っている。飢死する子供のまえで、『嘔吐』は無力である。

どのような作品がそれにたいして有効なのか？　という問いにサルトルは、それこそ正確に作家の問題だ、と答える。『レクスプレス』誌が二人の作家の反駁の掲載の際、このインタヴィュー記事から抽出する問題点も、この部分である。

……飢えた世界で文学がなにを意味するか。道徳がそうであるように、文学もまた普遍的である必要がある。したがって作家が、すべての人間にむかって話しかけ、すべての人間によって読まれることを望むなら、かれは大多数の人間の側、飢えている二十億の人間の側に立たねばならない。さもないと、かれは特権階級のために奉仕することになるし、同様に搾取者となることになる。

そしてサルトルは、このすべての人間に対して書く作家となるために二つの方法があるという。ひとつは現にソヴィエトの作家によって受けいれられている方法。民衆を教育するために一時、文学を放棄することだ。現地には読者に欠けているアフリカから、ヨーロッパにきたアフリカ人がそこにとどまって小説を書いてなにになろう。かれはアフリカへ帰って教育者にならねばならぬ。そして、もうひとつの方法、われわれのまだ革命のおこなわれていない社会の作家に可能な方法は、すべての人間が読むことのできる時代のために準備することであり、もっとも急進的で非妥協的なやり方で問題を提出することである。

……作家が飢えている二十億のために書くことができない限り、かれは不安な気分になやまされるはずだ。私が作家に求めるのは、現実と、存在する基本的な問題を無視しないことである。世界的な飢え、核兵器の脅威、人間の疎外などがわれらの文学のすべてに影響をあたえつくさないことに私は驚く。

そしてサルトルはロブ＝グリエをギニアで読むことはできないという。しかし、カフカを読むことはできる、そこに自分の不快感を再発見できるのだから。現代作家は、かれの不安を解明しながらそれをつうじて書かねばならない。それがみたされれば、形式はとくにたいしたことはない。作品の唯一の批評基準は、その有効性であるから。

最後にサルトルは、質問者が、不安、試み、論争、抵抗、正統性、解放など、このインタヴィユーにでてきたサルトル的な言葉をあらためてあげ、あなたはそんなに変ったわけじゃありませんね、というと、次のように答えて対話を終っている。

すべての人間がそうであるように、私もまた、ひとつの連続性の範囲のなかで変ってきたわけですよ。

サルトルに反論すべく『レクスプレス』誌によって選ばれた二人の作家は、年齢的に二十年の開きをもっている。そしてこの二十年に歴史がどのような歩み方をしたかを考えれば、この二十年は相当な時間だった、と同紙の記者は解説する。

これらの作家たちはともに、政治的な問題に無関心ではなかった。五十歳のクロード・シモンはスペイン市民戦争に、共和国側の兵士として参加した体験をもっている。サルトルの代表的なヒーローである『自由への道』の非行動的な知識人マティウは、まず、マドリードに出発しなかった人間、として登場するのだった。同様にサルトル自身もスペイン市民戦争に参加しなかった。クロード・シモンの文章は、往おうにして辛辣だ。そこには、かつて実際行動をおこない、いまはそこから後退した知識人の、長い非行動の書斎生活から、いまはじめて実際行動にむかっている新帰依者に対する、にがい自信にうらうちされた、したたかな拒否の態度がある。これはフランスにとどまらず、あらゆる国で、左翼的な文学者にたいしておこなわれる、もっともききめのある拒否のタイプにちがいない。クロード・シモンもまた、たびたびうまい具合に、ガードの甘いサルトルの顎をとらえているように見える。もっともそれは致命的ではないが。

　たとえばサルトルがカフカを評価し、ロブ＝グリエをおとしめることについて、こういうふうにいう。いかにたびたび、道徳的屁理屈が才能ある作家を非難しては、凡庸で無能な連中を正当化してきたことか？つい昨日、カフカはそのペシミズムのゆえにおいて焚かれるべき作家だった。ロブ＝グリエは特権階級に奉仕する搾取者の仲間だそうだが、当のサルトルの『汚れた手』が上演されていた時には、数箇月、毎晩、ブルジョアどもがデザートのかわりに、共産主義者たちを敬虔に食べにきたものだ。

　クロード・シモンは作家の小説を書く機能が、それ自身もっている独立した意味を、政治的なものをふくめて副次的な一切からきりはなして、確認する。ピカソの『ゲルニカ』は一滴の血も描いていないし、お金持のがわの美術館に展観されているが、ピカソは裏切者でもなく特権階級に奉仕してもいず、もとより搾取者の仲間ではない。

　真面目な話、サルトルはかれ自身の本を誰のために書いたと考えているのか？『言葉』をベスト・セラーのトップにおしあげる買手たちが、ろくろく食っていない人びとであり、かれの本が子供の餓死をつぐなうにたる有効性をもっているとでも考えているのか？

アフリカ人の作家が、小説を放棄して言葉をおしえたにしても、言葉を読むことができるようになった生徒たちは、作家が仕事をしなかった以上、なにを読めばいい？　サルトルの翻訳でも読むのかね？

奇妙なことだが、資本主義社会同様、マルキストの社会も、愚かしく臆病で、野蛮な、防御の反射神経をもっている。こちらでボードレール、フローベル、ローレンスを糾弾するかと思えば、向うではカフカ、ロブ＝グリエといったぐあいだ。

しいたげられてきた階級は、権力をにぎったあとも、追いたてられ、あざむかれ、血まつりにあげられた獣の反応をもちつづける。かれらは響きや影におびえ、暗闇のなかで動くものがあれば、本能にかりたてられて、無知と恐怖の暗闇のうちに、殺してしまう。そしてマッチをすってみると、幻覚の死体、往おうにして友人の死体が横たわっている。明日の死体は、ベケット、ロブ＝グリエ……おそらくいまこそ、世界を照らしだしたいとねがう人間を殺してしまう以前に、マッチをするべき時なのだ。

クロード・シモンは、ほぼ右のような反駁をおこなうわけだが、かれの文章の載っている『レクスプレス』誌のページには、ピカソの『ゲルニカ』の写真版が挿入されていて、その説明文はクロード・シモンの言葉、いつから死体と文学とを、おなじ秤ではかるようになったのか？　が引用されている。

クロード・シモンの一撃が、サルトルの弱い顎をとらえるにしても、それは致命的なパンチではないと、ぼくが考えるのは、たとえば、この『ゲルニカ』について、それは急進的で非妥協的に、この世界の悲惨とそこに住む芸術家の不安をうったえている、とあらためて反駁することも可能だと思うからだ。

余裕のあるクロード・シモンにくらべて、三十歳のイブ・ベルジュはいらだたしげに叫びたてる。かれは一二一人のマニフェストに署名した。しかし、サルトルはかれよりもっと実際行動し、もっと古強者らしく現実を知っている。しかも六十歳近いサルトルが小説を放棄した現在を、自分自身の小説の時とするほかない不運な作家たちのひとりだ。かれは当然ヒステリックにならざるをえない。

イブ・ベルジュの文章の載っているページには中国の子供の写真がある。かれはおびえている。暗い無気力な目で、食器を膝に、思い屈してすわっている。かれは飢えている。《小さな中国人》というタイトルのこの写真が、フランスの読者にどのような中国人としてうけとられるのか、それは毛沢東の中国の子供か、蔣介石の中国の子供か、香港の難民の子供か気がかりだが、どちらにしても、この飢えた子供の顔を見て、自分自身の内部の柔らかいところをチクリとやられない若い作家はいないだろう。イブ・ベルジュはいらだっている。そこに引かれたかれの叫び声、だれか、これらの子供たちに食べさせる言葉とは、どういうものか私に説明してくれるか！

クローデルは、作家を人殺しと娼婦のあいだに位置づけたし、アラゴンにとっては作家は蟹みたいにくだらぬ人間だった。そしていまサルトルが、作家だからといって、不幸な人間を泥まみれにしたままほうっておいていいのか、という風にくりかえしを歌う、とイブ・ベルジュは反駁を開始する。

《まず人間の解放が第一である》というような言葉は、なにもサルトルがはじめていったのじゃない。ジャン・ゲーノが、《もうひとつの世界を夢みたり、夢みさせたりするのが問題なのではない。われわれはまさに変革しなければならないのだ》というと、そのこだまのようにサルトルは、《私は世界が変れば、物事はうまくゆきはじめると考える側の人間だ》という。確かにそうだろう。しかし、文学が一般的に役にたたず、世界を変えるためにはとくに無力だというなら？

サルトルはベケットについて感嘆するが、しかし、という。感嘆すれば十分ではないか？『ルモンド』紙の文芸批評家ピエール＝アンリ・シモンが自分をふくめて一九六二年度の文学賞の受賞者たちについて、かれらは才能をもっているが、しかし、といったことがある。才能があれば充分ではないか？

ジャン・ゲーノとピエール＝アンリ・シモンと、サルトルの価値と進歩の観念はちがっているかもしれないが、たいしたことじゃない。ジャン・ゲーノという自由な保守派、ピエール＝アンリ・シモンという保守的な自由主義者、そしてサルトルという、革命的な激情家、あるいは激情的な革命派の三人にとって、文学は奉仕すべきものである。ところで文学はなにものも変えず、ジャン・ゲーノはアカデミーに入って、そこで世界の変革を計画しているわけだ。放蕩生活をしながら、同時に善き夫、良き父である三人の作家たち。

飢えの問題がある。サルトルは飢えた子供のまえで無力だというが、かれらに栄光をもたらした最上の仕事が、飢えた子供の存在する社会でなされた以上、空虚な、罪をとがめられるべき時間の浪費だったとまで問題をおしすすめはしない。

サルトルが文学を道徳とおなじく普遍的でなければならず、文学者は二十億の人間の側に立たねば特権階級に奉仕することになるといって自分たちを非難するのは、あまりに容易すぎる非難だし、問題のたて方がまちがっている。すべての人間のために書く作家となるための二つの方法にいたっては、手品だ。

自分は確かに文学が、個人の、または集団の感受性に影響をもたらすということまで、否定するつもりはない。自分が否定するのは単に、文学がギニアや他の低開発国の飢えた子供たちを救いうるという考えだ。だれか、これらの子供たちに食べさせる言葉とは、どういうものか私に説明してくれるか？　さもなくば、エゴイストの特権的な文学をつづけるほかない……

もし、世界的な飢え、核兵器の脅威、人間間の疎外などなどを主題として選ぶとして、それが自分の文学的資質とあいいれないものだったとしたら、どうすればいい？　世界を変えることを望むにしても、作家としての自分自身が消滅してしまうことになりはしないか？

サルトルは率直に口にださないが、われわれがホー・チミンやベンベラの軍隊に加わればよかったのに、と考えているのだろう。しかしかれ自身はフランスに残って知識人として戦ったのではなかったか。

イブ・ベルジェはしだいに高い調子になり、ヒステリックになる。しかし、かれが自分はなぜ書くのかを、サルトル的な考え方にさからってのべる部分は、確かに感傷的だが、切実だ。すくなくともかれは素直だ。かれはすでに、文学がなにものかに奉仕するためのものでなく、人生そのものでもなく現実でもないことを認めている。それでいてなぜ小説を書くか？

人生において人間が幸福だとか不幸だとかのために、人は小説を書くのではない。そうではなくて、死が人間を不幸にするからこそ、人は小説を書くのだ。作家は、自分が死ぬことを知っているから小説を書く。それは単に作家のみの問題でなく、すべての人間にかかわる問題である。人間の行動はどれも、時がすぎ、すなわち死がおとずれる、という事実をおいかくすためのものだ。酒を飲むのも煙草をすうのも、時がすぎてゆくということを忘れるためにほかならない。書くこともおなじだ。作家が、書くことに酒や煙草より重きをおくのは、書く行為がそれらよりもっと大きく確実な幻影をあたえてくれるからである。自分は書きながら、自分が不幸であり、愛をうしなっていることを忘れる。そして、飢えた子供たちのことを忘れる。文学と、書物のうちにある不死の永遠とは、そのように残酷だ。

サルトルよ、再び軍服を着て、子供を飢えさせる敵を撃ちたおしに出発してくれ、われわれをその戦列に呼んでくれ。そしてもう、作家をうんざりさせないでくれ、文学について語らないでくれ。あなたの招集のまえに時間がいくらかでもあたえられるなら、自分は小さな本を書くだろう。飢える子供たちが許してくれることをねがうが、文学とはあいかわらず、個人的な救済の試みである。

さてぼくはサルトルと、かれのインタヴィュー記事への二人の批判者の意見を、ぼくの関心にしたがってごく恣意的に要約してきた。もっと正確で十全な紹介はサルトルと現代フランス文学の専門家たちによっておこなわれるだろう。

ともかくぼくはこの一連の文章に興味をひかれた。それは二十世紀においてもなお、文学の目的や機能について、いったん自分の考えを表白しようとすれば、絶対に、サルトルが不幸な人間についていう、《泥のなかで足をひきずる》ような具合になってしまうということである。とくにかれが、積極的な、アクチヴな意見を表白する時には！

クロード・シモンやイブ・ベルジュの反駁は決して全面的に有効ではないが、それでもこのインタヴィュー記事におけるほど、攻撃に対してもろい弱味を示しているサルトルを、ぼくは、あまり知らない。それも端的にいえば、文学の領域において積極的にその目的と機能をあきらかにしてみせようとしたからにほかならない。文学はなんのためにあるか？　なぜ書くのか？　という問いに答える試みほど、作家にとって危険な、割りのあわない冒険はない。

イブ・ベルジェの消極的な、ネガチヴな(と並べるのが無理なら、個人主義的な、といってもいいのだが)回答は、それこそ目新しい意見ではない。それは、この冒険をもっとも安穏に乗りきるべく用意された、きまり手のひとつだ。この手を使って乗りきった人間の胸には、いささか恥ずかしい感じ、もっともむずかしい急所を避けて易きについたという感じが残るにちがいない。イブ・ベルジェが、飢えた子供たちが許してくれることを！　と書きそえないではいられないゆえんである。しかも、そのように答えたあとも、たとえば中国の子供の写真を見るだけで、作家は自分が揺り動かされるのを感じたにちがいない。

それを、たとえナイーヴな話だというとしても、そのようにして、十九世紀来、文学と政治との問題が、くりかえし初歩的な段階から、作家をとらえてきたのだ。

ぼく個人についていえば、たとえば『新日本文学』の大会の報告において批判されるとき、とくに政治と文学の相関の針で刺された感じはしなかった。しかし、去年の夏、広島の原爆病院前の日盛りの広場、蚊のなくような声で、核兵器の廃止を希望した患者代表が、冬の終りにむなしく絶望して白血病で死んだという記事にふれると、まったく動揺し混乱してしまうのである。

ぼくはいわば、そこでサルトル的なるものと、イブ・ベルジェ的なるものとのあいだのフリコ運動を開始する。そしてこのフリコ運動は、たびたびくりかえされてきたものだし、今後も自分がくりかえしつづけるものだろうことを感じるのである。

ぼくは、《飢えた子供がいる時に……》という考え方の極に定住することはできないし、個人的な自己救済の極に定住することもできない。そのあいだをつねにフリコ運動しているという感覚が、ぼくにとってもっとも普通な、作家としての職業の感覚だ。そして、フリコ運動の水平面への投影の軌跡が、地球の自転によってゆっくり方向を変えつづけるように、ぼくもまた、ひとつの連続性のなかで変ってゆくことを望むほかはないと考えるのである。

〔一九六四年〕

IV

われらの性の世界

性的な存在はつねに多かれ少なかれ滑稽な側面をもち、同じくつねに悲劇的な緊迫感をも持つ。それはたとえば勃起した陽根が端的にしめす二つの側面だが、ぐったりと萎縮した陽根にもまた滑稽さはもとより、きわめて切実な悲劇的緊張はつきまとうのである。

次にあげる例で性的な存在とは、朝鮮戦線から、実際に死んだ戦友たちよりもなお完璧に死んでしまうほどの、眼も昏む恐怖にうちのめされて帰ってきた十九歳のサンフランシスコ生れの兵隊で、かれがある五月の夜、神戸の酒場にいるところを私は目撃して、極度に性的な感銘をうけたのであった。

この男は戦争の恐怖のあまり性的不能におちいり、その後、幼時から兆候のあった露出癖を嵩じさせていた。戦争の恐怖（殺されることへの恐怖あるいは殺すことの恐怖、いいかえれば戦場をかけめぐる暴力的で不条理な死自体への、敵も味方もない恐怖）は、つねに激烈に性と結びつくとかつて一度も戦場に出たことのないぼくには考えられ、戦場における強姦は他のいかなる場所における強姦ともことなって、一種のきわめて切実な人間的なるものの発露を感じさせるように空想される。この戦場がえりの不能者は、酒場の土間の暗い片隅で黄色の光をうなだれた額にうけ、ぐったりと木椅子の背にもたれかかり、ジッパーをひらいたズボンの前あきから覗いている萎縮した性器を見つめていた。かれを見て夜の女どもが笑いはやしていたが、かれはその嘲笑に耳もかさず、時どき額をあげては真摯きわまる、救いをもとめ神をよぶような眼であたりを眺めまわすだけで、じつに永いあいだ自分の萎縮した性器を見つめつづけていた。

勃起した陽根について美的な印象をいだくことは可能だろう、しかし萎縮したそれはあらゆる美的感慨を拒む力をもっている。それは人間の肉体を一つの国民にたとえれば、そのなかでの賤民だ。古来、多くの歌が勃起した陽根を歌ったが、この賤民は殆ど歌われていない筈である。この戦場がえりの不能者のそれも、眼をそむけさせる醜さであったが、かれの祈るような眼には、まさしく人間の人間的なものに由来する切実な緊迫感と悲劇性とがあって、ぼくの胸を感動で熱くさせた。

売春者としての職業意識からこの男を見る女たちが、嘲笑をしか反応として示さなかったことはむしろ当然だが、感動したぼくは、いつかいかなる瞬間にか戦場へひきずり出され友人たちに変死をとげられ、恐怖のあまりに性的不能になりかねず、しかもこの忌わしい勃起不能の性器に執着せざるをえない若い戦場がえりに、みずからなりかねない現代世界の青年の一人としての連帯意識から、かれを見つめていたことになるだろう。

この滑稽にして悲壮な現代の疲労したドン・キホーテ、戦場がえりの露出癖のある性的不能者は、ぼくに、戦争への恐怖と性的焦躁という、現代の青年の殆どをとらえている世界的な暗黒の病患のあきらかな顕現として、人間の悲惨をしみじみ味あわせたが、一面では、しかもなお恐怖の暗黒をのりこえ勃起の回復を祈りもとめる、人間的な勇気の根強さをもおしえた。かれは嘲笑に耐えてじっとうなだれ、ひらいたジッパーのあいだの醜く萎縮した性器におこるべき奇蹟を、神の奇蹟をまつキリスト教国の一青年らしい真摯さで待ちのぞんでいたのだ。人間的な本質をもちこたえつつかれを嘲笑しうる者はいない。

性的存在の現代における滑稽と悲劇的な緊迫感について、ぼくはこのイメージをつねに思いうかべながら自分自身の、あるいは現実世界の存在の総体にたちむかっているというべきだろう。

しかしロレンスはわれわれの時代と異なる時代に生きていたわけである。かれは戦場で不能になった人間が恐怖（＝死自体）と性（＝生命的エネルギー自体）との相関のはざまでおこなう、人間的な闘いの栄光と悲惨とをその主題とする機会をもちながら、それについて努力しようとは思わなかった。ロレンスの性の太陽は、陰湿なキリスト教社会をてらす光輝にみちた教育家の太陽であったが、それは人間の性的存在と人間的存在自体とを縄のようによじる、絶望的な悲惨の暗がりをてらすものではなかった。

《性は生命の焔である。背後に控える見えざる暗黒の焔である。それは男のうちに深く潜む貯えであり、男としてのかれがもつ核焔のひとつである。

なに、それと戯れてみたいって？　きみはそれを安っぽくていやらしいものにしてしまいたいのか？

キング・コブラでも買って、それと遊ぶがいい。

性は太陽のうちに潜む栄ある貯えでさえあるのだ。》

朝鮮戦線で恐怖のあまりに性的不能になった若者は、それで勃起がひきおこされるなら確かにキング・コブラとでも遊びかねない真摯さであった。安っぽくてもいやらしくてもいい、いかなる方法でもとって、あの青年は業病のごとき生と性の縄を、再びその手に回復したがっていたのである。ロレンスは検閲狂と戦ったが、現代の不幸な青年は、性自体と生命自体がそこにのみこまれようとする絶望的な暗黒の深淵のまえで、悲惨にも、また人間的に、太陽のない戦いをつづけなければならないのである。

現代的なヘンリー・ミラーもロレンスの栄ある貯えとして太陽のうちにひそむ輝やかしい性とは別の次元にあって、涙ぐましい性の情熱にとらえられてしまった現代の人間であって、かれはロレンスをじつに遠くひきはなしてわれわれに近くせまる。ヘンリー・ミラーは性の快楽、性の太陽的側面よりは、性の情熱の強烈な悲劇的固執に、その文学を位置させる点で、実に現代的な作家である。かれにとって性行為は確かに快楽はともなうにしても、本質的には、人間存在の背後の深淵とつながる苦患である。

《部屋に戻ると、マーラは煙草をふかしながら、ひとりで遊んでいた。慾情に燃えさかっているのだ。われわれは再びやり始めた、今度は犬のやり方でやってみたのだが、なおまだ気をやるにはいたらない。部屋が波のようにうねりだし膨脹しはじめた。壁は汗をかき、藁製の寝台マットレスは、いまにも床にふれんばかりである。演技は悪夢のありとあらゆる様相と均衡をとりはじめた。廊下の外れから喘息病みのきれぎれのあえぎがきこえてきた。それは起伏した鼠穴を吹きぬける疾風の長く尾をひく音を思わせた。

もうすこしで彼女が成功しそうになったとき、何ものかがごそごそと扉をさぐっている音がした。おれは寝台から抜けだして、頭を突きだしてみた。酔っぱらいが自分の部屋を探しているのだ。数分後に、また陽根に冷たい噴水浴をさせてやろうと洗面所へ行ってみると、奴さん、まだ自分の部屋を探している。欄間の窓が全部開いているので、そこから蝗喰いのヨハネの御出現さながら高いびきの不協和音がもれてくる。部屋へ戻って、また試練にかかろうとすると、陽根がまるで古いゴムバンドでできているような感じがする。先端はもう全然何の感覚もない、まるで硬い脂肪の塊を下水管に突っこむようであった。それればかりじゃない。大砲にはもう弾丸が一発も残っていないのだ。だからもしこのとき何かが起るとすれば、胆汁か草のような蛆虫のごときもの、あるいは稀薄な田舎チーズの溶液の膿汁の一滴のごとき状態であったろう。おどろいたことに、しかも依然として金槌のごとく硬化しているのである。もはやまったく性の道具の外観をうしなってしまっている。まるで五セントあるいは十セント・ストアから買ってきた安物の新案器具、もしくは、けばけばしい色を塗った餌のついてない釣竿みたいに、へどの出そうな様子をしているのだ。そしてこのぎらぎらしすべっこい代物にマーラは鰻のように躰をまといつかせているのである。彼女はもはや正気の女ではなかった。いや女ですらなかった。荒海のなかで凸面鏡を通してさかさまに見る生餌のように、何とも名状しがたい、のたうち身をくねらせる肉塊にすぎなかった。》

ヘンリー・ミラーよりもなお現代的な一九二二年生れのジャック・ケルワックについてヘンリー・ミラーは次のようにいう。

《彼はどこでこんな種をしいれるのかと誰かに聞かれたなら、あんたからしいれるんだと答えてくれ。》

われわれからしいれた種でケルワックの歌う歌こそは、現代のこの憂患にみちた世界で性行為がすでに現世の絶望的な深淵との素裸かでの取引であることをあきらかにするものであり、ケルワックの次にわれわれの前にあらわれるものは、ぼくがある五月の夜、神戸の酒場で見た戦場での恐怖から勃起不能となったサンフランシスコ生れの真摯な露出狂の青年の、祈るような顔なのである。

《私たちがいっしょに身震いを味わったとき彼女は言った「急にわたし何だか夢中になってしまって」べつに彼女自身は気をやってしまったわけではないのに

夢中になったのは私が興奮して狂的になったので彼女まで興奮して狂的になったので（ライヒのいわゆる感覚の混乱というやつで）それをまた彼女は何と好きだったことだろう――私たちはベッドであらゆることを教えあった、私は自分の感じを彼女に説明するし、彼女も自分の感じを私に説明し、いっしょに精を出してはいっしょにうめき声を立て、いっしょにひいひい奇声をあげるのであった。》

ここにはロレンスの性の太陽などはあらわれぬ暗黒の生の苦患の深淵のなかで、不安な躰と心をよせあって耐えている、みじめではあるが真摯なわれわれの生の姿があるわけだ。

政治的人間は他者と硬く冷たく対立し抗争し、他者を撃ちたおすか、あるいは他者を自己の組織のなかに解消して、その他者に他者であることをみずから放棄させる。ある他者との闘いに克った政治的人間は、次の瞬間には別の他者との抗争の場に立ってみがまえている。政治的人間が他者との対立・抗争関係の場から逃れるとき、かれはすでに政治的人間ではない。

逆に**性的人間**はいかなる他者とも対立せず抗争しない。かれは他者と硬く冷たい関係をもたぬばかりか、かれにとって本来、他者は存在しない。かれ自身、他のいかなる存在にとっても他者でありえない。

現代の人間を一つの偏光グラスが、政治的人間のベクトルと性的人間のベクトルにてらしだす。この二つのベクトルが同じ内容をあわせもつことはありえないが、それは政治的人間と性的人間とが相対立する二要素として、現代の人間の精神と肉体の宇宙を構成しているからにほかならず、ここで精神対肉体の図式が政治的と性的との二者の関係にいかなる暗示をもあたえないことはまずあきらかにしておかれねばならない。往おうにして精神はきわめて性的であり、性的指向性をもつが、肉体には本質的に政治的な特性がある。

政治的人間は、他者を対立者として存在させはじめることにより機能を開始する。その機能の終局の目的もまた他者を対立者として存在させ、あるいは対立者として滅びさせることにある。政治的人間を囲むこの宇宙は、他者でみたされ異物だらけだ。

逆に性的人間にとってこの宇宙に異物は存在せず、他者も存在しない。性的人間は対立せず、同化する。

政治的人間は絶対者を拒否する。絶対者が存在しはじめるとき、政治的人間の政治的機能は窒息し閉鎖されてしまう。絶対者と共に存在するためには、政治的人間であることを放棄し性的人間として絶対者を、膣が陽根をうけいれるようにうけいれるか、牝が強大な牡に従属するように従属しなければならない。そしてその受容と従属の行為は、性行為がそうであるように快楽をもたらす。しかし性の世界に不感症者がいるように、現実世界にもコリン・ウィルスンのいわゆるアウトサイダーが存在することは、あわせ考えなければならない問題だ。

独裁者の国家で、国民はその精神と肉体にかかわる政治的なものと性的なものとの二者共存を、きわめて不均衡な比率において、性的なものに広い幅をもたせて生きざるをえない。ただ独裁者は神のごとき絶対者ではありえないので、国家の暗く狭い片隅に、反抗的な少数者の存在をゆるすことになるが、これら反政府活動家は、かれのまわりの大多数の従属者たちとは逆の不均衡な比率において、政治的人間である。

国際的な勢力関係が、ある強大な国家を政治的人間の国とし、ある弱小な国家を性的人間の国とすることがある。

ぼくは現代日本という東洋の一国家が、単純にいえば安全保障条約体制のもとにおいて、しだいに性的人間の国家となったと考える。現代日本人が政治的人間であることを志向することはきわめて無意味にさえ思われる、その種の性的人間の国家化があると考える。

いかに左翼が危機を叫ぼうと、現代日本に全国家的な天下泰平の風潮が広く重く存在していることはそれをいなむことができない。そしてこの天下泰平の風潮こそが左翼を叫ばしめ、またその左翼の層を拡大し、あわせて稀薄化させているところのものなのであるが、総選挙のさいの進歩陣営の、非常に強固でしかも正義の冠にかざられた圧倒的な人気(それは主に大新聞やラジオ、テレビをつうじてみずからをあきらかにし、また宣伝効果をもあげるのだが)と、それと正反対な総選挙の結果、すなわち常にあらわれる保守党の大勝という結果は、日本人がこの天下泰平を躰の奥底ふかく感じとっており、現代日本の社会政治情勢の現状に満足し、この安逸を享楽していることを示すものだといえるにちがいない。

ただ、選挙における保守党の勝利と進歩的な政党の敗北が、保守という抽象的なるがゆえにより強力となる魔力にもとづいており、保守党の内閣の数かぎりない汚職行為や失政、裏切り行為という日常的、具体的な諸もろの証拠を、抽象して保守党への不信にまでたかめることはできない、日本人の抽象能力の薄弱さに由来する部分を多くもつこともあきらかではあるが、この場合にも、日本人が根気よく保守という抽象語の魔力に酔いつづけているという事実は、現代日本に確かに天下泰平の風潮があり、その現状維持を日本人が深くもとめ望んでいるということを示すものであるだろう。

そしてこの現代日本をおおう安逸の風潮には、政治的人間の闘争心や焦躁とは別の、性的人間の退嬰的な満足感が濃い影をおとしているとぼくは考えるのである。現代日本は、性的人間の国家と化し、強大な牡アメリカの従属者として屈服し安逸を享楽しているとぼくは考え、逆にこの国での進歩的な政治運動家をみまう困難と不安、かれらのまえの巨大な壁に思いいたる。性的人間の国家において、政治的人間はアウトサイダーでしかついにありえない。アウトサイダーは無力であるばかりか滑稽で悲惨だ。

社会党の前進的ベクトルの喪失と混乱は、この無力さと滑稽・悲惨を端的に示している。社会党はついにこの性的人間の国家で、政治的人間の役割をはたすことができない。

ぼくはもっとも激しい関心をもって、この現代日本に政治的人間をさがしもとめる者の一人だ。そしてぼくは日本の左翼のとくに若い青年の層にもっとも激しい関心をいだくが、青年は、この性的人間の国家、現代日本においてのみならず、いかなる国家、おそらくはソヴィエト・ロシア、または中国においても、政治的人間を志向しながら性的人間におちいる罠を自分の足もとにつねに用意しているのである。

例えば一人の青年が政治的人間として党に入るとき、かれは壮年の指導者と下級党員としての自分とのあいだに、また同志とのあいだに、性的人間としての相互関係を認識しないではいられない。日本共産党は全学連の指導者たち、若き政治的人間たちを除名し、おとなしい性的人間の若き党員たちに範をたれた。『アカハタ』紙の読者投書欄《読者からの手紙》によせられる優秀な模範的青年党員の投書のなかには、きわめてしばしば権威主義的な考え方感じ方というより、端的に性的人間の文章とよぶべきものが見られるのである。

サルトルが『汚れた手』でえがく青年政治運動家と壮年の指導者との関係も、きわめて政治的印象を濃くただよわせながら、結局、青年ユーゴは指導者エドレ

を嫉妬から撃ち殺すのだ。《かれは嫉妬のために引金をひいたんだ。》

いうまでもなく指導者エドレの死は結果としてはきわめて政治的であり、青年ユーゴは政治的役割をはたしたことになるが、青年ユーゴは政治的役割を性的人間としてははたしたのである。

現代日本の青年の政治的行動の困難の根ぶかさは、性的人間の国家で、きわめて性的人間に堕しやすい青年として政治的行動をおこなわねばならないという、二重の罠にまちぶせされていることに由来するだろう。

現代日本の青年は性的人間であるが、青年ユーゴが性的人間としてはたすことのできた政治的役割をもつのとひきかえ、終始一貫して性的人間の役割しかはたすことができず、青年ユーゴの僥倖にはついにみまわれることがないのである。これが現代日本の青年活動家の根源的不幸だ。


ぼくは現代日本の青年一般をおかしている停滞をえがきだしたいと考え、**性的イメージ**を固執することでリアリスティックな日本の青年像をつくりだすことを意図してきた。

ぼくがえがきだしたいのは停滞しているものの不幸であり、とくに停滞している青年の不幸である。そしてそれはいうまでもなく現代日本の性的人間としての青年の不幸である。

性的イメージはそれが性的人間についてであるかぎり、人間の実に多様な側面を一種の統一をともなって転位することのできるイメージである。

《われわれは致命的に精神及び肉体の勃起不能におかされている》、こういう命題は、勃起不能という性的イメージの力にそのすべての意味、またその意味の複雑な陰影をおうものである。

ある批評家が、ぼくの政治的行動のイメージを嘲笑してそれがロマンティックであり、したがって現代的な意味をもたないといったが、かれの指摘をまつまでもなく、ロマンティックな革命の夢想などが現実的でありえた時代などはありはしない。ぼくがアラブ人の民族運動にあこがれる日本の青年をきわめてロマンティックにえがくのは、あるべき政治運動の形としてアラブ連合の姿をえがきだそうとしているわけでは毛頭なく、ロマンティックに異国の革命に胸をおどらせるほかはない性的人間の致命的な行動不能、停滞をえがきたいためにほかならない。そしてぼくがその批評家に理解してもらいたいのは、この性的人間、ロマンティックな革命の信者としての現代日本の青年を、性的イメージをつうじてとらえ、その停滞をリアリスティックにえがきだしたいと考えるぼくは決してロマンティックではないだろうということにほかならない。

あるベストセラー小説家が、ぼくの小説を時代通念べったりだと貶す意見をいくたびも発表したが、その小説家が大いに反時代通念の数奇をこらし奮闘したあげく、結局新しい時代通念のいくつかをつくりだすことになるのと逆に、ぼくがめざしたのは、いかなる通俗的な者の眼にも時代通念にすぎないとうつる思想や感慨をしか、自分の頭にうかべることのできない停滞の底にいる青年、独創とまったく縁のない場所にいる性的人間としての、現代日本の青年をリアリスティックにえがきだすことにあったのである。ぼくは時代通念にべったりひたった諸要素を編成して、同時代の人間をえがくリアリズムという、小説家にとって唯一の独創的な役割を達成することを望んだのであった。

そしてぼくにとって同時代の人間をえがくリアリズムとは、現代日本の青年をえがくリアリズムであり、この現実世界の性的人間をえがくリアリズムであり、その達成のためにぼくは性的イメージが有効な武器であると考えたのである。

　われわれにとってある数週間のうちでの最も全精神的・全肉体的にわたる昂揚が性的昂揚であるということはきわめてありえる事態だ。そしてこれは不幸な事態として現代日本の青年のわれわれにあらわれる。

　ロレンス的な至福の時代、性的昂揚は太陽の光輝にかざられた生命の昂揚であった。しかしヘンリー・ミラーによる一大転回のあとをうけて、若いジャック・ケルワックの時代、現代において性的昂揚はすでに太陽をうちにはらんではいない。

　この不安な時代のすべての青年は、性的昂揚が結局は輸精管の一震えにすぎないことを知っており、尿道を突進する無益な精液の一滴にそれがひきおこされることを知りすぎるほど知っているのだ。

　そしてしかもわれわれに、性的昂揚のほかにいかなる昂揚もおとずれないとすれば、これが悲劇の核心となるだろう。そしてわれわれにとって性的な存在は、滑稽な側面とならんで悲劇的な緊迫感をあわせもつにいたるわけである。

　むしろぼくは、人間的な存在はつねに多かれ少なかれ滑稽な側面をもち、同じくつねに悲劇的な緊迫感をも持つと表現することによって、ぼく自身の内部の深淵にたちむかうべきなのだろう。

〔一九五九年〕

『われらの時代』とぼく自身

ぼくは長篇小説『われらの時代』を二十三歳の夏に書きはじめたのだった。ぼくはそのときまで、自分の部屋でアルコール飲料をのんだことはなかったし、睡眠薬も、ほんの時たましかのんだことがなかった。しかし、この小説を書きはじめて、ぼくはベッドの下にウイスキーの瓶をおしこんでおくようになり、睡眠薬を常用するようになった。夜あけ方までぼくはこの小説を書き、そして窓の脇のヒマラヤ杉が霧のなかに浮びあがってくると、睡眠薬とウイスキーを飲んで寝るのだった。ぼくの部屋のすぐしたにはアルコール中毒の老人が住んでいて、もし、ぼくが眠りにつくことがほんのすこし遅すぎると、その老人が二日酔いで嘔く呻き声のために、もうぼくは決して眠ることはできなくなった。その朝起きの老人はいつも、ほぼ午前四時に、ベッドから這いだして呻き声をあげるのだ。やがてぼくは昼のあいだも深夜も、つねにカーテンをとざした暗い部屋で何日も食事らしい食事をせず、睡眠薬とウイスキーだけで暮している、といったふうになり、おかしな幻想にとらえられたりした。たとえば、ぼくが汽車に乗っていて、トイレットにゆくと、あの箱型の便所にアメリカ野牛が後肢だけできゅうくつそうに立っている、といった夢だった。ぼくはアメリカ野牛のことを流行歌のような具合に書いて、この小説のなかに插入した。しかし、もちろん、この傾向がもっともひどかった一時期には、この小説を一ページも書きはしなかった。ぼくは睡眠薬の中毒症状から回復してから、この小説を完成したのだった。結局、ぼくがこの話をしたのは、この小説を書こうとつとめることから、ぼくが不眠症になり、それが睡眠薬とウイスキーとにつながっていた、ということをいいたかったからである。やがて睡眠薬はすっかり止めたが、ウイスキーの瓶はいまなおぼくの部屋にある。

『われらの時代』の文庫版ができあがるころ、ぼくは二十八歳の誕生日をむかえているだろう。したがって、この長篇小説は、もう五年前のぼくの仕事ということになる。そのあいだに一度も、ぼくはこの小説の全体をとおして読みかえすということはしなかった。それは辛い気がしたのだった。けれども、ぼくが書棚からたびたびこの本をとりだして、数ページを読むということをしたのは事実だ。この小説は村八分のふしだら娘のように、ほとんどあらゆる批評家から嫌悪されていた。そこで、ぼくはこの小説の数ページを読んでは、いや、それほど悪くない、むしろいいところがある、と自分自身に甘い言葉をかけて本をとじ書棚にもどしたのであった。ぼくは自分の小説についての批評を熱心に読み、それを受けいれるタイプの人間だ。しかしこの長篇と、まだ単行本として刊行することのできない『セヴンティーン』という中篇小説とについては、批評と攻撃とに、ほとんどつねに反撥した。反撃したこともある。『セヴンティーン』にたいする攻撃はおおむね政治的だったから、文学的な意味では、いわば甘ったるいものだった。しかし、この長篇についての攻撃や嘲弄は、すべて過度に厳粛な文学の名においてなされたので、まだリングに上ったばかりの文学的競技者にとって、パンチは痛い所にはいってきた。それでも、いまぼくはやはりこの長篇小説を深く愛しているし、これはぼく自身の小説でしかありえないと思っている。ノック・アウトされたわけではない。というのも、この小説にたいする悪評は、その後のぼくのすべての小説にたいする悪評に有機的につながっているので、この長篇小説は、ぼくのエラーであるというより、むしろぼく自身の本質的欠陥をあらわしているのだろう。いうまでもなく、それは酷評家たちの側に立って一言のべてみたまでで、ぼくはとくにこの小説を悪作だとは思ってはいない。

ともかくなぜぼくがこの小説を書きはじめて、頑強きわまる不眠症のダニにとりつかれたか、について書いておくことにしよう。ぼくはこの小説を書きはじめるまえまで、いわば牧歌的な少年たちの作家だった。ところがぼくはこの小説から、反・牧歌的な現実生活の作家になることを望んだのだった。また、ぼくはぼく自身のもっとも主要な方法として、性的なるものを採用することに、この小説をつうじて、はっきり決定したのだった。

日本文学で性的なるものがこうむっている評価は、およそ他のいかなるもののそれにくらべても、より低く、より悪いだろう。当今の老人文学、食通の精神にも似た、性的な通の精神のはたらいている、この衛生無害な性的気分の文学は別だ。しかし、ぼくが性的なるものを自分の文学世界にみちびきいれるにあたって考えたこと、考えてきたこと、そして今なお未来にむかって考えつづけていること、それは老人文学派とは本質的にことなっているのである。

たとえば、老人たちは性的なるものを表現するにあたって、次のような配慮をおこなっているようにみえる。ここで老人たちと呼ぶのは、頭と感受性の質において老人的な人たちというほどの意味だが、と註釈するのも、現在、若き老人たちはじつに数多いからだ。ぼくの同年代の友人たちのなかにも、自転の速度がわれらの地球の二十倍の遊星に住んでいる人間のような具合に、たちまち老いこんでしまった者たちがいるように思われる。

A　老人たちは、性的なるものを表現するにあたって、直接的、具体的な性用語をさけ、いわゆる美的な言葉で、性的なるものを暗示する、そして読者に性的な印象を喚起しようとする。

B　老人たちにとって性的なるものは閉鎖的、自己完結的なひとつの行きどまりであって、それはそれ自体、美的価値をもったひとつの《存在》となっている。かれらは、それをつくりあげて目的をとげる。ところがぼくはその逆方向にむかって性的なるものの表現を運動させたいのである。

A　ぼく自身は、性的なるものを表現するにあたって、直接的、具体的な性用語を頻発する、むしろ濫用するくらいだ。ぼくは性的なるものを暗示するかわりにそれを暴露し、読者に性的なものへの反撥心を喚起しようとさえする。

B　ぼく自身にとって性的なるものは、外にむかってひらき、外の段階へ発展する、ひとつの突破口であって、それ自体としては美的価値をもつ《存在》ではない。別の《存在》へいたるためのパイプとしての《反・存在》として、小説の要素となっているものであって、ぼくはぼく自身の目的へ到るためにそれをつうじて出発する。

ぼくは読者を荒あらしく刺激し、憤らせ、眼ざめさせ、揺さぶりたいのである。そしてこの平穏な日常生活のなかで生きる人間の、奥底の異常へとみちびきたいと思う。その手がかりとして性的なるものを方法に採用したのであって、ぼく自身は性的なるものが目的世界をかたちづくる要素のひとつとなっている、ロレンス風の流派とはちがう場所にいるつもりだ。

それでは性的なるものを方法として、ぼくがなにをめざしているかといえば、それは先にこの小説を書きはじめるときの意図としてのべたとおり、反・牧歌的な現実生活の研究をおこなうことである。そして、現実生活の二十世紀後半タイプの平穏なうわずみをかきたて、なめらかな表層をうちくずすために、性的なるものがもっとも有効な攪拌器、あるいはドリルだと信じるからである。ぼくが小説を書きながら労働の歌を歌いたいとすれば、それはオーデンのこんな詩だ、深瀬基寛訳で引用しよう。

　　危険の感覚は失せてはならない
　　道はたしかに短い、また険しい
　　ここから見るとだらだら坂みたいだが。

すなわち、ぼく自身、小説を書きながら、危険の感覚をもっていたいし、読者にも危険の感覚を喚起したいというわけだ。

　さて、ぼくはこのような意図と方法でこの小説を書きはじめ、そのあげくこの小説の畑から不眠症の種子をほりあてたのだった。ぼくは困難のトゲがいっぱいはえそろったウニをかじろうとする、悪食の魚みたいなものだった。ぼくは睡眠薬とウイスキーによってしても、ほんの短い眠りをしか眠ることができなかった。現在、不眠症は追いはらったものの、困難の感覚はのこっている。ぼくはずいぶん遠くまで、この穴ぼこを掘り進んできたという気がするが、困難のトゲはますますびっしり眼のまえの壁に生えてくるようでもある。いまこの小説について自己弁護風の文章を書こうとし、この五年間をふりかえってみようとしても、確保した前進基地は不確かにしかみえてこないで、続けてきた激しい運動の感覚の記憶だけ(それは疲労感と紙一重だ)、じつに生なましくよみがえってくるのである。荒涼としているようでもあり、自分自身への信頼感をあらたに見つけださせるもののようでもある。ある難破船の船長の航海日誌の最後のページに、いま自分は自分をまったく信頼している、という走り書がのこしてあったというシック・ジョークをきいたことがあるが、個人的にはぼくはこの船長が好きだ。
この小説を書いているあいだの、ぼく自身の肉体的衰弱が直接的・端的にあらわれたのは、この小説の《自殺》のモティーフだと思う。この部分を非難していた友人のひとりが、最近、パリで自殺してしまった。かれは国際政治問題の専門家で、おそらくは日本人でもっともサルトルと親しく交際していた青年だった。ぼくに、かれの死をくいとめるためのなにごとかができたとは思えないが、それほどかれは、生についても死についてもかれ自身の価値をもった男だったが、かれの死についての思い出をぼくがうしなうことはないだろう。ぼくにはかれこそが『われらの時代』のいちばん魅力的な青年だったと思えるのである。

〔一九六三年〕

現代文学と性

ぼくは、この春から初夏にかけて、たびたび『現代文学と性』という、小さな講演をこころみた。講演という言葉は、小さなという限定辞をつけてもなお、いくぶん大げさだ。公衆(自分にたいして敵意や軽蔑の念をいだき、カキのように心を閉ざしているかもしれない他人たち)のまえで、しゃべりながら、ひとつのテーマについて考えてみようとすること、とでもいうべきかもしれない。あるいは、公衆のまえで、自分の頭のなかのベースボール試合の実況放送をやろうとすること、といってしかるべきかもしれない。ともかく、ぼくは、たびたび、現代文学と性についてのいま考えていることを話した。それは、ここ数年のあいだ、ぼくがいちどやってみたいと考えてきたことだったのである。

ぼくは性について率直に書こうとしている作家のひとりだと思う。性について書くことの多い作家のひとりでもあるにちがいない。むろんぼくは、性について熱中して書くことで自分の小説の掲載される雑誌の売れゆきをましたいなどと思ったことはない。ぼくは自分が性について考えるための小説を、発行部数の限定された文芸雑誌にしか発表したことがないから、ぼくは、あらぬ疑いをかけられなくてすむだろう。ともかく、ぼくは性について真面目に文学的に考える、という態度をとってきた作家のひとりだと自己主張したいと思っている。

しかし、性について書くとなると、その作家の意志あるいは意識と、あたかも無関係のごとくに、いくらか疑わしい霧が、その作家と作品とのまわりにたちこめるようでもある。作家は、その霧をはらいのけるために、また、ひと汗かかねばならない。

シモーヌ・ド・ボヴォワールの自伝を読むと、日常生活の性については比較的自由ながら、頭のなかの生活においては、性にあまり重要な意味をあたえていない、若いサルトルとボヴォワールがえがかれる。けれども、その若いサルトルの書きつつある小説は、頭のなかの生活における性を、きわめて切実なモティーフとしているように(今日の読者のぼくの眼には)見える。それは結局、若いサルトルとボヴォワールの意識的であるそれは、優秀な会話においてすら、小説を書く孤独な作業においてほどは、性について明晰に考えることが困難だった、それでこの二人の会話に重点をおいた自伝では性が後退し、縮小して感じられる、ということなのだろうか?

そこでぼくは、深夜の書斎で独りぼっちで性についいて考えたことを、真昼のホールで公衆にかこまれて検討してみようと思ったわけである。ぼくにしてみれば、この決心には、滑稽にきこえるかもしれないが、いくらかの恐怖と冒険の味がした。一千人の他人たちのまえで、性についてぼくが不謹慎なことをいい、いっせいに憤激の声をあびるとしたら、ぼくは心臓麻痺でもおこしたにちがいないのだから。

それでも、ぼくはいろんな地方のいろんな公衆のまえでこの小冒険をこころみた。それは予想どおりむずかしかった。まず、公衆のまえで話していると、思わずしらずモラリスト風の口ぶりになる、ということがある。モラリスト風に性についてかたることは往おうにしていやらしくなる。また、声をはりあげてかたっている時に使用できる言葉の限度というものがある。ノーマン・メイラーは、新聞のコラムを書くにあたって、わいせつな言葉を使用できないということが、自分のコラムの伝達能力を弱めるのじゃないかと残念がっている。ぼくは、わいせつな言葉を使いたかったわけではないが、聴衆にひとつのショックをあたえたいと思いながら、つい言葉の選択に気おくれして、生ぬるい、お上品な、抽象的饒舌に終始することが多かった。

まず、ぼくは性をあつかう文学に、ほぼ二種類あると、ぼくが考えていることを話した。そのひとつは、エロティシズムの文学、と呼ぶことができるだろう。性的な、むきだしの言葉で、直接に性的実体にたちむかう、というのでなく、美的な暗喩で間接に性的な情感(むしろ反・実体)をかもしだそうとする、それが、ぼくの考えではエロティシズムの文学だ。とくに日本の現代文学において、エロティシズムの作家たちは、おおむね、擬古典的である。古典文学に造詣の深い人たちが多い。いうまでもなく、それはそれとして、文学的に独自の価値をもっている。

しかし、もう一種の文学はエロティシズムの文学と逆に、性的な、むきだしの言葉で、直接に性的実体にたちむかう文学である。その作家たちは、おおむね擬古典的でなく、むしろ反古典的だ。かれらは、過去の影よりも未来からの呼び声に、範をとらざるをえない。ぼく自身は、このような作家たちのひとりとして性を考えているつもりなのである。

ぼくは一千人の他人たちのまえで、明るい光に照らしだされながら現代文学と性についてかたったのだったが、つねにぼくは、ひとつの被拘束感になやまされていた。それは性についてかたりながら、むきだしの直接な言葉を使えない、ということに由来するのだった。ぼくはついに自分をオチョボ口をしたホノメカシ屋のように感じて自己嫌悪におちいる始末だった。

そして逆に、ぼくは自分が書斎で小説を書くとき、性的にあからさまな言葉をふんだんに使えることをありがたいと思った。性的な言葉を、市民ホールの演壇においてとおなじく書斎でも禁止されたとしたら、ぼくは作家の自由の感覚のかなり多くの部分をうしなうだろうと感じたのだった。

ぼくにとって(それはおそらく、あらゆる作家にとって、ということでもあるだろう)、文学の基本的な目的は、新しい人間を表現すること、である。なぜ、新しい人間を表現するために、性的な言葉、性的なイメージが有効だと考えるか、ということについては、それはぼく個人の責任にかかわってくるのだが、ほぼ、こういう風にぼくは思っている。

スタンダールの時代に、人間を赤裸にとらえるためには明晰さという武器で充分だった。この世紀のはじめから二つの戦争にいたる時代には、明晰さだけでは無理で、深層心理学という新しい武器がもちこまれた。

そして現在、性的な言葉、性的なイメージが、今日的な新しい武器として効力を発揮するのだと。あるいは、こういうべきかもしれない。いまもなお、破壊的な力、ショッキングな力を鈍らせることなく持ちつづけている言葉、イメージの、数すくないひとつが、性的なそれだと。

ヘンリー・ミラーやノーマン・メイラーを読めば、明晰さのナイフも、深層心理学のドリルも破壊できなかった人間の殻を、性的な追求力がとりのぞいてしまう光景がみられるだろう。ぼくはこの作家たちから、赤裸の人間について多くのことを学んできたと思う。

性的な言葉、性的なイメージを拘束されないことで作家の自由の感覚をふんだんにあじわい、これらの表現機能の破壊力を充分に働かせている二十世紀作家のひとりにジェームズ・ボールドウィンがいる。

このアメリカの黒人作家が白人の大学生たちを前にして一連の講演をおこなった。かれは会場をうずめるすべての学生たちに、《私の声が聞こえるか？　きみたち、みんな、私の声が聞こえるか？》とくりかえしてたずねてからでなければかたり始めなかった。それは、かれが白人の耳に聴こえることのない声を発する人間、黒人として生涯をいきてきたからだった、というような記事が最近の『タイム』誌にのっていた。

そのボールドウィンの小説『もう一つの国《アナザ・カントリー》』で黒人青年は白人の女と恋愛し、黒人の娘はイタリア系の白人青年と同棲する。その白人青年は黒人青年の思い出とともに、もうひとりの白人青年とホモセクシュアルの関係をむすび、その青年はヨーロッパ人の少年と性の関係をもっている。また白人夫婦のあいだに苦渋にみちた姦通もおこなわれる。黒人の娘もいったんは白人青年を裏切る……

しかもこれらの性的なむすびつきを、ボールドウィンは勇敢に、あからさまに描く。アメリカの今日の黒人問題を考えれば、ボールドウィンが性的な言葉と性的なイメージについての作家の自由を行使するにあたって、いかに勇敢であることを必要としたかは、あきらかだろう。

そして実際、ボールドウィンの言葉とイメージは、じつに今日的な破壊力をもって、白いアメリカ人と黒いアメリカ人との甘い欺瞞の殻をうちくだく。おっとりとりすました白人が赤裸にむきだされるとともに、黒人自体、ボールドウィンの破壊力からのがれきることはできない。そしてもっとも注目すべきことは、徹底した破壊力の発揮のあと、そこに白いアメリカ人と黒いアメリカ人の真実の結合、愛がうかびあがってくることである。アメリカという巨大な国の今日の問題をボールドウィンはかれの方法で明確にしたのだ。

このようなことを、ぼくは公衆にむかってかたったのだったが、ある地方で、演壇をおりたばかりのぼくに、ひとりのいかにも健全な市民とおぼしい紳士が、こういった、微笑しながら、《それで、あなたは十九世紀の人間より、二十世紀の人間がずっと性的だというんですか？》ぼくは現代文学がいかに人間にアプローチするか、をかたったので、現代人の性意識を直接に分析したのではなかった。しかしいったん公衆のまえでかたった者はモラリスト風に答える義務をせおいこむものだ。ぼくは、きわめて勝ちめの危い議論をはじめねばならなかった。

十九世紀の文明と、二十世紀の文明とを比較して、どちらが、より性的か、を判断することはむずかしい作業にちがいない。第一次大戦後と第二次大戦後のふたつの文明を比較して、どちらを性的だと呼ぶかということすら、容易ではないだろう。

ぼくはパリで、フランス劇団のもっとも新しい才能とうわさのたかかったニコラ・バターユの回顧的なレビュを見たことを思い出す。そのチャールストンの時代は、じつにおどろくべき性的な印象だった。また、第一次大戦後のシュールレアリズムほどにも、性的な印象の強い絵画を、第二次大戦後に見いだすことができるだろうか?

性犯罪についても、第二次大戦後、それが激増し、過激化したと考えるのは、おそらく錯覚だ。たとえばコリン・ウィルスンの『殺人のエンサイクロペディア』に収集された性犯罪が、それをあきらかにしている。ただ、ホモセクシュアルの人びとの市民権が、第二次大戦後いくらか拡充された、ということはいえるかもしれない。ぼくはロンドンで、いかにも穏和な市民的家庭をいとなんでいる、一組の男同士の夫婦の家に泊めてもらったことを思い出す。

文学にしても、ぼくが二つに分類した意味でのエロティシズムの文学についていえば、第二次大戦の前後にわたって、とくに格別な新展開があったというわけではないだろう。性に関わる言葉とイメージを赤裸に活用して人間の真実をおおいかくす殻を破壊する文学だけが、この二種の戦争のあと、きわだった進歩をとげた。その進歩と、現代文明の性格との直接なむすびつきを検討すれば、現代文明がとくに性的かどうかについて一般的な観測をおこなうことが可能かもしれない。

しかし文学はつねに、一般的であるより特殊にわたっている。ボールドウィンの小説においてのように現代アメリカ文明が性をつうじてあからさまな顔を示し、この一般への手がかりをあたえてくれるというような例は多くない。ことが性に関するかぎり、現実社会と文学世界とを単純に結びつけてものを考えることは、さまざまの滑稽な破綻を生じる。たとえば、ホモセクシュアルのヒーローたちの活躍する小説が、現実のホモセクシュアルの日常生活者たちの市民権の拡充に役立ったか、といえばそれは疑わしい。

作家にとって確かなことは、第二次大戦後、性的な言葉、性的なイメージについての自由の感覚がしだいに大きくなりしっかりしてきた、ということである。作家はこの自由の感覚を守らなければなるまい。また、ボッカチオやサドの時代のペストが、孤独な人間の影を濃く浮かび上がらせ、その影に性の色調をあざやかにまぎれこませたと同じように、核戦争という今日のペストが、二十世紀人間の孤独感と性の結びつきを側面から明らかに照らしだす、ということもまた確かだといっていいだろう。ここでも作家は、性についての表現力、あるいは性を媒体とする表現力を失っては、現代的な役割を果たし得なくなるだろう。

しかしそれでもなお、性に関わるかぎり、作家に至上の大義名分が与えられることは(ロレンスのようにモラリスト風な作家である場合をのぞいて)ありえないのではないか? 『金瓶梅』で性器は「なにやらわけのわからぬもの」と呼ばれることがあるが、確かに性は「なにやらわけのわからぬもの」でありつづけているのだ。それが結局は、なお性を破壊力のある現代文学の要素としてつねに新しく感じさせる所以なのだろう。

性的なるものから最も遠い文明としての現代文明は、今日の社会主義圏に存在している。西側世界がしだいに性的に解放されてゆくにしたがって、東側世界がますます性的にストイックになるとすれば、冷たい戦争という、現代文明の根本のモティーフには、もうひとつ性に関わる新しい意味が加えられるわけである。

ただ、ぼくはソヴィエトでも中国でも、やがては、性的な言葉、性的なイメージの破壊力をつうじて新しい人間像をさぐりはじめる文学が生まれることを(なかば悲観的ながら)熱望している。それはぼくが文学史の未来にたいして、スリルを感じる、唯一の予想である。一九九〇年代には、ぼくの小説もふくめて、あらゆる性的な文学が焚書《ふんしょ》されているかもしれないのだが。

ともかく性のうたがわしさ、反明晰について意識的な作家は、自分の性に関わる文学についても、つねにいらだたしい不安をいだきつづけざるをえないものなのだろう。しかしその不安が作家を、文学とはなにか? という根本的な反省へつねに立ち戻らせることは確実なので、ぼくはそれを信じようと思っている。

〔一九六三年〕

V

独立十年の縮図――内灘

内灘の試射場あとの砂丘にたつと、淡青の日本海から風は吹きあげて砂粒の目にあざやかな流紋をつくった。ニセアカシアの防風林はなお冬枯れたままで、風をさけて海と逆の方向に、こずえのまがったこの喬木群は、砂丘とおなじく柔らかい土色をしているのだった。

新しい防風林をつくるために丘の低みにも竹わくにアシの茎をつらねたさくが、所どころを正方形にかぎり、ニセアカシアの若い幹が整然とならんでいる。アシのさくは、その新旧にしたがってアシそのものの色から、しだいに砂丘の色へと色あせていっているのだった。

真昼だった。日曜日で、砂丘には若い恋人たちや子どもらが砂をはこぶ風にさからって日の光をたのしんでいた。砂にうずもれて、そこかしこに砲弾の破片はあったが、掘りだしてみると、それはまったく腐食されていて、すでに砲弾の感覚ではなかった。砂丘になかばうずもれているコンクリートの砲台、監視塔も、すでに砂と風にむしばまれて、かつての試射場の火薬と戦争の印象を回復させることはなかった。たしかに内灘の海は日本人の手にかえり、砂丘はよみがえったという、接収解除のさいの報道はそのとおりだ。

しかし旧鉄板道路、いまの単なる砂の道をくだって内灘の集落にはいってゆくとすぐ、あの言葉はもっと正確には、このように表現されるべきだったと気づくのである。内灘の不毛な海は日本人の手にかえり、砂丘は貧しい耕地として、転業すべき漁民の手によみがえったにすぎない……

内灘の戦後の歴史は、しだいに貧しくなり行きづまってくる漁業から、どのように新しいぬけ道を見いだすかという問題を軸にして動いてきたのだった。そして内灘の人間の現実生活の側からみれば、試射場問題は、この歴史の動きの一環として、その前後に密接にむすびついているものなのである。

アメリカの一九五二年予算下期からの一億ドルが、砲弾の製作発注のために日本政府に内示されたとき、内灘の戦後の歴史の連環は加熱され加速された。しかし内灘の歴史が本質的にそこで改造されたのではなかった。四年半はためいた星条旗が内灘砂丘から消えたあと、人びとはふたたび孤独に、もっと悪化した下降の歴史と取りくまねばならなかったのである。それが今日の内灘町の現実生活にそのまままつづいている。

日本海と河北潟とのあいだの八・五キロにおよぶ細長い砂丘地帯の約千百戸の漁村、内灘で、ある冬の夕暮、風呂からかえってくる初老の男が、ひとつの演説をこころみた。かれは村を出て朝鮮にわたり、終戦で追いかえされるまで、そこで農業指導をしていた男だったが、いまは故郷の村で土地もなくトウフ屋を始めていた。そのかれに金沢からきた日教組の試射場反対の最初の呼びかけが、朝鮮での戦争体験を思いださせたのである。

かれはマイクを借りて、本当に内灘が試射場に内定しているのなら、そして砲弾試射が新しい戦争につながっているのなら、これは絶対に反対しなければならん、なぜなら戦争は悪いものだからだ、と演説した。そして、その日からはじまった内灘闘争のひとつの中心に、この引揚げのトウフ屋、出島権二氏、デジゴンはしだいに押しあげられていったのである。デジゴンの直接の反対の動機が、純粋に朝鮮での戦争の悪夢に由来したことは記憶されるべきだ。

デジゴンよりも、もっと理論的なブレインとしては、村の診療所で深い信頼をあつめていたコミュニストの医師、蒴先生がいた。そして村の漁師たちが北海道や山口方面に出稼ぎにゆくあいだ村の家をまもり、河北潟のコイやフナ、沿岸のアサリ、ハマグリなどを頭にのせたタライにいれてイタダキ行商に金沢へでかける女房たちが、米軍による風紀の乱れを直接に恐怖して反対運動の大きな力となった。中山老村長は堂どうと政府を相手にたたかった。

いわゆる内灘闘争が日本の基地問題の中心になってからのことはひろく知られている。学生たち、労働者たち、知識人たちの内灘への大量の集中があった。夜のあいだじゅうカガリ火が砂丘に燃え数百人がデモをおこない、コンボウや旗ザオでの殴り合いがおこり、目つぶしの砂がとびかうという最悪の日々もあった。

これらの長いたたかいの日に、デジゴンをはじめ村の人びとはその生業を放棄して行動するほかなかった。デジゴンは今も、村の外からの応援の人びとに悪い感情をもってはいない。しかし貧しい漁師たち、トウフ屋の生活は、このたたかいのあいだに、なお苦しく底をつき、すでにぼう大な歯車がうごきはじめたたたかいの将来への不安は、デジゴンたちを内部で暗い穴ぼこにおとしそうだった。

その間、現実的な判断力を柔軟に働かせて、中山老村長は内灘闘争を別の側面からつかみはじめていた。老村長は政治折衝をかさね、砂丘の接収の補償の条件を向上させようとしていた。ともにたたかいはじめたデジゴンと老村長とのあいだに不幸な別れがおとずれた。また警察の指導で愛村同志会がうまれ、デジゴンたちをおびやかすということもあった。そして結局、約八億円の補償で、内灘の試射場は最終的に接収され、たたかいは終った。中山老村長は辞職し、デジゴンは社会党員となって村議にえらばれた。村民の九十一人はかなり高い給料で基地要員にやとわれた。莇医師は補償でつくられた新しい村の診療所の圧迫で、内灘を去らねばならなかった。

一九五七年一月、内灘に砲声はとだえた。そして試射場ひきあげの意向があきらかにされたとき、内灘村民のあいだに、試射場存続を要請する動きがおこった。それは直接には、河北潟干拓をはじめとする政府の約束の中絶をおそれてのことだった。内灘村の現実生活がいったん試射場のペースにのった以上、それが突然また次の新しい局面にうつされることに抵抗することは、この村で現実生活をおくっている人間にとって自然なことだった。しかも内灘試射場で破壊されたものは、なお充分には回復されていなかったし、河北潟はなお水をたたえたままだった。

しかし、村民の声にこだましてかえってきたのは、恥知らずという反響だった。一人の村の旧漁師は試射場で米兵からも、恥知らず！とののしられた。その声はデジゴンの胸をうった。考えてみれば、内灘の人間にむかって恥知らず！と叫んだ声は、独立後の日本人みなが天にむかって吐いたツバだったのだ。多かれ少なかれ、そのツバはすべての日本人の頭にふりそそいで、そこを汚したのだった。

試射場が村の人間の手にもどされた日から、ほとんどすべての村の人びとは砲弾を掘りだしにでかけた。鉄の高い時代だった。それはもうかった。デジゴンは砲弾掘りにでかけない、数少ない村民の一人だった。デジゴンは人間の威厳についての感覚をもった男だった。

そして内灘の海は村の人間の手にかえったが、重要なことはそこに魚群がかえることはなかったということである。接収の四年半のあいだに、日本海の漁業事情はますます悪化していた。また内灘の砂丘は村の土地としてよみがえったが、それは不毛な砂地としての性格を変えることなくよみがえったのだった。それ以後の内灘の現実生活は、絶望的な漁業からいかに転業するか、しかも試射場の補償をいかに運営してそれに資するか、ということを課題にして、今日につづいているのである。それは補償の点をのぞけば、戦後、下降をつづける漁村一般の縮図にほかならない。それに補償は効果的に運営されたろうか?

八億の補償のうち、内灘村民いちりつにわたった現金は五万円のみだった。このお涙金を、デジゴンはトウフ屋開業のさいの借金返済につかったし、中山老村長はイソ舟を買って釣りを楽しみながら余生をおくろうと考えた。しかしラジオがこのお涙金について報道すると、金沢の洋服屋、電気器具屋が村におしよせてきた。現在、内灘のたいていの家にテレビがあり電気洗たく機がある。そしてそれは家全体とくらべてどこか不均衡だった。いわば暗く先ぼそりの明日の見とおしにおびえながら、なお消費文明のむなしく陽気な膨張のつづく日本の庶民の日常一般と、それはつながっている。

また日本海で漁獲をあげていた網元や船主への漁業補償があったが、それもほぼおなじようなつかわれ方をしたらしい。漁業補償で家をたてたというらわさも、しっかりした転業に設備投資したというらわさもきかない、とデジゴンはいった。

村全体への補償として大野河口の船だまりがまずつくられた。しかし内灘の漁民のほとんどすべてが漁業から離れようとしているときに、それがどれほど有効だったろう。ぼくが内灘をたずねていたあいだに、漁獲の実績をしめしたのは早朝に数種のカニを売りあるいていた婦人と、夕暮に干拓のすすんでいる河北潟の船着場にかえってきた一隻のタイあみの船のみだった。タイの漁獲はほぼ十貫にみたなかったが、船主の老漁夫は熱情をこめて、一度のあみに五十貫のタイがとらえられ、深紅に海をかがやかせてあがってくる情景をかたった。漁師たちは本質的に観念家なのだ。礼文島のニシン漁の網元たちも、また熱情的に空想していた。

かつて数百隻の船でにぎわった内灘の海に、いまは十数隻のイワシ漁船と、ほぼおなじ数のタイ漁船しかいない。ともに漁獲はすくない。漁師たちは陸にあがって金沢へ日やといに出はじめた。ぼくが話しかけた内灘の子どもたちは、みな異口同音にこう答えるのだった。父と兄とは金沢の工場に行きよるがあ……

内灘の今日の朝の風景は、自転車に乗って金沢へ通勤する旧漁師たちの隊列によって代表されるというほどだ。そしてその女房たちは砂丘にひらかれた貧しい土地を農耕しているわけである。

補償金のもっとも大きい部分、二億五千万円は河北潟から砂丘の二六七町歩の土地へ水をはこびあげるためのポンプの設備につかわれた。こうしてできた速成の農地が、約二反ずつ、すべての旧漁師たちの家にわりあてられて農耕がはじまった。二反という広さは専業農家にはせますぎ、野菜だけの自家供給のためには広すぎる面積だと、現在の内灘・中村町長はいった。しかも内灘にはもともと専業の農家は三戸しかなかった。水のパイプが通っているにしても砂丘の砂地だ。そこを旧漁師たちが耕すのである。収穫は豊かではなかった。

ぼくらは砂丘の背のニセアカシアとマツの疎林のあいだの農地を見にでかけた。たしかに喬木群にかこまれて給水塔の建物がどっしりとすわり、パイプは縦横にとおっている。噴水のように水をふりまくホースを片手に旧漁師のおかみさんが陸稲の苗床つくりに夢中だった。しかし、そこはやはり砂地にすぎないのである。

内灘の農業転向はまさしくうまくいっていないと、かつて北海道への出稼ぎ漁師だった中村町長はいった。しかしそれは農業自体が曲りかどにきているのでもある。新しく土地をもらった漁師たちは、やってはみたが肥料代も出ないというし、じっさいやる気もないのだ、草ばかり生やして……

内灘の速成農夫たちは、農協の暗示に弱かった。チューリップ、たばこ、アスパラガス、ラッキョウ、すすめられるものはなんでもやり、そしてたいてい不成功だった。とくにブタの飼育でこうむった損害が大きかった。町長は指導者らしく二十頭の子ブタを買いいれた。そして子ブタが成長したとき、町長はその労働や設備費をぬきにして、子ブタの代金やら農協で買った飼料の金だけで五万円の欠損になっていることに気がついたのであった。

結局、不慣れな農夫による、不毛にちかい砂地の耕作という形での内灘農業には、日本の農村一般の行きなやみの状況が、いささか誇張された形であらわれているということになるだろう。

いうまでもなく中山老村長のプランのなかには、河北潟の干拓による肥沃な農地をつかっての、転業計画があったわけである。それが、恥知らず！という声によってみまわれた接収継続への要請のもっとも具体的な動機であった。数年、試射場の使用がのびれば河北潟の干拓は政府の費用でおこなわれ、美田が転業漁夫のために用意される約束であった。しかし試射場の砂丘は接収をとかれ、美田の幻影は消えさった。漁夫たちは、たびたび故障するポンプをたよりながら砂地を耕すほかない。

現在、村の内外の個人の出費で河北潟の干拓は進んでいる。砂丘を切りくずして潟をうずめる工事だ。しかしそのあげくできあがる耕地は、近隣の肥沃な農地とほぼおなじほどの価格となるはずである。

中村町長の悩みは、この砂丘の農地をめぐってもうひとつある。この土地はかつて軍用地だったが、それも報国土地会社という金沢の土地会社から国が買いあげたものだった。戦後、国と土地会社とのあいだにこの土地の払いさげをめぐって係争があった。そこへ、内灘試射場問題がおこり、農地として国が内灘村民にその耕作権をあたえたことから、係争は土地会社と内灘村とのあいだの問題にうつって、今もなお争われているのである。

土地会社の現在の主張は、農地として漁師たちに払いさげられた土地が、充分に耕作されていないことを論点にしている。町長が、草を生やかしている人たちにいらだつ理由はそこにもあるだろう。町長はひそかに原子炉の誘致を計画して、政治力のある所をみせているのだが、それもこの耕作地論議の裁判がおわるまでは、表向きに押しすすめることができないのだ。

農業への転業がうまくゆかなかった。そこで金沢へ日やといに行く、という一般的なタイプと別に、自分の家に小工場をつくって撚糸機械をすえつけた人たちがいる。四十二軒ほどにもこの撚糸工場の経営者たちはふえているのだが、この転業もとくに成功してはいないらしい。それはおもに東レや日レとのあいだに介在している奈良の問屋に自由に買いたたかれるためである。ぼくの見た撚糸工場は、五台の機械が家鳴り震動をおこしている旧米屋さんの家だったが、設備費にかりいれた三百万円の金利をはらうのがせいいっぱいだということであった。そこもまた明るくなかった。

内灘を去るまえにぼくは、あの試射場に砲声がとどろくあいだ耳をおさえて勉強していた子どもたちが、今どのように生きて考えているのかを知りたいと考えた。

若者たちは、金沢の工場へでかけていて会えなかったが、娘たちは内灘町が土地と道路を提供して誘致した東陽織物会社につとめている。ぼくはそこへ出かけて行った。そしてそこではじめて、きわめて明るく自分たちの未来を予想している内灘の人間に会ったのだった。彼女たちはその内灘で唯一の近代的な設備の工場につとめることを誇りにし満足しているようだった。

また父親や兄たちが不安定な出稼ぎ漁にでかけるより、金沢の工場で給料をもらってくるほうがいいともいった。それにしても現金収入があるわりにお金が残らないのはなぜかしらん、といっているんですよ……

この娘たちの明るさの背後に、内灘闘争のあいだと、それにつづく試射場の砲声におびやかされながらの幼年期の暗い記憶がひそんでいることはたしかである。貧しい漁村にはじめての近代的な工場での仕事をつうじて、娘たちはいま解放感を代償のようにあじわっているのだろう。

父親の世代はもっと複雑だ。さいきんとうとう町長と町議たちは東海村を見学にいった。デジゴンたちは原子炉誘致反対の覚悟である。

〔一九六二年〕

失業に悩む旧軍港――呉

市民たちが、そのかたちに軍艦の幻影を見るという市庁舎。それは夏のはじめの雨あがりの午後の淡い日の光のなかで、巨大なマキガイのように美しい。三角形と円との組みあわせがモティーフのモダーンな市会議場で、議長と副議長の選挙がおこなわれている。市長が、いくらかてもちぶさたに、投票箱のまえを堂どうめぐりする議員たちをながめている。かれは小柄で若わかしい。戦争の時代には、かれは海軍工廠で職工をしていた。いまかれはこれから選ばれる議長たちと、慢性の赤字になやむ市の財政をたてなおすために困難な努力をはじめねばならない。やがて開票の結果がつたえられる。議長は海軍工廠の水雷部出身だし、副議長は海軍航空廠の海軍書記だった。選ばれた二人は緊張してあいさつした。

市庁の社会部労政課の床には小型のカバンがいっぱい積みあげられている。それらのカバンには紙幣がつめこまれている。それらはやがて失業対策事業の現場へはこばれるだろう。そこでは、かつて海軍工廠にいた労務者を中心にして、全国でもっとも人口比の高い失対労務者たちが働いているのである。これらのカバンのなかの金が、市の財政をもっとも揺さぶっている。

町角には、機動隊のトラックがとまっている。小さなのぞき窓のむこうに、緊張し、いくらかは待ちくたびれた、いらだたしい警官たちの顔が見える。数日前、この市の勢力を二分するヤクザの一方の幹部がピストルで射殺された。ヤクザたちは報復をこころみ、再びピストルが発射されるかもしれない。機動隊員たちは、むし暑い幌のなかで、待機しつづけねばならない。はたしてヤクザたちは怨恨を忘れておとなしくひきさがるだろうか？

市庁とはうらはらに古風で貧しげな労働会館では若い女性たちが混血児たちのために働いている。この港市に進駐してきた兵士たちはオーストラリア兵が中心だった。そこで子どもたちの父親もまたオーストラリア人たちが多い。ある日、子どもたちは混血児という言葉に反撥して、新聞記者たちに抗議した。かれらは自分たち自身のための新しい言葉をつくりださねばならなかった。かれらは考え、日豪系児童という、自分たちのための新しい呼名をつくりだして、誇りを回復した。

港には海上自衛隊の潜水艦が停泊している。乗組員たちは数日後にひかえた、ハワイへの長い航海のことを考えている。かれらのなかには出港後、ハワイまで太陽を見ることなく暮すものたちもいるだろう。

隣の壮大な造船所のドックには、完成まぎわの五万三千トンのタンカーが小さな山のようにそびえている。船底を支えた数しれない支柱の林を工員たちが点検してまわっている。このタンカーがギリシャ系の船主によってひきとられる日、進水のために船底にしかれるブタの脂は四百万円分も必要だ。

フェリー・ボートが造船所や潜水艦基地をななめ右に見て、江田島へむかっている。《おやしお》の若わかしく控えめなユーモアにみちた男らしい艦長は（しかしかれは、原子力潜水艦についてはまったく一語もしゃべらない周到さだ）、かれの潜水艦の潜望鏡から、かれが海軍兵学校生徒として、戦争の末期に島へわたったフェリー・ボートを見るだろうか？　フェリー・ボートには花やかな若い娘たちの一団と、おとなしく礼儀正しい海上自衛隊幹部候補生学校の学生たちと、いくぶん子どもっぽいエネルギーをもてあましたみたいな、海上自衛隊術科学校の生徒たちが乗っている。

フェリー・ボートの乗客たちは、海をおおう淡いモヤと製鋼所の高い煙突からの赤っぽい煙の層のむこうに、巨大な橋がかかっているのを見ることができる。音戸の瀬戸をまたいだ大鉄橋の上をボーイ・スカウトの連中が気のぬけた《君が代マーチ》を吹奏して行進している。近在から橋を見にきた観光客たちが、退屈して、せめてボーイ・スカウトの行進にでも気をまぎらすべくつとめている。行進をながめている群衆のなかには、休暇をとった自衛隊員たちの数が多い。かれらは昨夜、この港市の繁華街をいくらか欲求不満の印象において深夜までうろついていた若者たちだろうか？かれらは数日まえ冬服から着かえたばかりで、まだくたびれていない夏の制服を着こんで、たいていカメラかトランジスター・ラジオを片手にさげている。女友だちをつれている隊員は、ごくわずかだ。かれらのたいていの者は、農民的な顔に小さな渇望の表情をそろって浮べているように見える。

音戸大橋の中央からは、この港市をかこむすべての山やまを望むことができる。この港市は九つの嶺でかこまれている。それを九嶺《くれ》、呉としてあやかって、市の紋章はデザインされているのだという。やがてアメリカ軍のレーダー基地のある灰ヶ峰が梅雨のはしりの霧雨のなかに姿を没してしまう。海は昏れはじめる。

旧軍港都市から、平和産業港湾都市へ、というコースは呉と横須賀とでまったくおなじ道程だった。しかし横須賀はその港の大半を現に第七艦隊の基地として占拠されたままだし、呉はいま灰ヶ峰のレーダー基地、黄幡地区の弾薬庫、旧軍港の第六バースという、三箇所を接収されているだけだ。呉の旧軍用地、施設の九〇%が平和転換した。ところが、それでいてなお失業者の問題にもっとも苦しみ、赤字財政と戦いつづけなければならないのが呉だ。戦時の海軍工廠への依存の激しさがうかがわれるというものである。

戦艦《大和》をつくった輝かしい海軍呉工廠のドックが、マンモスタンカー《伊勢丸》をつくる呉造船所のドックとしてよみがえる過程が、戦後の呉のひとつの歴史だった。

戦争がおわったとき、呉は失業者であふれんばかりだった。昨日の戦艦《大和》の造り手たちがみな職場を追われたのだから。現在も市の失業対策事業労務者は六千人をこえている。昨年の調査で、失対労務者は、国の主要都市平均一四二人に一人の割りだが、呉では三十三人に一人で、全国一である。呉市の三十七年度の予算の二三%が失対費にあてられているということも記憶にあたいする。市長はこれが結局は政府の労働政策の貧困に帰するというのだが、ともかく失業者はいまなお、市長たちのむかわねばならない最大の怪物だ。そしてこの怪物の生れたもともとは海軍工廠までさかのぼるわけであろう。

旧海軍工廠の造船、造機の施設が、播磨造船所呉船渠の名において戦後はじめて動いたのは、呉周辺に沈んでいた軍艦のサルベージとスクラップの仕事のためだった。五千人の労働者たちがその仕事に働いた。沈んだ艦艇のひきあげが終っても、五千人の労働者は新しい失業者として呉の失業者のプールへ加わるわけにはゆかない。GHQの統制のもとにかれらは仕事をもとめ、あたえられ、働く。戦艦《大和》をつくった造船所はその当時の流行の言葉でいえば戦犯工場だったし、全面的に閉鎖して平和産業に切りかえようという声もさかんだった。ドックは危機にひんしていたのだ。

昭和二十六年、アメリカの船会社NBCが十五年間の貸借関係を日本政府とむすんで、呉に乗りこんでくる。政府にとってみれば、それは戦勝国への賠償問題もからんだことだったし、またつぶされてしまいかねないドックの一種の保護政策でもあった。講和後、旧海軍工廠はNBC呉造船部と、播磨造船呉船渠に二分されて、再び巨大な船をつくりはじめた。

いま播磨造船から独立した呉造船所は、NBCの施設を買いとりその労働者もひきとって、広大な旧海軍工廠の全域をフルに機能させている。造船所内を車で走ると、かつてのNBC区域は一目瞭然だ。そこは舗装されていず、建造物もりっぱでなく、荒れはてた貸家の印象がある。それは結局、賃借りの期間だけに限ってそこを最も効率よく使おうとしたアメリカ人の合理主義の結果というわけらしい。もっともNBCの合理主義は呉造船所の発展について、きわめて刺激的でもあった。NBCがいちはやく大型船の建造に踏みきったことがドックの再建に力をかしたし、現在の呉造船所の多角経営もそれをNBCの影響だという人が多い。

その多角経営のひとつがマリン・プラットフォームである。これもまた、いかにも呉らしく旧海軍技術大佐であった畑敏男氏の発明で、海中深くブイを沈め、その浮力とおもりとの均衡を利用して安定させた、浮ぶ土台の上にホテルまで建てようというプランである。それは空想科学小説の海洋帝国の青写真のようでおもしろかった。船渠のひとつに、その試作品が浮んで霧雨にぬれていたものだ。アメリカの大金持は、対核爆弾防空壕をつくるより、わがマリン・プラットフォームを買って南太平洋へでも移住することを考えてはどうだろう。

現在、呉造船所は新しい造船ブームのただなかにある。いま七万重量トン五隻と五万五千重量トン一隻を米、英の船会社と建造契約し、五万重量トン二隻はすでに建造中というわけで、四十年までには八隻の外注船をつくるという。他にも改造の注文がある。

この造船ブームの原因についての大方の見方は、世界的に在来船を大型経済船に切りかえるのが流行だということと、日本の造船業界が低コストで受注する傾向にあるということにつきるようである。呉造船所の労組では、日本の受注船価を100とすると西ドイツ118、イギリス136の比率だといっている。トンあたり九十ドルを切るのではないかともいっている。呉と他の大手会社の受注船価をくらべてみると、国内的にも呉はあまりよくないのではないか？　しかし、早急に企業整備などをされても困るし、ここ二、三年を会社の勝負の期間とみて、労組の方でも闘争方針および労働そのものについて考えてみなければならないと思っている、というのがいかにもドックの労働者らしい労組委員長の意見だった。

旧海軍工廠のあとの呉造船所とならんで、もうひとつの呉の象徴的な存在が江田島だ。そこには、いま旧海軍兵学校あとに、海上自衛隊の幹部候補生学校と、第一術科学校とがある。ぼくがフェリー・ボートに乗ったのは日曜の午後で、江田島にはそこでまなぶ若者たちの姿よりも瀬戸内海をわたってきた観光客たちの群れがめだったのだった。第一術科学校長の永井海将補によれば、この海上自衛隊のための実科技能学校へやってくる中学卒の少年たちの教育にあたって、もっとも困ることは、かれら善き少年たちに国家の観念が欠けている、ということだそうである。

第五期生徒(平均十八歳六箇月)卒業記念号『ひねくれ』という生徒たちの愉快な雑誌に校長はこの点について、ひとつの文章を書いた。そこには次のような一節がある。

《幸に諸君は人生航路の目標について、すでに思い惑うことのない状態にいる。今更、思い惑うことは馬鹿げたことだとわたしは考える。……すなわち日本の国、日本の国家、日本の民族にはその固有の歴史、伝統の上にのみ成り立つ固有の協同体意識がある。それが民族意識、国民感情というものだろう。その基盤の上に日本の民主主義があり、……》

ぼくが海将補に、この固有の協同体意識というものは天皇制にかかわりがありますか？　とたずねると、いや、天皇、皇室のことは、この文章を書きながら思いつきもしなかった！　ということだった。

ぼくは江田島で教育参考館を見た。そこには特攻隊で死んだ若い兵士たちの遺書がある。しばらく前に、江田島をおとずれたある喜劇俳優が、その遺書の勇敢さと愛国心にうたれたとぼくに語った。それを聞いたとき、ぼくは、もしそのような効果を生ませるべくそこに戦時の不幸な若者たちの個人的な手紙が陳列されているのなら、たとえば《わだつみの会》の人たちは、それにたいして黙っていてはならないだろうと考えた。

しかし現実に、戦争を知らぬ弟の世代のぼくが、そこで勇敢だった兄の世代の若い死者たちの遺書を読んでうけた印象は、胸せまる痛烈さでの、悲惨と絶望的自己放棄の感情だった。ぼくは暗然として頭をたれて参考館を出た。日の光をあびてイルカのようにグロテスクな黒い特殊潜航艇がそこにすえつけてある。ぼくは額の汗をぬぐいながら、あれはあれで《わだつみの会》の人たちをいらだたせることはあるまい、と思った。

この島へやってくる中学卒の生徒たちに国家について教えるかわりに、人間について教育したいなら、あの遺書の数かずを読ませ、そこに人間の悲惨を感じるか、感じないかを追求してみればいいだろう。そこにはおのずから、国家というものの観念も、くっきりと見えてくるはずである。

市長室でぼくはこの二月からはじまった呉市の財政再建五箇年計画について市長から説明をうけた。すぐそばから見ると市長は静かな深い目をした弱よわしい感じの小柄な男だ。不安な鳥みたいな印象、それは話しながら、時どき突発的な動作をするからだ。

市長選挙の公約は減税だった。呉の市民税は高い、広島市の倍に近い。それはおそらく日本でもっとも高い市民税だというのが、市民たちの不満にみちたうわさである。すくなくとも自治省の準拠税率までそれをひきさげねばならない。

こう聞きながらもぼくは、灰ケ峰にいたる中腹の、涼屋という美しい名の高台からながめおろした呉の、盛んに活動している工場群、呉造船所をはじめとして日立製作所、尼崎製鉄、淀川製鋼、日新製鋼、広造機、東洋パルプ、それに市長がその経営者の一人である寿工業などのダイナミックな光景を思いうかべていた。それはいくらか奇異な感じをひきおこすことながら、旧軍港都市からもっともたくみに平和産業都市に転換したように見えるこの市が財政的に火の車なのだ。

去年の秋、自治省からやってきて市の財政を検討した調査課長は、借金をしてたてた市庁舎や円形校舎などの、費用の返還状況やら累積赤字やら、今期にまたあらわれるはずの新規の赤字やらを見つもって、げんなりしてしまった。市の財政構造がきわめて悪いというのが、その診断の結果だった。そこで市長はこの二月に赤字解消と財政建てなおしの財政再建五箇年計画をたてた。選ばれた議長たちが緊張していたのも当然だ。もっとも、三十一年にも財政再建六箇年計画がたてられて結局成功しなかったのである。

市長は、前の計画が自主再建プランだったのにくらべて、今度の計画が地方財政再建特別措置法による、国や県におおいに依存する再建プランだとして、その成果に楽観的だ。赤字を解消し、市民税を安くし、公共投資事業を拡大しよう。新しい市造りのためには先行投資する開発公社をつくり、それをやがて市がうけつぐという方法も講じよう。まず二十万トンの水を太田川から呉にみちびこうじゃないか！　市長は始終、不安な鳥のような身ぶりでかれの構想を語った、誠実でかつ熱情的なキンキン声をたかめて。

しかし当面の問題である市の吏員三百人の解雇ということと、この市の特徴である数多い失業者ということのかねあいはどうなるのだろう。市民税をさげてしかも公共投資をどんどんのばしてゆくということは具体的にはどうつながるのだろう？　むしろ市長よりぼくのほうが、不安な鳥にかわりそうだったが、おそらくそれは地方自治体のかるわざにたいするぼくの無知のせいだったのだろうと思っている。

市長室の窓から雨あがりの市街をながめると、港市らしく雑ぱくで広い舗道の脇の貧しい緑地帯に、家族づれで弁当を食べに出てきている、市民たちの団らん風景が望まれた。それが呉市の最近の流行だということだった。

〔一九六三年〕

今日の軍港――横須賀

はじめて横須賀にいったのは、この五月だった、海をめぐった夏のはじめの風が、狭い市街をこえて、たちまち丘陵に吹きあがった。ぼくは米軍の兵士たちのための酒場のならぶ通りをあるき、そのひとつの酒場で麦酒を飲んだ。日本人の若い娘が酒瓶の列を背にして仁王立ちになって、若いアメリカ兵を叱っていた、貧しい言葉の数で、深く徹底的に、その若い外国人を傷つけていた。酒場をでるとき、ぼくは、おそらく軍艦からそのまま運んできたらしい黒ビールの箱を肩にかついだ実直そうなアメリカ兵が入ってくるのとすれちがった。あの実直そうな外国人は、黒ビールを売って、そのかわりにいくらかの日本の酒か、いくらかの日本人の娘の愛を、めざしていたのだろう……

遊覧船に乗って港をひとまわりしてもみた。奇妙な遊覧船だ、外国の艦隊の碇泊している港を、ただその艦隊を見せるためだけにひとまわりする船なのだから。まだ寒い海上の風に吹きさらされて、ぼくは航空母艦から潜水艦までの、様ざまなアメリカの軍艦を見た。第七艦隊は核戦争のために組織された艦隊だといわれている。それを、のんびりと遊覧船にのって見てまわったわけだ。港の遊覧船のコースは、まず第七艦隊を見せ、そして島ぜんたいが爆弾と燃料の貯蔵庫である吾妻島をめぐり、最後に、わが海上自衛隊の軍艦群を見せるということで終るのだった。すなわち、おおざっぱにいえば、この小さな遊覧船に乗るだけで、一時間のうちに、日本とその周辺の米・日両艦隊の中核を観察しおわることができるわけである。艦隊関係のスパイでもっとも容易な仕事をしているやつは、おそらく横須賀のスパイにちがいない、もし、そういうものがいるとしたなら、というようなことをぼくは空想したりした……

丘陵へ車をはしらせて武山の陸上自衛隊の周辺をひとめぐりしてもみた。防衛庁はそこに首都防衛用地対空中距離ミサイル、ナイキ・アジャックス発射訓練基地をおこうとし、地元に反対運動がおこっているときだった。自衛隊の施設として再生している建物群のまわりに、荒れはてたままの旧駐留軍基地の施設のなごりがうかがわれる部分があった。また、そこを出はずれて仮屋ケ崎にむかってゆくと小田和湾をへだてて、立教大学の絶対安全という小さな原子炉の建物がのぞまれた。

この晴れた五月の日に、追浜《おっぱま》の工場地帯を見、小原台の防衛大学校を見れば、ぼくは横須賀のほぼすべてを見ることができたわけである。しかし、追浜でのもっとも代表的な工場である日産自動車工場は、産業スパイを惧れてということだろうか、ぼくを工場へいれてくれなかったし、防衛大学校も、防衛庁の内務部の許可はおりたけれども、ぼくをその校門のなかへいれてくれはしなかった。それにしても、この二つの拒絶は、それなりに、この二つのものの現在の状況をそれ自体で語っている。そこでぼくはこの一日に、横須賀についての自分のイメージをもつことができたという感想をいだいたのだった。というよりも、ぼくは東京から一時間のところに核戦争にむすびつく外国の基地と自分の国の軍隊の拠点があり、そこで基地の存在から派生するほとんどすべての問題が日々の問題となっていることにあらためて愕然とし、それについての東京の一千万の人間の大部分の(自分もふくめて)無関心と鈍感さとに、あらためて恐怖をいだいた……

このようにしてぼくは、横須賀へたびたび出かけるようになったのだが、率直に告白すれば、ぼくを最初にとらえた緊迫感と恐怖とは、しだいに日常的な感覚の底にもぐりこんでいった。横須賀の市民が十七年間の基地生活にすっかりなれてしまっているように、ぼくもたちまち基地横須賀になれていったのだった。そしてそれは、考えてみれば、ぼくが十七年間の基地日本になれた日本人である以上、かくべつ新しい体験でないのかもしれなかったのだ。

しかし、第七艦隊の基地横須賀というイメージがきわめて重くるしく暗くよみがえってぼくをとらえることはたびたびあった。たとえばソヴィエトの核実験の報道をきき、それに抗議しないですますための滑稽で謹厳な理由づけを『アカハタ』がまたぞろ始めるのに怒りと失望とを感じながら、一方では、次のようにも考えるのであった、《核兵器の問題に関するかぎり、日本人はきれいな手をした人間として発言してきたのだが、もうその純潔の時代は去ったのかもしれない。核武装することをみずからもとめる吉田茂のような日本人もでてきているし、横須賀には、その日本人の軍隊の核兵器発射訓練基地と、核兵器をつんだ外国の艦隊の基地があるのだから、もう日本人の手も、したたかに汚れてしまっているのかもしれない。すなわち、この地球の人間のすべての手が核兵器で汚れたわけだから、もし神があるとして、神に地球での核戦争について不平をいうことのできる人間はいなくなったのかもしれない。》

横須賀は、その都市としての創生のときから、軍港であった。そして今日まで、横須賀が軍港でない時期は一瞬たりともなかった。軍港でない横須賀の未来について、様ざまの人間が今日プランを練り、努力をかたむけてはいるが、それについて危ぶむもののほうが多い。一九五〇年に旧軍港転換法についての賛否の住民投票がおこなわれ、二十八万市民が圧倒的にこの法律を支持して、横須賀は平和都市となったのだが。

横須賀の保守派にしても進歩派にしても、それが横須賀の人間であれば、かれは横須賀の軍港としての特質について誇りをもってかたってくれるようだった。

《小栗上野介とフランスの司令官が長浦を見にやってきたとき、フランス人はびっくりして上野介にいったんですな、これはキールにそっくりだと、そこで横須賀は軍港になったんです。第二次大戦でも米軍は、無傷でこの軍港を手にいれようとして、爆撃ひとつしなかった、そして二十五年のブラドレー統合本部長やら、ここのベントン・デッカ司令官などが会議をひらいてですね、横須賀の軍港としての優秀性をあらためて確認したというわけですよ。厚木という背後基地がある、ハワイ以東で戦艦をいれておくことのできる唯一の港だ、空母などもドックに碇泊できる。もし新しくこれとおなじ軍港をつくるなら、六億ドルがとこはかかる、そういうことを会議でいっとります。》

こういって昂然と微笑したのは横須賀の労組関係の指導者だった。あらためていうまでもなく旧海軍の関係者たちなら、横須賀の軍港としての優秀性をよく知りつくしているだろう。その事情は現在、第七艦隊の基地としても、なんら価値を減じていない。

横須賀の市民たちは、港の軍艦と兵隊たちの上陸を観察することで、かなり正確に、極東の様ざまな場所での戦争について予言できるということだ。それはまた、極東に戦争があれば(言葉について繊細な趣味をもつ人たちのために、動乱があれば、といいかえてもいいし、台湾海峡においての場合のように、緊張がおこれば、といってもいいが)、横須賀に上陸してくる人びともふえ、金ばなれもよくなるというわけで、直接、横須賀市民のふところにひびいてくることにもなる。

　横須賀の市民のなかには、酒場でとなりあわせたアメリカ兵に、近くどこかへ出発するのか？　とたずねて憲兵に疑われて一苦労した人が数人はいるというし、基地でいりの洗濯屋がシャツの納入の心づもりのために次の入港の日づけをお得意たちにきいてまわって、スパイともくされたりした事故もあるという。それほど直接に第七艦隊の行動と横須賀とがむすびついているわけである。

　それは艦隊についてだけにとどまらない。横須賀には、吾妻島という、それ自体がすみからすみまで弾薬と燃料の倉庫である所と別に、『日米防衛施設位置図』にあきらかにしめされているとおりの数多くの弾薬庫がある。それは逗子市へもまたがっているが、本質的には横須賀にそれがあるといっていい。というのは横須賀の港から陸あげされた弾薬がトラックに積まれて轟ごうと横須賀市を走りぬけて弾薬庫にいたり、逆の場合もおなじルートをたどるからである。

　かつて弾薬は久里浜で陸あげされたのだった。そして弾薬を積んだトラックはたびたび事故をおこした。学校のまえの舗道を弾薬トラックが走るというようなことさえあった。市民の反対運動のすえ、現在では弾薬は追浜とムジナから陸あげされている。弾薬庫でもっとも巨大な池子火薬庫は、九十一万坪の土地にTNT火薬二十万トンの収容能力においてたてられている。そこと港とのあいだをトラックが弾薬をつんで走ることを考えれば、現在、そのたびに米軍からの連絡があるにしても、それは横須賀の市民の具体的な恐怖のひとつにちがいない。

　池子火薬庫は、もと朝鮮動乱のための陸軍用火薬庫だった。それは現在、たとえばいわゆるヴィエトコンとの戦いのためのものだ。最近も、池子と追浜とのあいだの弾薬トラックの往来のはげしかったとき、市民たちはヴィエトナムでの新しい戦争について予言的な噂をし、それは的中した。

第七艦隊の軍艦が核兵器をつみこんで入港したかどうかということも、当然、横須賀の市民の日々の暗い噂の最も重要なものとなる。そして、本当に核兵器がつみこまれているかどうかについての、最も正確なところは、市民たちの噂のなかにある、という人もいるのである。飛鳥田一雄議員もその一人だ。

第七艦隊が横須賀へはいってくる。その際、核兵器をつみこんでいれば、艦隊は日本政府にそれを通告しなければならない。したがって、通告がない場合、核兵器が本当につみこんでないかどうかは、神のみぞ知る、ということなのである。政府は調査するために艦隊へのりこむことができない。

そこで第七艦隊が政府への核兵器搭載の通告なしに入港すると、それを見張るものたちがあらわれることになる。海上自衛隊がとくにそれをおこなっている、そして通告なしで核兵器をもちこんでくる軍艦について腹をたてている、と飛鳥田議員はいう。ぼくは海上自衛隊の《あきづき》に乗せてもらう機会をもち、リベラリスト、あるいは自由な感覚のあるナショナリストである上級隊員から説明をうけたりして、確かに海上自衛隊の将官たちのあいだには、第七艦隊が嘘をいっていないかどうかを見きわめようとする誇り高い男たちがいるにちがいないと思った。ひとつの港にいる二つの艦隊の対抗意識というものだってあるだろう。

それに浦賀ドックの技師や、基地労務者のひそかな証言があって、この暗い噂は内容をもってくる。また、横須賀に上陸してくる兵隊たちのうち、腕にAというマークをつけた者たちが核戦闘要員だという風説は、横須賀では広くしられている意見なのである。いうまでもなく、第七艦隊から日本政府への核兵器つみこみの通告がないときにも、腕にAのマークをつけた者たちが横須賀を闊歩するということは、それはたびたびある……

この問題について誰が不安をいだかないでいられよう？　しかもこの噂の当否をたしかめるきめ手は、日本人にはないのである。ただ、こういう場合、忍耐強く米軍の司令官のところへ抗議にのりこんで行く人物がいる。横須賀市長、長野さんである。社会党から推薦されて当選した長野市長は、かつて中学校の校長として、独特な教育家であった面影をいまもやどしている。横須賀地方選出の飛鳥田議員は、きわめて現実的な行動力のある議員としてこの市で信頼あついが、かれは長野市長の生徒だった。あの高踏的な批評家、寺田透氏もその生徒なら、海上自衛隊の幹部となった生徒もいる。それは結局、長野市長が自由な精神をもった気骨ある教育家であったことをしめすものであるだろう。

長野市長が抗議にでかけると、アメリカ側の答は、たいてい次のようであるという。核弾頭をつけるには洋上で充分なので、横須賀港にそれをもちこむ必要はない……

そしてまた港の中で米軍だけが核戦争のための防空練習をやっていることがあるという。しかしそれを見かけても横須賀市民は、のんびりしていて無関心だという。いうまでもなく、横須賀港を見ることのない東京都民もまた、それについては疑いなく、のんびりしていて無関心なわけなのだが。

横須賀市民は、かつて海軍にたいして深くよりかかっていた。そして戦後十七年間は、米軍にたいして、おなじように深く依存してきた。横須賀は秀れた軍港だが、それ以外のなにものでもない。軍港として、そこを使用する艦隊に依存して生きることのほかに、少なくとも現在までは横須賀および、その市民の生きてゆく方法はなかったというべきかもしれない。戦後十七年にかぎれば、基地日本のアメリカ依存という事情が、横須賀でもっとも極度にめだつことの理由はそれである。そして横須賀の未来図を考えるためには、米軍の基地でなくなったとき、どのように自力で生きるか、ということが軸になるのだが、それはアメリカ経済へのよりかかりから脱するとき、日本経済にどういう未来図がえがけるか、ということの、幾らか誇張した雛型でもあるわけである。

この米軍へのよりかかりということで、もっとも端的にそれをしめしているのは、アメリカ兵相手の娼婦を別にすれば、ソーシャル・サロン協会という組織をもつ、米軍相手の酒場、キャバレーの経営者たちと、基地労務者たちであろう、こちらは全駐労に属する組織をもち、この二つの組織は、たびたび対立する。

始めに横須賀の勇敢なる娼婦たちのことにふれて敬意をしめしておこう。かつて横須賀にアメリカ兵相手の娼婦たちがあふれていた時期がある。市内の汐入小学校の児童たちの家庭の半数が、部屋を娼婦に貸すというさわぎだった。そして《基地の子供をまもる会》がこの不運な汐入小学校を中心にしてつくられ、市のほうでは《教育隣組》をつくって対処した。現在、横須賀で娼婦たちが子供たちの道徳を破壊してしまうということはない。

《現在では免疫で無関心というわけです。娼婦たちはホア・ハウスに住んでいます。私の家は高台にあって、そこから見おろすと、しもた屋に立派なベッドをいれたホア・ハウスが沢山、見えます、ホア・ハウスというのはなぜだかわかりませんがなあ》と市長はいった。

かつて教育家だった市長にはホア・ハウスという下品な米語が意味不明であってあたりまえかもしれない。それは whore house だと、教育家になれそうもないぼくにはわかっていた。あとからぼくはそのホア・ハウスへ入ってゆく日本人の娘とアメリカ兵とに二度もでくわしたけれど、確かに、そのごく普通のしもた屋の周辺の子供たちは興味をしめしているようでなかった。ぼくはギリシャの貧民街でのおなじような風景を思いだしていた。

ソーシャル・サロン協会と全駐労横須賀支部とがたびたび対立するとさきにのべたが、八月のある晴れた日、ぼくはその一端にふれたのだった。アメリカ国旗、国連旗、日章旗の真夏の風にわずかにはためく第七艦隊司令部のまえにソーシャル・サロン協会に属する人たちの酒場、キャバレーのならぶ街筋がある、そこは横須賀の心臓だ。その周辺の一郭に不つりあいな赤旗がひらめいている建物がある。全駐労横須賀支部で、暑さのあまりにステテコ、ジンベェ姿の指導者たちが、しきりに翌日にせまった一二〇時間ストライキの作戦をねっていた。

ぼくがそこにはいって行ったとき、二人の基地内につとめているメイドも一緒だった。明日、ピケがはられたとき、全駐労に属さないばかりか個人契約でやとわれているメイドたちは、この事務所でだす通行証をもってピケを通りぬけてゆく、ピケのために欠勤したりすればたちまちクビになりかねない、とにかく最も弱い基地労務者がこの労基法の外にいるメイドたちなのだ。事務所のなかで通行証を待っているメイドの一人に、執行委員長が、お宅の主人はどんなアメリカ兵だ？ と訊ねると、彼女は、昂然として、「commanderよ！」といい、それから猛然とくってかかった。「あんたたち、ストライキして賃金あがる？ だめでしょう、向うで、いま、ひきしめているところなんだからねえ」

そして彼女は通行証をもらって事務所の角口まで出るとそこで立ちどまり、仲間のメイドにきかせるというより、組合の指導者たちにたいしてあからさまな悪口を、「気ちがいみたいでしょう、頭にきてるわよ、こんなムダなストライキするために！」といっていた。「絶対に失敗するわよ」

ぼくはそのメイドの劣等感と敵意とで実際に歪んでいる顔をしだいにみにくいと感じていた。しかし組合の指導者たちは、むしろ無気力な、のんびりした表情で、メイドたちに抗議しようともしないのであった。おだやかで反戦闘的な基地労務者という、横須賀でさまざまな人たちからきいた批評をそれは裏がきしているという印象なのだった。

朝鮮動乱の時代、もっともさかんだった横須賀で、米軍直接雇用一万五千、業者による間接雇用三、四千の基地労務者たちが、あの三種の旗のもとのゲイトをくぐっていた。追浜の車輛工場がとじられた時、一万人が解雇された。それが最大の解雇だったが最後の解雇ではなかった。三、四年前から、アメリカ側がしだいにみみっちくなり、労務管理政策でも強圧的になってきた、そして新安保以来、米軍は様ざまな協定の新解釈をしめし、したがって現在八千六百の労務者たちのストライキは防衛闘争ということなのだ、と執行委員長はいっていた。このストライキも直接には業種別賃金という制度の矛盾に、米軍のドルひきしめが拍車をかけ、そこで労務者たちはおだやかな顔つきながら自己防衛にたちあがったというわけである。

業種別賃金というのは、たとえば大工の仕事をやる労務者とペンキ工事の仕事をやる労務者とが、おのおの独立した枠つきのタテの賃金システムをもっているということである。したがって大工の賃金システムで最高の賃金をとるようになった労務者は、大工にとどまるかぎり賃金の上昇を望めない、頭うちの状態になるのだが、他の職場にまわされると、たちまち別の賃金システムの下位にランクされるということになる。単純化すればそのような制度がこのひとつの基地をこまかくタテ割りにしているのだ。

そこでストライキがおこなわれるわけだが、執行委員長によれば、横須賀での労働運動ほどやりにくいものはないのである。

《第一に労働者意識がうすい、断層がある、普通の労務者と、旧海軍の閣下とがまじっている。閣下たちは、やはりマネージャーなどやっておられますな。そして平均年齢は四十四、五歳です。おまけに労働運動といってもゲイトから出てくる連中に呼びかけるという方法しかありません。地域別に家族会というものをつくってやってはおりますが。特に政治的な意識がうすい。佐世保のように第七艦隊のためにマーチをおこなうというところまでは行かないにしても横須賀は深く米軍に依存している。そこで核兵器反対の運動などもりあげようがないですなあ、工員たちも核兵器をつんでいない船は軍艦じゃないなどといいはじめるわけです。それに米軍と日本政府との協定六十九号というものがある。アメリカに不利な行為をおこなう団体、コミュニスト、そのシンパ、スパイ、およびそれに接触するものは止めさせられるという協定ですな、それがずいぶん拡大解釈される。共産党と連絡とったちゅう投書いっぱつでクビですわ》とウチワをパタパタやって執行委員長はいうのであった。

そこへ横須賀の市民が米軍に依存しているということをもっとも端的にしめしている酒場、キャバレー二百軒からなるソーシャル・サロン協会から執行委員長のところへ明日からのストライキを中止してもらいたいという要望書がとどき、ぼくはそれを読ませてもらった。その手紙はあわせて米海軍横須賀基地司令官、神奈川県知事、調達庁長官にあてられている。興味深いことに横須賀市長は除外されている。ソーシャル・サロン協会は長野市長を自分たちの味方とは思っていないわけだろう。

基地労務者のストライキがあるたびにアメリカ兵の上陸が禁止される、それでは横須賀の業者のみならず横須賀自体がやってゆけない。労資間の問題は知ったことではない、ストライキをおこして横須賀そのものの土台を揺がすようなことはやめてくれ、という強い調子の文章だった。そこには全駐労横須賀支部の労務者たちにたいする徹底した冷淡さと、米軍への深い依存の感情があまりにもあきらかで、率直にいえば、それは不愉快な文章だったが、やはり執行委員長はとくにいらいらするというのでもなく冷静なものだった。

そしてその夕暮、ぼくが横須賀を去るとき、横須賀支部の事務所の表には、ストライキ中止の決定が全駐労の本部からとどいたことを示す張り紙が風にはためいていたのであった。ストライキ中止ということが、組合の要求を米軍がうけいれたことを意味するのではなかったろう。おそらくあの冷笑的なメイドの予言どおりだったのだろう。新安保の発効以後、現に具体的にこういう所で苦しみの声があげられていることを忘れてはならないとぼくは思った。

横須賀の基地のなかの労務者で、もっと元気のよい人たちのことについてつけくわえておこう。ぼくはその一人の青年に五月の最初の横須賀訪問で会ったのだった。かれは電電公社の技術関係の仕事をしている。基地の電信電話の部門を電電公社がうけもっているわけだ。そしてかれは、基地のなかで働きながら直接米軍の雇用でないために、自分たちの職場をいわば真空地帯としているのだ。そこでかれと仲間とは職場大会をひらきMPにつれてゆかれたが、結局、MPは技術者のかれにたいして低姿勢であやまり、無事にかえしてくれた。どのように勇敢に組合の仕事をしてもかれは平気な理由をもっているのである。もし組合運動のために他の職場へ配置がえされるなら、それはむしろ望むところだからだ、かれによれば横須賀の基地のなかの職場は最低の場所である、他へ移されてもそれより悪くなりようがない。そういうわけで、この青年はいま武山のミサイル基地化反対の運動を指導している。

横須賀の人間が米軍に依存している、という声は横須賀のあらゆる所でひびいている。しかし横須賀の人間が自衛隊に依存しているという声を発する人には会わなかった。ソーシャル・サロン協会も、もっぱらアメリカ兵の上陸禁止にたいして不安をいだいているが、自衛隊の隊員たちのことになんらかの意味で心をくだくということはないようだった。かつて海軍に依存した横須賀、そして旧海軍にかわる海上自衛隊と武山の陸上自衛隊、そこで新しい依存関係が生じたかというと、そうでないわけである。

ぼくはアメリカ兵たちの雑踏する酒場、キャバレーの街筋をあるきながら、武山の自衛隊員たちはどこへ行ってしまったのだろう、自衛艦の乗組員たちはどこで楽しんでいるのだろう、といつも探しもとめている気分でいたが、アメリカ兵たちのあらゆる場所に、わが日本の兵士たちは影をひそめているようなのだった。

そしてぼくがやっとかれらを見出したのは、酒場でもキャバレーでもなく、ストリップ劇場においてだった。そこに自衛官たちは清潔な制服を着て姿勢正しく静かに腰をおろして全裸のいくらかあやしげなストリッパーたちを眺めていた。アメリカ兵はただひとりで、かれは酒場にもキャバレーにも行きそうにない、子供っぽさの残った上品なアメリカ青年だった。関西弁の漫才じみたものを、おそらく一語も理解せずに真面目に聴きいって、そして再びストリップの番組になると安堵したように笑っていた。かれはJ・D・サリンジャーに似ていた。

ぼくはこういうわけでソーシャル・サロン協会の自衛隊にたいする冷淡さを理解したのだが、横須賀には、もっと深刻に、自衛隊と横須賀市民との利害の対立を考えている人たちもいるようである。それは横須賀という都市のもっとも特殊な性質にかかわってくる。

横須賀は第七艦隊の補給・補修港として他の軍港とおきかえがたい。したがって米軍の駐留はなお永くつづくだろう、というのが横須賀の人たちの米軍依存ムードの根拠のひとつをなしている。おそらくそれは確かだろう。しかし、片方では極東の軍港としてフィリッピンのスビク港のほうへ、しだいに重点がうつりつつあるという観測をする人もいる。そしてその場合、横須賀の軍港を、海上自衛隊がそのまま肩がわりし、こんどは横須賀の人間が日本の水兵たちに依存してゆくことになるか、というと、それに積極的な難色をしめす人たちが多いのである。

長野市長も、将来の横須賀の都市計画を考えるうえで、自衛隊のおおはばな割りこみを警戒している一人だ。軍港横須賀というイメージに郷愁をいだいている防衛庁関係者は多いという。現にまた、旧海軍の血のながれている市会議員も少なくない。そこで、横須賀に集中的に防衛庁の大リバイバルがおこなわれる素地はあるわけだ。それを長野市長はもっともおそれている。そういうことになれば市長の新しい横須賀についての構想は危機にひんするからである。

現に武山の自衛隊そのものがきわめて無計画だ、それは地道な防衛計画よりもむしろ、いたずらに郷愁にかりたてられてできあがっているところがある、と長野市長はいう。そこで市長が今後に望むところのことは、次のようである。

《横須賀の経済計画と、防衛庁の計画とがつねに土地や港、施設の分配において矛盾しあい衝突しあっているわけです。その本質的で根本的な大綱についてよく話しあわねばなりません。そうでなければ、日本の防衛計画のせおいこむ不必要な困難があらわれてくるだろうことと ともに、将来の横須賀、新しい横須賀がまったく行きなやんでしまうでしょう。》

将来の新しい横須賀とは、いったいどのようなイメージの都市なのだろう？　旧軍港市転換法が実施され、横須賀が、平和産業港湾都市であることをみずから宣言している以上、新しい横須賀はそのような都市であらねばならないだろう。

そのために現在までも様ざまなことが試みられてきたのだ。横須賀のまじめな市民の希望と焦燥と困難とをあきらかにするひとつのエピソードがある。それは原子力研究所の設置をめぐる運動のエピソードだ。

原子力基本法にもとづいて原子力委員会が活動しはじめたころ、原子力研究所の建設候補地として、水戸・高崎などとともに武山がとりざたされたことがある。むしろそれは、とりざたされるというよりも、臨時委員会が正式にそこを選びさえしていたのであった。そこで横須賀では市ぐるみの誘致運動がおこり陳情がおこなわれた。

「原子力時代は横須賀から」という標語をたしかにぼくは耳にしたことをおぼえている。当時の市長はアイゼンハウアー大統領あてに武山の接収解除について援助を要請した。市議会も研究所設置の促進要望の決議をした。しかし突然、閣議は武山を候補から除外し、つづいて茨城県、東海村を決定した。十万をこえる市民の署名もむなしかった……

現在、長野市長が、防衛庁からの割りこみをおそれながら構想している新しい横須賀のプランは、工業港としての横須賀港を中心においた雄大なイメージである。

いま、横須賀の本港は米軍のものである。北の長浦港はもともと商港なのだが、追浜の四十数万坪の工場地帯のための工業港とかわってきている。それは湘南の工業地帯もふくめてもっと拡大された地域への工業港へ、横須賀が発展するためのひとつの契機だ。そこで市長としては南の久里浜港を中心に、平作川沿岸と臨海地帯を開発して、おもむろに本港の解放をまつ、という考えなのである。

そして未来図をえがけば、横須賀はもう神奈川県との関係のなかに消極的にとどまりはしない、南総地帯と東京湾との関係をむしろ強く考える。南総地帯のヒンター・ランドとしての横須賀、国道十六号によって東京湾をめぐり富津《ふっつ》とつながれた横須賀、それは南総開発の拠点となるだろう……

三浦半島を開発して房総半島とむすぶというこの長野市長の夢は、東京を中心とする地図をひらけば、ただちに納得できる具体的な要素をいくつもはらんでいる。それは結局、東京都関係者が熱中している大東京湾計画の論理的発展のひとつである。

長野市長は横須賀の心ある人たちのすべてとおなじく、アメリカの基地として横須賀が早急に解放されはしないにしても、それほど永つづきしないと考えている。そしてまた、海上自衛隊に深く期待しないばかりか、むしろその本港への割こみを惧れている。

《藤田観光なども、この計画とおなじ考えをもっていますよ、将来、この計画が成功すれば、長浦港は、海上自衛隊にあたえて、市としては放棄してもいいんです》と長野市長は防衛庁の連中のがわからきけば、ずいぶん憎いことをいっていた。

しかしこの立地条件のむずかしい貧しい市、丘陵がたちまち海にせまり、数多くの谷間にくぎられた非生産的な市、孤立的でアマノジャクな谷戸根性と依存心の強い人びとの市、横須賀が新しい都市としての未来のイメージをしっかりとらえがくためには、長野市長の現在とっている態度こそ、おそらく唯一のものなのだろうとぼくの耳には響くのであった。

追浜の工場地帯は、かつて一万をこえた駐留軍労務者の失業者を救うための市の発明として役にたった。しかしぼくに、執行委員長が全駐労横須賀支部でかたったところでは、結局、今後の失業者は、それらの工場にやとわれることは望めず、下請け工場に働くほかはないだろうという。この一年間に横須賀の人口は八百人しかふえなかったと飛鳥田議員はいっていた。

長野市長は、横須賀は『豚と軍艦』の市ではないという。しかしあの映画で、閉鎖的な横須賀から出発してゆく夢を小っぽけな不幸な恋人たちが語りあった言葉、「いっしょに川崎へでも行こうよ」という意味の、美しい情念にみちた希望の言葉は、あの雑駁ながら生きいきと膨張する川崎のイメージと、この歴史において軍港であるべく運命づけられた特殊な都市横須賀の行きづまりのイメージをじつに明確に提示するように思われる。

横須賀できいた冗談のひとつは、こうだった。日本周辺の戦争がいちだんらくして(考えてみれば、日本の平和の十七年間に、日本周辺ではたびたび戦争がおこなわれ、日本はその基地であったわけだが)、横須賀に上陸してくる兵隊たちの数がすくなくなると、横須賀の人たちのなかには、横須賀をアーチやガラス玉の飾りなどで美しくかざりたて、沢山の兵隊たちにふたたび上陸してもらおう、と真剣に考えるものたちが少なくなかった、というのである、極東に戦争がなくても、軍港の酒場やキャバレーが美しくかざりたててさえあれば、どんどん兵隊たちがおくられてくるとでもいうように……

それにしても、すくなくとも東京にすむ人間は、やがて自分たちの命とりになるかもしれない、この核戦争の基地、平和都市横須賀をいちどずつでも見にいってくるべきだと、ぼくは思っている。そしてあらためて、アメリカの基地がいかに日本および日本人の内部と深くかかわっているかを考えてみるべきだと思っている。

横須賀という小さな都市に基地日本の様ざまな兆候の集中的なあらわれがある。外国兵たちの上陸が禁止されるからといって駐留軍労務者のストライキに圧力をかけてくるソーシャル・サロン協会のお偉方たちが、日本のほかの基地でのその種の業者たちにくらべて、とくにあつかましいということはない。駐留軍が去って行き、自衛隊がそれにとってかわることを経済的な危機として恐れている横須賀市民の態度は、意識的か無意識的かのちがいこそあれ、日本人一般の態度だろう。しもたや風の日本家屋のホア・ハウスにアメリカ兵と日本人の娘がはいって行くのを無感覚に眺めている子供たちが、とくに横須賀だけのことにとどまらないのもたしかだ、幸運なことにホア・ハウスのない日本の町が数多いということにすぎない。核兵器について考えれば、それをつんだ外国の軍艦が自分の町の港にはいってくることに不安を感じない横須賀の市民と、自分の国の港にそれがはいってきていることを忘れている日本人一般と、とくにことなった事情にあるわけではない。いったん核戦争がはじまれば、核兵器のもたらす暗黒の巨大さのなかで、横須賀と東京はおなじひとつの点にすぎないだろう。

そしてまた、希望の兆候についていえば、核兵器をつんだとおぼしい軍艦がはいってくるたびに、忍耐づよく米軍司令部へ抗議にでかける横須賀市長は、基地日本でもっとも勇敢に率直に抵抗している日本人なのであろう。それがもし、まったく無力な抵抗にしても、横須賀市長より具体的に前へすすんだ抵抗をおこなっている日本人がほかにどのようにして存在しているだろうか？

〔一九六二年〕

プラットフォームの娘たち
——鉄道弘済会

冬の夜ふけだ。十二月の末だった、国鉄京浜東北線のQ駅のプラットフォームにある鉄道弘済会の店、すなわちどこの駅にもある入口の売店のひとつだ。ぼくはオーヴァに躰をくるみこんでなお激しい寒さに震えながら、一人の若い娘さんと話していた。話のあいだにも娘さんは売店のまさに雑木林みたいな品物の豊富な大群のなかから、寒さに苛だっているお客たちに一瓶の酒、週刊誌、のしイカとピーナッツ、そして売りきれまぢかの夕刊などを、それこそ電光石火のてさばきで売るのだった……

ひとりぼっちで、売店の三角形の空間、といっても運びこまれた商品と煉炭火鉢が場所をふさいでいるのだが、そこにたって働いている娘さんはブルーのセエタアに紺の上っぱりを着こんでいた。冬の制服、そして夏は白ブラウス、紺スカアト、そしてネズミの上っぱりは春と秋の制服だ。やつれているのは過労と胃の病気のせいだろう、しかし明るい感じだった。駅の外側の道路工事現場あたりから冷たい風が吹きつけてきて土埃がものすごい、娘さんは「もろに来るわ」といった。

娘さんはその一日五万円売あげの一人売店で、その冬の夜ふけ、どのように働いたところだったか？　娘さんは、「今朝の交替なのよ、だけどかわりの人が休んだからさあ、そのまま残ってるの」といった。まず、彼女たちの勤務のシステムを説明しなければならない。

東京駅は日に七百万円の売上げをこの娘たちの弘済会がかちえる場所だが、そこでの勤務を例にとろう。販売店の娘たち、中年婦人たちは売店や置台(それはプラットフォームなどにある、屋根や壁のない売店のことだ)で働いている。たとえば月曜日から始めよう、月曜日の朝、前任者と交替するために娘たち、中年婦人たちは九時に出勤せねばならない。そして夜十時まで働く。そのあと店をかたづけ売上計算や納金があって、もっとも大きい店では無人金庫に金の袋をいれておいて翌日計算だが、とにかくそれらの後しまつのあと、鶯谷にある仮泊所にやってくる。そこへつくのは十時四十五分から十一時だ、そこで風呂に入り就寝するのが十二時から翌一時になる。百名ほどの娘たち、中年婦人たちが一度にかえってゆくのに風呂は最大限十人の容量のものが一つしかないからである。そして短い眠りのあと火曜日の朝五時におきて、朝食なしで東京駅へ再び戻ってゆく。準備、火鉢にばたばたやって煉炭の火をおこす、そして九時まで働く、やっと十時ころになって交替が完了する。しかし彼女は翌日、水曜日の朝九時から再びこのコースをくりかえさねばならない。そしてやっと木曜日の交替後、金曜日が休みの日ということになる。このシステムを二徹とよんでいるが一人売店(すなわち終日一人きりで担当する売店、そこはこの交替システムによって、二人で年中きりまわされることになる)でたまたま一人が休んだとする。火曜日、交替者があらわれないと、徹夜したばかりの娘はそのままつとめつづけなければならなくなり、水曜日はまた、その娘の本来働くべき日だから、次の交替の木曜日まで、四徹(四日間、仮泊所の仮眠だけで徹夜して働く)ということになる……他の駅の娘さんに聞いた話では、普通三徹、即ち日曜日にならないと休めないのがむしろ原則だという。

Q駅の娘さんは、その前の日の朝から、もろに吹いてくる土埃のなかで働いていたのだ。そして深夜十一時ころ品川仮泊所に行って四、五時間の短い眠りをねむり、その朝六時からまた働いたあと九時の交替がはたせなかった。そして深夜まで働きつづけていたのである。十一時ころ再び品川仮泊所へ行き、そのあげく朝早く働きに戻ってくるために。こういうのを連徹というのだが、一応きまりでは日勤代務とか夜出とか、そんな歪みひずみをうめるべきものがきめられていながら、実際には、

「明けは自分の時間だから、帰ろうとしたんだけど、主任さんが、おまえコウサイカイじゃないのか、というからね、それに皆がそんなふうにやるから一人だけやんないと睨まれっからね」というようなことらしい。

「じゃここでずっと三昼夜立ったまま?」とぼくはいったがそれはまちがっていた、連徹にもいろいろあるのだ。

「ああ、今日はね、日勤の交替勤務、食事のね。こ

のQ駅の全部の売店を食事のあいだの留守番でまわるのよ。ふだんは、この狭い所で食べるんだけど、しゃがみこんで食べようにも今日は酒と煙草が入っていっぱいだから向うに食べに行ってるの」

　ぼくは弘済会の実状について関心をもち、それについていまはまだ霧のなかにつつまれている感じだが、しだいにそれをはっきりさせ理解し、ルポルタージュをつくるつもりだ、といった。娘さんは、組合の分会でいってみることもあるんだけどいつもだめだから、わたしの希望を書いて、といった。

「店の造りかたをねえ、研究してもらいたいのよ、いまのままだと、売りにくいし買いにくい。もっとも弘済会の造るものでろくなものはない、と論語にあるじゃない?」

　ぼくは娘さんが疲れきりやつれながら、しかも自分の職場について健康な改良心をいだいており、ユーモアをうしなっていないことに心をあたためられた。

「品川仮泊所に行ってみることにしますよ」とぼくが別れるにあたっていうと、娘さんは「プリンス・ホテル品川別館ね」といってよこした、この警句はぼくが実際に鉄道弘済会品川仮泊所を訪ねたとき始めて胸を嚙んだ。

　京浜国道は深夜もなお凄い交通量だ。それに地ひびきをたてる都電、その向うに国鉄品川駅、その国道に商店などとおなじように直接面とむかって木造モルタル二階建ての汚ならしい兵舎みたいなものがたっている。国道の喧噪がそのまま入ってくる屋内、一階に六坪弱の部屋がある。二段になった寝台、十六がそれを埋めている。そのあいだに赤外線のフトンカワカシ器がにょきにょきと頭をもたげている、それが唯一の装飾だ。かけわたされた紐に湿っぽいタオルの群、天井に電燈が二つだけ、そして寝台の一つにアサヒ麦酒のカンが灰皿用につるしてあるだけで、火鉢などの設備はいっさいないのである。二階にもほぼおなじ条件の寝室があるが、カアテン一枚のむこうにはすきま風をどうしてもふせげない窓がひずんだままくっついている。そして狭い階段、これで火事がおこったら、とぞっとしているうちにぼくは旧時代の縄ばしごを見つけた。娘たちのための縄ばしご、これは人間的な話じゃない、とぼくは思った。清潔だがジメジメしている、これもやはり人間の家庭の一般とは感覚がちがう、それに凄く寒い……

一階の隅に一畳くらいの湯槽からなる風呂場があった。深夜、凍えきってかえってくる三十三人の娘たち、中年婦人たちが、一度に四人ずつこの風呂に入るのだ。それがなければ暖房設備のないこの部屋で薄っぺらな敷ぶとん1掛ぶとん2のベッドで眠ることはできないだろう、大切な風呂だ。入浴心得、時間は十五分、そして管理者の誠実な夫婦によればみんなが寝つくのは午前二時から二時半だとのことだった。

とにかくこの仮泊所は、鳥小屋という蔑称そのまま弘済会のいちばんの働き手にたいしてひどすぎる。そこでぼくは弘済会が二千万円だして買ったという新しい仮泊所予定建物を深夜の裏どおりをぬけて見に行った。それはおなじモルタル木造だが、夜ふけに外から眺めたぶんには現在のものよりずっと良かった。現在のもののように、夏、酔っぱらいの関心の焦点になるという心配もないようであった。縄ばしごがむだに放置されているままのうちに、品川仮泊所は移転したほうがいい、とぼくは凍えた躰を、その新購入の建物のまえでびんぼう揺すりしながら考えた。とにかくあの仮泊所は、一日の現金収入一億、年間四百億、利益率十九パーセントの財団法人、鉄道弘済会の名をはずかしめる。それにしても弘済会の労働者たちは、なぜこのような労働条件を耐えしのんでいるのか？　ぼくは自分の関心が焦点をもちはじめたのを感じ、暗い夜の道をひきかえした。仮泊所には疲れきって凍えた娘たち、中年婦人たちが帰ってきたところのようであった、二時から二時半に眠り、三時には新聞の大束がとどき、五時には起こされる彼女ら、なぜ彼女らはそれに抗議しないのか？　ぼくはB駅の売店の娘がいった言葉をくりかえし思いうかべながら終電車に乗った。「みんな弘済会をやめたがっています、弘済会の仕事に希望をもっていません」

弘済会の仕事に希望をもっていません、この訴えはぼくが、弘済会の娘さんたちに面接するたびに流行の歌のように感じとられたものである。ほとんどの娘さんたちがこの共通の声をもってぼくの面接にこたえるのであった。

東京駅の新聞専売スタンドで働いている娘さん、高校を卒業して勤続三年のAさんはこう話す、丸顔で健康そうで柔軟なのびのあるアルトの声をもった娘さんだ。

《朝、四時におきて六時五分前に東京駅につきます。東京駅では紙分け所に沢山ついた新聞の山から少年がスタンドまで運んでくれるのですが、他の駅では五、六貫ある新聞を自分で運びあげます。六時から午後三時まで働きます。予備の人がいて食事交替などをやってくれる筈なのですが、表むきそうであるだけで欠勤者などのためもあるのですけれど、予備の人を期待することはできません。食事時間もトイレットの時間も実際にはありません。》

食事時間とトイレットに通う時間がないということは弘済会の東京周辺の営業所すべてにわたっていえる

ことだ。交替してくれる者のいない一人売店では、売店のなかに屈みこんで食べることが普通だ。また深夜のつとめのあいだ食べずにいたり仮泊所で朝食ぬきであることなどから、彼女たちは胃腸障害にかかりやすい。また、トイレットにゆくための交替者が望めないことから、売店の品物に風呂敷をかけて盗難の被害をふせいでトイレットに駈けてゆくことになる。万びきの被害が彼女たちにいかに苦痛かはあとでのべるが、トイレットにゆくことの困難は、膀胱炎をもまた彼女たちの職業病とした。職業病はほかに寒さからの神経痛、汗もになぞらえてひえもとよばれるものなどがある。

《一日に新聞を四、五千円と週刊誌を三、四千円売ります。私のスタンドはたとえば浜松町あたりとくらべて非常に高い売りあげをだします。それで給料の歩合給の比率が、地方の販売員と逆に固定給より高くなります、六分四分です。先月の給料は一万五千円でした。歩合給制の良い点は、よく売れる場所にいるかぎり給料が良いということです。最近まで私は準職員で弘済会の組合にも入っていませんでしたが歩合給の率がいまより良くて給料はもっと良かったのです。ただ、いまは勤続年数によって固定給があがるし、退職金ももらえます。歩合給制で心配なのは、売れゆきの悪い場所にまわされたときのことです。》

歩合給制がもたらす歪みは、現在のところAさんの小さなエゴイズムの満足をうちこわすところまでいってはいない。弘済会の職員、準職員のなかでの中心の働き手である、これら販売員たちは商品売りに直接たずさわっているかぎり歩合給者だ、平均賃金は一万三千円くらいであるが、地方の小駅の売上げが少ない場所では歩合給が激しく減ってしまう。全国一律の基準による固定給がうわまわる。電話サアビス・ステイションに働く弘済会の永久準職員たちは固定給のみで、七乃至九千円の給料だが、それが地方の販売員の給料のめやすになるだろう。新宿駅ではそこに働く販売員のなかで、担当する売店・置台・新聞専売スタンドの売上げに、上下十倍の差があるといわれている。そこで歩合給の差もかなり大きいことになる。東京駅の売店は日本一の場所だが、そこに働く二人の販売員に面接した。

高校卒業後、勤続八年のYさんは固定給五千六百円、あと歩合給で合計、一万八千円であった。また、父親が国鉄でなくなったため十八歳の時に弘済会に入り、今、四十一歳のBさんは、固定給一万二、三千円、歩合給の最高だったとき二万円、そこでかなりの高給になる。弘済会の設立の目的のひとつに、国鉄殉職者の遺家族援護があるが、この誠実な中年婦人は、ぼくの面接した販売員のうち唯一の国鉄関係者だった。

東京でも中央線のR駅になると売上げは少なくなり歩合給はおちてくる。高校卒業後、四年二箇月つとめたCさんは固定給四千九百五十円、歩合給を加えて一万円前後の給料である。組合の力を頼らず自分たち販売員だけで、昼休一時間をかちとり、それで主任や新宿営業所にいる直接の上役たちに苦い顔をされている、この駅の勇敢な娘たちの一人は、歩合給制をよくない制度だといい、具体的なプランを持っていた。Cさんはブロック制のプール・システムにしたいのだ。R駅というブロックの売上げを一つのプールに集めて、歩合給のでこぼこをなくしたい。しかしおなじブロックの中年婦人たちが、固定給を多くとっている身分ながら、歩合給の均等化に反対して、壁をつくっているわけだ。ただ、壁はそこにだけあるのでなく、分会でたびたび提唱するけれども、組合でも営業所の責任者でも、なかなかそれを本部にもって行ってはくれない。

Cさんは今、中年婦人たちの販売員の退職金が、固定給の低さのためにきわめて少ない額しかでないだろうことを心配してやっている。それにくらべて国鉄から良いポストに流れてきた管理職の人たちは、固定給のみだから退職金も高いのだが、と。

また、新聞専売スタンドに立って働きながら、Aさんがたびたびとらえられる不安、売れない場所に移らせられるのではないか、という不安はどうだろう。弘済会側は人事交流はうまくいっている、という。しかし時どき、良い場所を担当していた販売員がやめたあとへ悪い場所から移ってゆくことを望む販売員のかわりに、新規採用者がぽんと入ってしまう、というようなことがあるという。また、主任や営業所のお偉方に睨まれると、悪い場所にうつらせられるのではないかと惧れている娘さんもいた。これらは、両方とも、歩合給制でありながら売場をみずから選ぶ権利がないための販売員の不安ということである。この場合、弘済会側は強者で、娘さんたちは弱者だ。そこへ娘さんたちの小さなエゴイズムと組合の弱体ということが加わって、歪みが霧のなかにずっしり横たわってみえてくる。

最後にAさんはいった、《組合に頼んで職場をよくしてもらう、という希望を持っているか？　いいえ、私の仲間はそんなこと考えません、組合はよしてもいいのです。おなじ弘済会にいても私たち新聞専売員は一段低く見られています。だから組合に熱情をもやさないのかもしれません。けれど、本当はもっと根本的に、私がこの職場で働くことに楽しみも張りも感じないということが問題なのだと思います。国鉄を長年つとめたあと、老後の余生をおくるというような気持で弘済会に入る人たちは、どんな仕事でものんびりがまんできるでしょう。けれど、私は若いし、情熱を感じ

でしょうが……》

る職場で働きたい、現実には死ぬまでここにいること

　中央線のR駅のCさんは、もっと希望にみちた娘さんである。戦後の中等教育が生んだ善き青年労働者、というイメージを満たしてくれる快活で素直な魅力をもった娘さんだ。彼女は弘済会の東中野寮にすんでいるが、この鉄筋コンクリート三階建ての寮は清潔で立派な、第一級の女子寮である。しかも、部屋代三百十円、主食のみの食費千円で、六畳の部屋に二人の生活ができる。ぼくは品川仮泊所とくらべて始め奇異の感にうたれたが、それはこういうことだろうと思う。弘済会には鉄筋コンクリートの建物をいくらでもつくる実力があるということ、そして立派な寮も最低の仮泊所も、国鉄や弘済会の監督官庁である厚生省から横すべりしてきた経営陣の官僚的な頭がつくったものであり、労働者側が切実に要求してみたされたものではない、ということ。したがって、弘済会に実際働いている娘たちの現実に密着していない、ということだろうと思う。健全な企業で労働組合のしっかりしているところでは、悪すぎる施設と良すぎる施設が共存したりすることはない。

　安保闘争のゼネストで国鉄労組がストライキに参加し汽車も国電もとまったとき、弘済会の経営陣はがらんどうのプラットフォームの売店や置台に、販売員たちを特別仕立てのバスで配置した。弘済会労働組合の中央執行部は異議を申したてなかった。ところがR駅の一人の娘が異議申したてをあえておこなう決心をした、それがCさんである。

　《駅にもプラットフォームにもお客さんは一人もいないのよ、それで私たちも安保デモに参加しようといった。みんな、だめだというの、それで私がクビにな

るという。クビになったらみんながストライキをしてくれればいい、というと、とくに家族をやしなっている中年以上の人たちが、それはできない、というのよ。寮にむかえにきたバスに私は最後まで乗らずにがんばったけれど、みんなが乗ってしまってだめだったのね。あとで組合の新宿分会でなぜストライキに加わらなかったのか質問すると、分会長が、中央からそういってこないからだめだったんだ、というの。》

R駅の販売員は弘済会の新宿営業所に属しており、組合としては新宿分会というものがある。ぼくは新宿分会長のIさんとも面接した。Iさんはこの小さな異議申したてがもたらした波紋として、この安保デモ参加未遂事件を、組合の東京支部の執行部が統制違反だということで問題にしたと話してくれた。分会長はCさんに真実をこたえたのだ。

《父が戦死したため、私は高校を卒業しても就職できなくてとてもニヒルになって一年遊んだのよ。翌年、弘済会の募集広告を見た、そして福祉事業をする財団法人だというところが気にいったのと労働条件がやわらかなので就職したんです。ところが労働条件はきびしいし、歩合給制だから悪い職場にいれられると死活問題なのよ。それで睨まれるのが恐くていいたいこともいえない。寮にいると、職場では恐くてなにもいえなくて、寮にかえるとやっと自由に話しあえる、という人がいたわ。R駅で昼休みを一時間とることにしたのは、東京駅とか新宿駅とかのように、とにかく食事とトイレのための予備員がいることになっている所とちがって、朝十時から夜十時まで一人ぽっちで立っていなければならないからです。予備の人を傭ってもらいたいのに、どうしてもそうしてもらえないのは、弘済会に入った高校卒業生が、すぐにびっくりしてやめることが多いというようなことからでしょう。私は二徹ごとに一日の休みですが、拘束時間は一日に九時間だし、仮泊所での短い睡眠をはさむ十六時間を二で割って一日八時間労働というのは、労働時間の考え方、とくに女の労働時間の考え方としてどうでしょう。生理休暇はとったことがありません。それに二徹より三徹が多い。休みを営業所の方で調節するからです。有給休暇をもらうために申しでると理由をきかれます、それで自分の休みをつくるために自発的に連徹を申しでることになるんです。疲れきって休暇をむかえてもどうなるんでしょう?》

明日の休暇のため、無理に仮泊所の二夜と朝から深夜までの重労働をつづける娘たちに、《売店の周囲に水をまいている二十代の娘さんでしたが、そのまき方が荒あらしいので皆な顔を見合せました、こんな不快な感じを与えなければ週刊誌を買いかけてよす人もなかったでしょうに》というような批評を書いて、関東営業部におくりつけるモニターという人たちが、一般から弘済会によって選ばれている。この投書は駅と売店名、時間を明記しておこなわれるものだから、ただちに非難された娘の名はあきらかになる。弘済会の営業部はこたえる、《せっかく売店周囲を清掃してもそれがお客様の購買意欲を消失させてしまうものであっては販売員の資格に欠けるようです。自己中心に物を考えずに、お客様の気持になって接客サービスに努めるよう今後十分注意いたします》Cさんはこのモニション制度を格別気にかけないといったが、ぼくは弘済会の国鉄や厚生省から横すべりした幹部の人たちに、ぼくの考えるモニションを提出したいと思う。自己中心に物を考えずに、販売員の気持になって考えていただきたい。なぜなら、あなたがたは弘済会を老後のすみか《ヽヽヽ》として選んだのだが、これらの娘たちは弘済会の販売員として人生を始めたのであるからです。

《私がいままでにだした一月最高の赤字は九千円です。私の売店は三人の販売員が交替に働いているわけなので、みんな三千円ずつ責任をとらねばなりません。私はその月と翌月、千五百円ずつ給料からさっぴかれたわ。毎月、四千円ずつ一年間さしひかれて、このあいだ、やっと終ったといって涙ぐんでいた人がいます、やめたくてもやめられなかったんです。》

赤字の販売員負担、これが歩合給制の裏側に存在するところのものである。せんだって修学旅行の高校生の、弘済会売店での集団万びきが新聞に報道された。弘済会の売店は一般にあまりに商品が盛り沢山だし、販売員のほうの労働条件はあまりに悪い。そこで、もっとも万びきの容易な場所として、弘済会の売店が認められることになる。その被害が、この赤字の最たるものである。また、計算まちがいということがある。東京駅では約五百人の販売員の納金にたいして計算人が十人たらずだ。そこで事務的なミスというよりもそれ以前の誤りが生じることもある。そこで娘たちは自衛戦術として計算ノートをつくったが、十六時間の労働のあと計算したりてらしあわせたりする気力をもちつづけることは容易でない。また、新しく採用された娘が、その翌日から売店の責任をおわされるということがある。この見習販売員が、複雑な種類の商品を、一時にラッシュすることの激しい客に売る上で誤りをおかすことはありうる。それが、彼女と、そして彼女とともに売店を分担している同僚の肩にかかってくることになるのだ。一日に十万円分だけ売上げのある店で、三万円の赤字をだした話があるし、現にYさんの友人は去年の十二月に給料から九千円をひかれた。これは固定給をはるかに上まわる額である。この赤字負担制のもうひとつ裏に、販売補償手当というものがある。まちがいのなかった場合に千円につき二円の手当がでる制度である。ぼくが面接したすべての販売員が、この制度よりは赤字負担制度の撤廃を望んでいた、そして組合はこの一般の声にこたえて、いかなる働きもおこしていないのだ。

Cさんの最後の言葉、《組合に意見をのべても分会までで上にはつうじてゆかないような気がします。私は結婚したら別の職場にかわって共稼ぎしたいと思うようになりました、年長の人たちは、共稼ぎをゆるしてくれるところに弘済会の良い所があるという人がいますが。弘済会も十年たったら、頭の古い人がいなくなって善くなるかもしれません。けれどすぐに国鉄や厚生省から新しく横すべりがあるのなら、結局おなじことなのかもしれません。》

組合はどのように機能しているのか？　ぼくは都内のある営業所の労組分会長に面接した。かれは高校卒業後、弘済会の経理の仕事をしてきた二十七歳の青年で、勤続八年、給料は一万五千九百円である。弘済会に入って四年間働くうちに、販売員の娘さんたちと親しくなり、組合の選挙に出て分会長に当選した。そして組合員との意志の疎通を欠いている、中央執行委員と営業所長とにたいして戦いをつづけ、次の選挙には圧倒的多数で当選した。ところが今このせんさいな感じの正義派の青年は懐疑にとらえられている。分会には団体交渉の権利がない。資本側とは懇談会がひらかれるのみで、もちろん懇談の成果についての強制権はない。組合の本部が働いてくれなければなにもできぬ。しかし分会の主張はおおむね本部で却下された。分会長はいま不信の声に悩んでいる。もっともこの分会の娘たちは、みんな分会長を信頼し、その自信喪失をいぶかしがっていたが。

《弘済会はその歴史からいっても鉄道一家の分家だ

し、昔は鉄道退職者が一軒、こづかい稼ぎの店をもらったという感じでした。今も自分の店という感覚の人がいて、そこでは労働基準法の観念は遠いんですね。そして、歩合給制のために、労働条件を良くすると給料がおちる、しかも今の給料はおなじ理由でかなり良い。これで組合への期待は弱まる。また組合の委員に歩合給者が少なくて、みんな係長、主任級だということがこの傾向を助長する。僕は分会長をやりはじめて弘済会の組合の不健全さに気がつきました。日常闘争をすすめてゆくためには、とにかく分会にその権利も方法もないのだから、支部がその中心にならねばなりません。東京支部は関東営業部に相当する組合機関で五千人の組合員をもち三人の専従員で運営されています。ところが支部は本当は名目だけの活動しかしない。支部が団体交渉をやったことはない。そして本当は支部がやらねばならない筈の日常闘争なのに、それを分会独自でしょうことなしに始めると、支部から統制違反だという圧力がかかってくる。また組合の本部自身、ボーナスと昇給の闘争だけをおこなうのがせいぜいの所なのです。僕は組合の仕事に情熱をうしなってきている。そしてお役所仕事的で直接担当者がいなければなにもわからないような、事務の仕事に戻ることを考えると、暗い気持になります。国鉄退職者が横からやってきて上のポストにつくのを見るたびに、弘済会で働くことで社会に入った人間の僕は、上昇のエスカレーターにはいつまでものれないだろうと考えます。》

ぼくは社会党青年部の快男児、深田肇氏から鉄道弘済会労働組合について生きいきした描写をしていただいた。深田さんはかつてその中央執行委員であった。現在も現場の人たちと人間的な親しみにみちた良い関係をたもっている。ぼくは深田さんと販売員の娘さんとの会話をそばで聞いていて、深田さんに信頼感をいだいた。その話し方がいかにも限界状況的で、たちまち弘済会から黒い炎がたってくるような感じを、聞いている者はうける。しかしぼくはそれが、真実から逸脱してはいないことを信じる。組合について快男児は熱情をこめて語り、とどまることをしらない。

率直に要約すれば、弘済会の労働組合は、会の御用組合としての性格を完全にそなえている、ということであり、それはぼくが実際に販売員の娘たちに面接して感じた組合不信の一般的な感情と照応するものである。

《弘済会の経営陣は、組合幹部を優遇して骨ぬきにしたがっているし、事実上それは成功していると思います。組合の専従員の給与は不均衡に高い。組合三役は本部の課長、部長待遇です。そして国鉄横すべりの幹部がいっぱい生れるために昇進率の低い弘済会で、組合の専従員になることは出世コースのもっともめざましいものなのです、組合の初代委員長は総務部長になり、前委員長は厚生課長になり、北京に行ってきたその前の委員長は、新宿の庶務課長です。そこで組合幹部の選挙には派閥争いやボスの活躍や、出所のあやしい陣中見まいがとびこんだりもすることになります。組合幹部と経営陣とが仲がいいのは悪いことではないけれども、組合の大会が地方の九支部をまわりもちでひらかれるとき、五十何人の中央委員が旅費と高い日当をもらって出かけ、そこにある営業所の経営陣に招待されて大盤ぶるまいがあるというようなことは、組合の活動にとっていいことだけじゃないでしょう。労働協約の争議の章に、調停及び斡旋の条項があるけれども、それがおこなわれたことが一度もないというのが、弘済会の組合の性格をよくあらわしていると思う。労働委員会に調停の申請をしたり、第三者の斡旋を依頼したりすれば、ことは表ざたになり世間一般に知れわたるわけですが、すべては調停及び斡旋の前に話合いがつく。弘済会には実質上とにかく金があるし、国鉄ゆずりの官僚意識が、ことを内部でおさめようとさせるのだといっていいかも知れません。しかし弘済会の経営陣は、会の内情を外にもらすことを激しく嫌っているのではないかともいえます。現実に、経営陣の大物がこういうのを本部で聞いたことがある。ジャーナリズムは弘済会を伏魔殿だなどとひそひそいってはいるものの、それを雑誌や新聞で堂どうと告発することはまったくできないじゃないか。ジャーナリズムは弘済会の駅売りボイコットと鉄道の輸送サボタージュの巨大な力を頭にうかべるだけで沈黙は金と悟るんだ、とにかくジャーナリズムを惧れはしない！　この豪語はふくざつな意味をはらんでいると思います。》

ぼくは鉄道弘済会の販売員の娘たちに面接することから、弘済会の労働条件の実状に近づいてゆくべく試みてきた。ぼくは弘済会の全体の展望や、その組織の巨視的解説をすべておこなわず、あの凍てつく深夜のプラットフォームで胃に障害のある人間特有の苦い表情を、どこかに群集の一人としてかくれ見張っているモニターに見つけられることをおそれながら働いている娘たちの側から事情を見きわめようとしてきた。ぼくの文章は弘済会の総体のイメージをうかびあがらせるよりも、深夜の仮泊所で震えながら短い眠りをねむる娘たちの、狭く不確かな不満のイメージにみずからを限るべくつとめてきた。ぼくは弘済会発行のパンフレットの公正より、赤字責任の不安に怯え、歩合給の率の良さに小さなエゴイズムの満足をおぼえ、そしてつねに弘済会での仕事に暗い感情をいだいている貧しく疲れた娘たちの偏見を、ルポルタージュしてきた。

ぼくの目的は、ジャーナリズムや専門家たち、そしてゆくゆくは国会が鉄道弘済会について専門的な検討をはじめることを提唱することである。ぼくの素人診断や批判は重要でない。学者たちの関心の集中がいまもっとも、鉄道弘済会の肉体の必要としているところのものである。文部省監督の財団法人、相撲協会が国会で検討され体質改善をおこなったように、厚生省監督の財団法人、鉄道弘済会が国会の討論のシャワーで洗われることを、そして新しい陽にかわくことを、ぼくは提唱したいのである。

ぼくが弘済会の娘たちに面接するうちに心に育てた疑問、そしてぼくが試みた推測、それらが専門家の頭と手によってあきらかに解答され、実証されることをぼくは期待している。

弘済会は、年間五億をこえる金で社会福祉事業を行なう大企業体に成長したが、もともとは昭和七年に床次竹二郎の五千円の出捐によって国鉄の職域的福祉を目的とした小さな事業体にすぎなかった。国鉄の公傷退職者、永年勤続退職者、殉職者の遺家族らの援護救済にあたっていた。戦後、弘済会は経営危機を克服して事業の基盤をかためはじめ、膨張しだし、昭和二十四年、広く一般生活困窮者をも対象にくわえる社会福祉事業として、体質改善する。収益事業は国鉄駅構内の売店・立売営業を主にするが、それはすでに年間四百億の売上げをかちえる大企業と成長した。生産事業としても後楽園のホット・ドッグからフジ・アイスというひろがりがあるし、熱海などに土地をもっている東海開発会社、鉄道弘済広告社、東京鉄道荷物株式会社、そして観光客をのせて走りまわるハト・バス、国鉄スワローズ、みな弘済会の血が流れているのだ。太陽生命保険会社という保険事業さえも、弘済会のもとに発展しつつある。国鉄が独占企業の性格をもつのとおなじ量、弘済会も独占企業の色彩にぬりこめられる。

弘済会は、いまや巨人なのだ。そしてこの巨人の動力を担当する販売員の娘たちの労働条件は巨人らしくない。中小企業体が異常膨張して、そのまま体質をかえないでいるという感じだ。体質改善なしに巨大化した中小企業体、これは怪物にほかなるまいではないか？

弘済会は職場自体が援護救済の職場だという建前をもっている。三十五年の統計で、弘済会の職員一万二千九百五十六名のうち、国鉄関係の永年勤続退職者、縁故者は五七・六パーセントであるが、今後ともしだいに部外者の比率は多くなるだろう。しかもこの部外者は、高校卒業後はじめてここに就職してくる娘たちをもっとも多くふくむはずだ。これらの娘たちには国鉄一家の誇りは無縁だし、駅長をやめて入ってくる人のような退職金や恩給のバック・アップもない。そこでこの部外者たちは、単なる一つの企業体としてこの弘済会にむかいあわねばならないが、幹部たちがみな国鉄からきた官僚的な頭の持主だとしたら、この職場は壁にみちた場所と感じられて当然ではないか？

弘済会の従業員は四九・六パーセントの女子をふくみ、平均年齢四十・八歳で五十歳以上の高年層が三四・九パーセントと圧倒的に多く、平均入会年齢三十四・六歳、中年層以上の入会者は五三・五パーセントという高い率にのぼり、平均勤続年数が六・五年の短かさだ。この特色は弘済会の福祉的目的にぴったりだが、高校や中学を卒業して入ってくる若い娘たちには、そのまま、この職業の困難さの条件となるわけではないか？

「みんな弘済会をやめたがっています、弘済会の仕事に希望をもっていません」

この暗い嘆きをもちながら過労にたえて国鉄のあらゆる駅えきのプラットフォームに働きつづけている若い娘にとっては、まず自分が幸福をそこなわれることなく働ける職場をつくりだすことが第一義の問題である。国鉄との血縁関係、五億の福祉事業、財団法人としての性格、そんなことはむしろ無関係な他人事とさえ感じられるだろう。このような性質のエゴイズムをぼくは日本の若い労働者のヒューマニズムだと考えるものである。

〔一九六一年〕

アジア・アフリカ　人間の会議
——ＡＡ作家会議東京大会

パリ、東京間のジェット機のなかで、カメルーンの黒人青年が不安にみちてこう考えた、《アジアとアフリカ、この二つの大陸の人間が理解しあうこと、それは本質的に不可能なのではないか？》かれはアジア・アフリカ作家会議東京大会が終ったあと、かれとぼくとが写っている一枚の写真をしめしながら、ぼくに次のようにいうのであった、《きみとぼくとの、この二人の人間の顔はじつにことなっている。しかしこの二人の人間の微笑には、たしかに真実がある。これは二つの大陸の人間のあいだにうまれた友情をしめすものだろう。これからたがいに理解しはじめるのだとして

も。》
東京大会会長、石川達三氏は、開会にあたってのべた。《人間を離れて会議はありえない。人間をはなれて文化の交流も提携もありえない。》それは敷衍すれば、人間を離れて政治はありえない、ということでもあるだろう。アフリカの若い独立国家群からの代表たちは、いま初めて黒い人間の掌に、政治を回復したところだった。そして会議のあいだつねに熱情をこめて政治をかたった。しかしぼくは、かれらの固執する政治の背後に、新しいアフリカ人の肉体をなまなましく感じ、そしてその人間の肉体と精神は、そのまま文字のイメージをかたちづくるものであると感じた。
《いま、アジア・アフリカの諸国が、相たずさえて、一斉に、植民地的立場から脱却し、民族の独立と自由とを闘い取ろうとしている、この姿は、客観的には政治的であるにしても、当事者の主観的な立場からいえば、思想運動でもあり文化運動でもあると私は思います。》そして石川達三氏は提唱した。《諸君はどうか激論を闘わして頂きたい。激論することによって私たちは理解しあい、信じあうことが出来ると思うからであります。》
本会議において、分科会において、激論は闘わされたか、ぼくらは理解しあい、信じあうことができたか？

この会議があまりにも政治的な性格をおびたものであったという印象を、日本のジャーナリズムはうけたようであった。会議のあと発表されたコミュニケは完全に政治的な言葉にみちている。また、会議の代表たちのなかには政治的関心だけでジャーナリズムから包囲され、そして文学についてはなにひとつかたらず帰国していった人たちがいる。

コンゴ代表のムアンバ・グレゴワール氏がそうであり、カメルーン代表のマルト・エケムヨン・ムーミエ女史がそうであった。ムアンバ・グレゴワール氏はひどく癖のある、不明瞭なフランス語を話す。ゲリラ部隊の隊長のようで、ぼさぼさした口ひげをわずかにのばし、いくぶんいかがわしい印象をあたえる淡い灰色のサングラスをかけ、熱病にかかっている人間のような態度で、《コンゴ人民の団結と、コンゴ、アフリカ、アジアそして全世界の平和確立のため、世界の人民の方々とともに闘う強い決意を表明する》と、その演説をはじめた。かれが一九六〇年六月以降のコンゴ状勢を説明しながら、《すなわち、百%の奴隷国家から百%の独立国家へ、何の中間形態をも経ずに移行したのであります》とのべたとき、ぼくは笑ってしまった。それは悪いことだった。しかしぼくはムアンバ・グレゴワール氏とその同胞に、ひどく滑稽なところを感じ、笑いおわると暗然とせざるをえなかった。かれの演説は状勢判断においても、論理のたてかたにおいても、貧しいものであった。会議のあいだの昼食のときに、かれをトイレットに案内したことから、ぼくはかれと親しく話しあうようになったが、かれの個人的な談話にも聞くべきものがなかった。しかしコンゴの一級知識人であるかれの知的貧しさは、それゆえにコンゴの人間を深く知らしめるものであった。かれはつねに政治についてかたり、人間については、ただ死んだルムンバについて情熱をこめてかたるのみであった。ぼくはかれとたびたび話しあったが、かれがルムンバ以外に人間的なことについてかたったのは、子供のころ森でヤシ酒をのんだ、自分の遠い一つの体験についてのみであった。コンゴに文学があらわれるのは、まだはるかな未来においてであろう。そしてそれはルムンバの人間のイメージを重要な要素とするだろう。

ている子供らの大群を一瞬、眼にうかべさせるものであった。

ムーミエ女史の、文学にたいするイメージは古めかしく、それは文学についてのイメージとはいいがたいほどのものであった。しかし彼女が《死の亡霊、原爆死の亡霊》というような表現をもちいるとき、その言葉を叫んでいるムーミエ女史の背後には、ナイジェリアの作家エイモス・チュチュオラの『亡霊のジャングル放浪記』で現代化された、暗黒アフリカの森のなかの民話の遠いこだまのようなひびきが聞えてくるのであった。

しかしすべての代表が政治のみをかたったのではない。ムアンバ氏やムーミエ女史のようにあまりに政治的だった人たちをのぞけば、代表たちには、文学の任務という命題をつうじて政治から文学に橋をかける努

スイスでフランスの秘密暗殺団に毒殺されたカメルーン人民同盟議長の、若い未亡人ムーミエ女史は、魅力のある陽気な人物で、観劇会のとき舞台のシュプレヒコールがインターナショナルを歌うと、それにあわせて大声で歌いはじめたりする。死んだムーミエ氏に哀悼の黙禱をささげたばかりの聴衆のまえで、不意にエロティックな強い声で笑ったりするアフリカ女だった。

ムーミエ未亡人のメッセージには新植民地主義の単純で具体的で女性的な理解がある。《青年たちに精神的外傷をもたらすおそれのある外国による軍事占領》というような表現は、日本の若い母親の声にも近いだろう。またムーミエ女史の言葉のじつに具体的なイメージは、たとえば《政権は移り変っても、民衆は残る》とかたりながら、残った民衆の喜びと悲惨とをともにうったえかけるものであった、たとえばコンゴで餓え

力があった。とくにアフリカ諸国の代表たちにおいて、それは新植民地主義の政治的現実においてフランス語、英語という敵の言葉をもってしか作品を書けぬ作家たちの任務はなにか、という議論であった。

アフリカ諸国、アルジェリア、コンゴ、カメルーン、スーダン、アラブ連合、ザンジバルの代表たちすべてが文学と作家の任務についてのべた。結局おなじひとつのところへ向ってはいるが、その認識のしかたと深浅にはそれぞれ明らかな差が生じた。そして重要なのは、それが本質的に、その代表たちの肉体と精神のなかの国家と人間とを、具体的に反映するものであったことである。

それらアフリカの声は、二つの声部にわかれた混声合唱として会議場にひびきわたった。アルジェリアとアラブ連合について、いわゆるホワイト・アフリカの国家はすでにアフリカでないという意見を黒人代表の一人がもっていたが、たしかにこの二つの国は暗黒アフリカとはことなる声で歌った。そしてカメルーンとコンゴ、スーダンがやはり一つのかたまりとなって第二の声部をうけもち、ザンジバルがスワヒリ語への主張とともにそれに従った。

アルジェリアとアラブ連合の演説は似かよった側面をもっていた。しかしアラブ連合の代表ムルシ・サーデル・ディン氏は、ほとんど文学についても政治についても聞くべき意見をかたらなかった。おそらく秋のカイロの大会でかたるつもりなのだろう。ただ、かれの演説には日本とほかのアジア・アフリカ諸国との微妙な差異を平気で無視するような、アフリカの国ぐにの一つの傾向をあきらかにしているところがあって、それがぼくの関心をそそった。《アジア・アフリカの社会は、その中に一見非常にことなった要素を持っているにもかかわらず、共通の特色をもっています。何年にもわたる帝国主義への従属のあと、やっと主権と独立を獲得したばかりの社会なのです》、とかれはいうが日本はやはりちがう。《日米安保条約に反対し、先頭に立って闘った日本の作家はその典型でありまず》とかれはいうが、それもやはり闘争のなかで作家のはたした役割という問に正しい答えとのみはいえない答えだろう。

おなじような声の歌も、アルジェリア代表のマレク・ハダッド氏の、《暗闇からやっと出たばかりのアジア・アフリカ世界は、目下、解放戦の決定的局面をむかえております。この戦いの様相は、各国の状況によってそれぞれ異っておりますが、ともかくそれは共通の敵への闘いなのであります》というほうが、より現実に近いだろうと思うのだ。マレク・ハダッド氏はアラブ人の美しさを力強さを、その肉体と精神とにみなぎらせている。そしてブラック・アフリカの人たちよりも日本人が西欧に近くかんじられるように、かれは日本人をはるかにひきはなして西欧に近く感じられる。かれが次のようにいうとき、それは日本の仏文学研究者のサルトル哲学派を、ぐいと押しきるような力が、その敏捷で激しいフランス語の演説にこもってくるのだ。

《しかし、一人の作家が、他の作家に話しかけているのだということを私は忘れているわけではありませんし何故なら今日、歴史と文学は分かちがたいものだからです。バンドン会議の精神を身に体している作家は、必ずしも政治屋ではないが、政治家たらざるをえないのであります。われわれにとって選択の問題はあり得ません。われわれはすでにえらびました。参加の問題にわれわれが悩まされることもないでしょう。われわれはすでに参加しております。》

ハダッド氏は作家のメチエに関してかなり高度の観

念をもっているとのべ、また《われわれはスポークスマンではないということを帝国主義は知っております。何故ならば、諸国の人民は我がもの顔に景気のいいことをいう連中を必要としておりません。必要なのは、身を固くしている証人たちだからです》とのべた。

ハダッド氏は敵の言葉、フランス語で書く作家だという点では黒いアフリカの作家たちとおなじ状況にある。しかし、かれの著作のおもな読者は敵のフランス人であり、《敵さえも感嘆させる》作品が、かれとおなじアルジェリアの作家たちによって書かれているという。そこに黒いアフリカとの根本的な違いがある。ハダッド氏は、この会議で作家のメチエについてのべた唯一の代表であったが、世界的ヒューマニズムという言葉も、かれ独りのものであった。フランス語で書かれフランス人に読まれる反フランスの作家であるハダッド氏においてはじめて、ヒューマニズムという、これまで二つの人間群へのかけ橋の技術が要請されることになるのだろう。《真に価値のある文学は反植民地主義的たらざるを得ません。真に価値のある文学は、人間の尊厳のための文学たらざるを得ません。結局文学とは、行為するヒューマニズムであります。》

アルジェリアの勝利がマレク・ハダッド氏に自信をつけ、ヒューマニズムを性能のよかった歴戦の小銃のようにかれの武器倉のなかへ整備させているのと逆に、ブラック・アフリカからは、ヒューマニズムで救うことのできる深さよりずっと底深い所からの苦痛の呻き声が、悲惨と怒りの叫び声があがってきた。

スーダン代表のアッハマッド・ケール氏は、《アフリカの動きについて一部のヨーロッパやアメリカの人たちの中に凍りついていた「無関心という氷」は急速にとけつつある》とのべながら、しかもその無関心の氷のとけたあと、われわれが覗きこむアフリカの暗黒の深淵の深さへの強烈な印象をわれわれによびおこさないではいなかった。ケール氏は詩人だが、独立したスーダンにアメリカがつくりあげた軍部独裁が、かれを北京に亡命させている。独立と、そのあとの民族の恥辱の感覚さえ触発させずにいない新植民地主義の成立は、スーダンをコンゴをカメルーンを、ヒューマニズムがまったく無力なまでの深淵においこむ。これらの国の代表たちが文学についてよりも政治についてかたったのは、深淵のなかの人間の行為として正しかったろう。いま政治について最もよくかたるものが、やがて最も深く文学に関わるものだと、カメルーン代表のアーロン・チェリイ・トオレン氏がぼくにいったことを思いだす。

このアフリカの新しい青年は二十四歳で、フランスのボルドーに留学している。カメルーンからフランスへの留学はいわば国外追放のひとつの型なのだ。かれはカメルーンの黒人のごくえらばれた家庭に育ち、高校生のときにフランス人教師の差別待遇への反抗運動を指導した。カメルーンの革命のひとつの前衛、UNECはその発展した組織である。会議のあいだ、正統的なフランス語を話すトオレン氏は、白い長衣と日ごとにかえる様ざまな帽子という民族的な服装であらわれた。会議のあとかれはもえぎ色の地に白と黒とでぬいとりした帽子をぼくにくれて、それがかれのカメルーンの種族では希望をあらわす帽子なのだといった。美しく純粋で知的水準のたかいかれの眼がぼくにむかって微笑している写真をぼくがかれに送ったとき、かれはいった、《きみとぼくとの、この二人の人間の顔は……》

トオレン氏の《アフリカ文学の主要テーマはNEGRITUDE(黒人であること)である》という発言は会議でのすべてのアフリカ代表の演説をつうじて、最も文学に具体的なアプローチをした者の意見であった。このアフリカ人の内面に深くかかわる問題意識は、他のブラック・アフリカの代表たちの決してあきらかにしなかったことである。かれらは黒人であることより、新しい独立国の栄光と悲惨をおった人間として主張し、そしてアルジェリア代表にとっては、人間であることを手がかりにして敵をも感動させることが、その文学の面目であったのである。

トオレン氏のイメージにおける作家の任務は、次のようだ、《作家の活動は問いかけることでありまた答えることであり、作家は現在の時点にたつとともに未来を注視する者であるが故に、作家は常に前衛的でなければならない。民衆にとっての本質的問題点が外国の支配ということである以上、作家は、新しい民主主義を確立するための反帝国主義闘争の前衛たらざるをえない》、しかも黒人であることを精神の中央において前衛たらざるをえないということなのだ。

トオレン氏はカメルーンの文学の困難を明確に説得的にかたった。《(1)民族資本による出版社が存在しないこと。出版を行うためには、外国人を相手にしなければならず、原稿はその影響をうけてしまう。(2)民衆の生活水準がきわめて低いにもかかわらず、書籍乃至新聞の価格はきわめて高いので、ごく少数の人びとしか書籍を買うことができない。(3)仮に書籍がただであったとしたところで、政府筋の統計によればカメルーンの人口の六五%は文盲である。》そしてカメルーンの作家が敵のフランス語で書かねばならず、典型的な新植民地主義の政府が、積極的に作家たちを弾圧していることを考えあわせれば、カメルーンの作家の絶望をこれだけ明かに表明されるのに接したことだけでも、ぼくは深い衝撃をうけ、なんともいいようのない思いにとらえられ、そして、自分とカメルーンの青年とのあいだの微笑が、暗黒の深みにたちまち沈みこんでゆく礫のように感じられてくるのである。

アジアでは、問題はアフリカほど困難でなく感じられる、それは絶望的に困難ではないと感じられる。すくなくともアジアの作家たちは伝統について語ることができた。アフリカの暗黒のジャングルでは伝統は死滅しているとしかいいようがないのだ。

セイロン代表のK・D・P・ウィックレメシンゲ氏が民族運動の再生についてかたり、伝統についてかたるとき、アフリカの絶望的困難とはちがう響きが声にこもった。戦っているラオスからゲリラ隊とともに密林をこえて日本への旅にでた小柄のおとなしい婦人、カンチェン・ブーファ女史も政治的困難についてかたったが、それもムーミエ女史のアフリカの深海の盲目運転という印象とは別のものであった。インドネシア代表がのべた政治的色彩の強い意見も、根本的には楽観的であり、ぼくはアジア・アフリカについて広く展望することに最も良い能力と、自由とをもった代表の一人であるアピン氏が、アジア・アフリカの同一を最も幸福に信じている人間だという印象をいだいた。

ヴィエトナム代表の発言は次のような一節をふくんでいた。《文学創造の第一の問題は、良心をはっきりもつということであり、われわれにとって、この問題は人民と歴史に対してわれわれの責任をはっきりさせることであります。われわれの生きているこの時代は、革命期ではないにしても、考え、筆をとるすべての者に、深く考えねばならぬ色々の事件を数多く提出しております。》ここには革命後の思想がある。

革命後の思想、それは中国代表の巴金氏が、《そうです、わたしたち作家にとって人民の勝利と幸福にまさる理想が他にあるでしょうか。わたしたちの先輩がのこしてくれた豊かな遺産のなかには、この理想にそむいたものは一つも見当りません》とかたるときにも、深く感じられる。巴金氏は台湾問題について一切ふれなかったが、そこにぼくは中国代表団とアフリカ諸国の代表団との、この大会に出てくる態度の深刻さのちがいを感じた。それはまたソ連代表のムスレポフ氏の演説についてもおなじであった。アルジェリアの人民は平和をのぞんでいるが、独立の達成が先決だとハダッド氏が叫ぶとき、ソ連代表は平和こそが人類にとって、おのおのの国民にとって、一人ひとりの人間にとって必要だと語った。めざすところはおなじかもしれない。しかし文学者の意見は意識的に選択された言葉と表現によって示されるものである。六十七のおなじ権利をもった言葉によって創作されているソヴィエト多民族文学という言葉を、ムスレポフ氏が演説の冒頭にのべたときカメルーン代表の眼が好奇心に輝いたが、ムスレポフ氏はその《おなじ権利》について解説することがなかった。それはトオレン氏にとってもぼくら暗い少数者のイメージをもちやすい日本の作家にとっても残念なことであった。

アジアの国々でぼくにもっとも深い印象をあたえたのは、朝鮮民主主義人民共和国の代表がおこなった報告であった。それは革命後の思想を、ヴィエトナム代表が南ヴィエトナムについて語るときとおなじく、最も切実に鋭い形で感じとらせ、そしてこの報告をききながら、初めて真の意味で、日本の作家の政治・文学・人間の足もとに火がつくのをぼくは感じたのである。北と南とがともに会議に加わるべきだった、という問題が日本人の問題としてまず考えられねばならないが、政府の入国拒否から、この会議の朝鮮民主主義人民共和国の代表は、日本にいる朝鮮人作家から選出されるほかなかった。それがこの会議でもっとも日本人に深刻な政治的側面であったとさえいえるだろう。そしてこの問題はほとんど討議されなかったが、もしそれがおこなわれたとして、日本人のたれが、あまりに政治的すぎるなどといえたろう？

朝鮮からの報告は、政治（社会主義国家達成と南北統一）のプログラムを文学とむすびつける上で毛沢東思想による、最も整理された論理を、具体的に現実的に感じとらせた。しかし、そこからどのような質の文学がうまれでるかと発展すると、苦しい問題が生じるように思われた。ソ連と中国と朝鮮民主主義人民共和国は、おなじ困難を文学の面において切崩していかなければならないだろうこと、それが日本の民主主義文学に深い暗示をあたえるだろうことをぼくは考えた。

それでは日本代表団はどうであったか？　ぼくはアジア・アフリカ・ブロックにおける日本のこざかしさ、おろかしさ、異質さに眼をくらまされ、肉親が裸でうろうろしているのを見ているような感じがしたことをまず思いだす。また分科会で討議されたマス・コミの問題に興味をしめしたのが、ザンジバルとアルジェリアの代表だけであったこと、そしてぼくはカメルーン代表が、《われわれは作家、文学すなわち知的労働そのものを、その基本的かつ決定的な前提である政治的前提なしには考えることができない》とのべたとき、われわれ日本の作家は、政治的前提を基本においてそれに激突して態度決定をせまられることを惧れ、緩衝物としてマス・コミの問題を、自分の文学と日本の政治とのあいだにはさみこんでいるのではないかと、考えたことを思いだす。

西欧の軍隊に踏みにじられたアルジェリアの代表が、日本は西欧とこそ会議を開くべきではなかったかと苦い言葉を発した。また国連をむしろ敵だと考えるアフリカ諸国の思想のまえで、日本の外交の態度はもっと苦い沈黙の声を聞かねばならなかった。そして日本代表のわれわれ文学者は、むしろ反・政治的にしかこれらの声にこたえるすべをもたなかったように思われる。ジャーナリズムの報道とは逆に、われわれ日本の文学者は、あまりにも政治的でなく、最初から政治を降りていたところがあったというべきだろう。

東京大会コミュニケはいう。《自国人民および全アジア・アフリカ人民と手に手をとってその共通の目的を遂げようとする闘いにおいて、アジア・アフリカの作家たちの統一と連帯と交流こそはもっとも重要である。》そしてブラック・アフリカの一青年がいった次のような言葉の鑢《やすり》にあてると、コミュニケの言葉はいささか精彩をかいてくるように思われる。《文化交流を云ぬんすることはいいことではある。しかし真の意味でそれがなされなければならないのだ。》

この会議にはたしかに多くの真実があった。しかし影のように真実のかたわらにむなしさのついてまわる会議でもあった。ぼくはこの会議でまなんだ最小限の真実をまもりぬくことで、このむなしさを克服したいと考えている。最小限のひとつの真実、それは日本の作家が日本語で書物をかくことができ、日本人の読者がそれを読むことができるということである。

ブラック・アフリカでもホワイト・アフリカでも、それは独立の達成よりもなお高度の僥倖なのだ。日本語を裏切ってはならない。

〔一九六一年〕

未来につながる教室

——群馬県島小学校

日本じゅうの数しれない小学校の、どの校長先生が、文部大臣の参観申しこみを、にべもなくことわる勇気をもっているだろうか。そして現職の堂どうたるコワモテ文部大臣のかわりに、ひとりの若い作家を歓迎するだろうか?

今日の日本の様ざまな場所、様ざまな状況に、大臣たちをおくりこんでルポルタージュさせるという企画がたてられた。はじめ文部大臣には、地方のひとつの小学校に行ってもらうことになったが、連絡をうけたその校長先生は、かたくそれをことわった。文部大臣の参観がとくに意味をもつわけでもないだろうという判断があったわけだ。そこで、ぼくはいわば文部大臣のかわりの役割をつとめることになった。

どのような地方の村の、どのような小学校かということについて、その校長先生、斎藤喜博さんが、はじめてこの村にやってきたときの印象をこうかいている。昭和二十七年三月のことである。

《暴力の町として、一時有名になったことのある、高崎線本庄駅に私は降りた。やせて背が高く、鳥打帽をかぶっていた。私は駅前から、すぐタクシーに乗った。町を通りぬけて、まがりくねった、がたぴしした道を北の方へ六キロばかり行くと、桑畑やねぎ畑や、ほうれん草畑にかこまれた静かな部落が見えた。桑畑の向うには堤防がひくく東西につづいていた。桑畑も部落も、春の光をあびて、うすむらさきにやわらかくけぶっていた。そこは島村といった。この村は群馬県の南のはしで、埼玉県との県境にある。戸数百余、人

ロ二千四百ばかりの小さな村である》

十年たって、島村の風景はとくにかわってはいない。利根川をへだてた本校と分校の、小さな島小学校も、とくに外観の変化があるわけではない。しかし、そこに学ぶ小学生たちは、この十年のあいだに、日本でもっともすばらしい小学生たちになってしまったのである。ぼくはこの小さな小学校の奇蹟にみちた教室に、二日間しかかよわなかったけれども、そこにいる小学生たちの本当の新しさには、ほとんど圧倒される思いだった。斎藤さんは、文部大臣をまねいてもよかったのだ。文部大臣がたとえどのような文部大臣であるにしても、かれが善き人間で、それも善き日本人なら、これらのすばらしい小学生たちの新しい魅力は、大臣の心をふるえさせたにちがいない。

しかし、島小学校は、とくに金をかけた設備があるのでもなければ、とくに選ばれた教師たちをあつめてきたのでもなく、とくに秀れた家庭の子供たちがかよってくるのでもない、客観的には、ごく普通の学校である。むしろ、ごく普通以下といっていいかもしれない。島小学校の建物は貧弱だし設備はおそまつだ。村の予算の枠内でやっているし、寄付金などはとらない。教師たちも、もともとは、ごく普通の教師たちだった。子供たちも、村の農家のごったまぜの子供たちである。

東京の有名な私立小学校、たとえば明星学園のように、月謝やら寄付金やらは高く、そのおかげで建物、設備は最もぜいたくであり、無着先生のように実力と名声のなりひびいた教師たちを選びあつめ、そして生徒たちも丸山真男ジュニアがいたりするという毛並のよさの、そのような小学校とくらべれば、まさに島小学校などはなにものでもないだろう。しかも、当の明星学園の先生のひとりが認めるとおり、島小学校は日本で最上の小学校のひとつなのだ。

地方に住むか、東京のあまり上等でないところに住み、あまり金のかかる私立の学校へは子供をやれず、しかも自分の家庭の教育水準の低さにコンプレクスをもち、そして自分の子供に善き教育をと、当然なことでありながら、それでいていかにも実現困難な、つつましい望みをもって不安にさいなまれている母親たち、日本のおおかたの母親たちに、島小学校は希望をあたえることだろう。お金もいらず、田舎のすみっこで、自分の村の出身の平均的な先生たちで、そして自分のごく平均的な家庭の子供たちが、輝くように新しい小学生になるのだとしたら。やせて背が高く、鳥打帽をかぶった、ひとりの校長先生、斎藤さんがその母親の村をおとずれるだけで、たちまち奇蹟がおこるのだとしたら。

確かに百の有名私立小学校より、ひとつの島小学校に、広く一般化できる意味がある。なぜならそれはまさに、ごく一般の小学校にすぎないからである。

島小学校の教室の子供たちはみんな、まさしく日本農村の子供たちという顔と、躰つきをしていた。ぼく自身、農村で生れ、育ったので、それも決して豊かでない農村で少年期をすごしたので、農村の子供たちが、テレビの子役スターたちとはまったくちがった、日本の農民ジュニアの顔をもっていることを知っている。それは永年の日本の農村と農民の歴史を血のなかに流れさせ、うけついできている顔だ。ところがぼくのいま住んでいる東京の成城町で、そこにある成城学園にかよってくる小学生たちの顔は、じつに、そろいもそろって、みんなテレビの子役スターたちを思わせる端麗さ、スマートさである。そこには、日本の農村の血が匂わないのは当然にしても、日本人そのものの血の匂いさえ、あいまいであるような気がする。ステンレスと白いエナメル、螢光燈のリヴィング・キッチン共和国の子供たちという感じがする。それはそれで、未来の日本人の容貌の一般的向上のためにすばらしいことだろうが、ぼくの心のなかには、いかにも日本の農民らしい顔、漁民らしい顔、小商人らしい顔への執着があって、それは簡単にはぬぐいきれないのである。

しかし、四国の山村での自分の小学一年生のクラス写真をとりだしてみると、そこに農民ジュニアの個性的な顔、顔を見いだすとともに、また、そこに支配的な、頭をおさえつけられ視野をかぎられた、解放感のうしなわれた感じ、鈍さ、獣のような被抑圧感などをも、ともに発見しないではいられない。戦争がはじまった翌年の国民学校一年生であるということを考慮にいれても、ぼくには、いまおなじ村で小学校生活をおくっている甥や姪がクラス写真をとれば、この暗く貧しい感覚が、やはりあらわれてくるだろうと思わないわけにはゆかないのだ。

島小学校で最初にぼくがみたクラスは小学一年生で、その日がお誕生日の二人の子供が、他の子供たちにお祝いをうけていた。まずぼくは、その学校にはいったばかりの子供たちの、張りのある強い声、叫喚のように強い声に、胸ぐらをつかまえられるような気がした。子供たちの顔はみんな純粋な百姓の顔だ。サイヅチ頭、眉根がせまり額はせまく頰骨がとびだし、エラは張り、鼻はアグラをかき、唇はめくれあがり、耳はちぢこまり……

そして、しかも、その一年生たちの顔にみなぎるものの、なんと感動的だったことだろう。眼がキラキラしている、頰に集中力があふれている、というようなこともある。しかしもっと内的に、その農民ジュニアたちの顔は感動的なのだ。おそらくそれは、解放された顔、自分自身を解放してくれる場所と人とをみつけて、そこに生きている自分に信頼をもった顔ということができるだろう。

この解放された子供たちの印象は、顔の表情だけにとどまらなかった。二年生の算数の教室で、子供たちが数のグループをくわえる練習をしている。黒板には二つの数のグループが、大きい円のなかの小さな幾つかの円で示されている。それを見つめながら子供たちはピョン、ピョン、反応している。それは見たところお行儀の悪い、混乱した子供たちの印象だが、クラス全体に有機体のような複雑な統一、組織の感覚がある。陽がかげって黒板の図が子供たちの一部に見えなくなる。するとたちまち、実に整然と、そのぶんの子供たちの机が移動する。他の子供たちは、それらの子供たちに配慮してやるが、机の移動そのものにかきまわされて黒板と教師への集中をうしなうことはない。

三年生の教室は理科の時間で、子供たちはネギボウズの花をしらべている。ネギボウズの位置にしたがって、数しれないメシベの発育状態がちがうという、かなり高度な勉強だ。小さな女の先生が、子供たちにしきりに、ひとつのネギボウズのちがった位置のふたつのメシベの形を比較させている。子供たちはシャツを頭にかぶったり歩きまわったりしているが、黒板にメシベの自分の観察をスケッチしに出てくると、じつに注意深く慎重になる。そして自分の机に坐った他の子供たちもそれを見守って静かにひきしまってくる。校長先生、ほら、おれのネギボウズ、などと見せにくる子供たちも、小さな女の先生がみんなの観察をひとつの方向にみちびきはじめると、さっとそのまま集中してしまう。この教室とこの子供たちは完全に解放されているが、解放されたまま有機体のように組織され、そこで自由で個性的なコミュニケイションがおこなわれるわけである。

組織論とコミュニケイション論はおなじことだ、と斎藤さんは活潑な子供たちに上機嫌でいった。この教室は解放された教室です。

こう書けば、ことは抽象的なようだが、ひとつの教室に本当に生きいきと自分本来の自分のすべての芽を解放することのできた自由な子供らが、ネギボウズを観察し、その結果をつたえ、つたえられている。子供たちはおたがいに自由にむすびつきあい(それは運動場で遊んでいるときのようだ)、しかも小さな女の先生の演出に素直になめらかにしたがっている。ここで、この解放された自由な子供の組織は、そのまま解放された自由なコミュニケイションをひきおこす。

四年生の国語の教室では、この関係がうまくいっていなかった。そこでこの関係の意味がもっと立体的にぼくに理解されたのだった。この教室でも、子供は解放され、自由なおたがいのあいだのコミュニケイションはうまくいっている。教室のすべての子供たちが、複雑なコンパスの支点のそれぞれのそれのように、ひとつの力が働くとそれぞれ連関しあって、しかも自由な方向に動く。こちらの隅の女の子は、あちらの隅の男の子としっかり結びつきあっている。ところが斎藤さんの批評では、《低い教材のために子供たちが先生から逃げている》ところであって、子供たちは先生の考える方向のコミュニケイションの波にのってこない。教材のなかのウワゴトという言葉を検討しているところで、子供たちはくちぐちにウワゴトについての自分の意見をのべていた。頭のハチのひらきすぎたひとりの子供が夢みるようにいったものだ。オラ本庄でカレエ食べてきて、そして寝ていて、カレエ、ウメナ、ウメナアといった……

この子供のウワゴトに関する意見は、たしかに教室でも解放されている子供の意見だが、このあまりに強烈な本庄のカレエについてのエピソードは教室の子供たちを雑然とさせ、それぞれの個人的すぎる記憶の洪水がはじまった。先生は悲鳴をあげるように、こんなことを叫んだ、先生にもいわせてよ！

　この教材自体が、本庄のカレエよりも魅力に欠けていた、ということはある。しかし、このような場合、子供たちがぐっと考えはじめる瞬間をねらって、その時、ツルベウチに実弾をうちこむべきだ、と斎藤さんはいった。この実弾とは、教師のがわからのはっきりしたコミュニケイションの方向づけのことだろう。ウワゴトについていえば、本庄のカレエのように過度に特殊化した言葉のイメージを、再び抽象化し一般化させることだろう。それを教師にあえておこないえなくしたのは、もちろん斎藤さんの批判のあたる点はあるけれども、ぼくの眼と耳には、むしろ子供たちの非常な解放感ということであった。そしてそれは教室の次の段階では実にすばらしい授業を生むエネルギーになるだろうことがあきらかなのだった。

　ぼくは村の国民学校で解放されていなかった、と思う。また教室は教師を鵜匠とし、子供たちを鵜とした鵜飼のようなもので、子供ひとりひとりと教師とのあいだに束縛とにたつながりはあっても、子供たち同士の自由な横のつながりはなかった。その二つが両立するなど思ってもみることはできなかったものだ。横のつながりを子供仲間でつけること、それはひそひそ内緒話をすることにすぎなかった。それはむしろ教室の敵だった。

　教室のなかでの解放感、子供どうしの横のつながりが、先生との縦のつながりをさまたげるどころか、かえってそれをおしすすめるという感覚。それだけでも、もし島小学校が日本の戦後の初等教育の一般につうずるものなら、ぼくは戦争中の国民学校教育に怯えて暗い教室生活をおくったものとして、戦後の新教育の小学生たちを祝福したいのである。戦後の子供の世界には暗さの種がひとつだけは少ないのだから。

これらのことは島小学校だけの独自のものというべきでないかもしれない。しかし、ぼくが斎藤さんと一緒に利根川を渡し舟でわたり、分校に行ってみた六年生の国語の授業には、まさに島小学校の面目があった。

分校の六年生二十人は女の先生の指導で、チエホフ作・神西清訳『カシタンカ』という三十ページほどの童話をよんでいる。すでにその前の時間までに、言葉の解釈とか文章の理解とかの段階は終っている。そして、この段階までがぼくらの小学生のころの国語の授業だったのだが、島小学校での真の授業は、そこからはじまるのである。カシタンカというのは犬の名前だ。飲んだくれの指物師にかわれていた犬がサーカスにひろわれてスターになる。しかし再び指物師父子のところに戻ってくる。そのあいだに指物師の犬にたいする、あるいは人間にたいする考え方が変ってしまっている、というのがモラルであろう。

ぼくが教室にはいっていった時、先生と子供たちは、ほぼ二行ほどの文章について話しあっていた。そしてその議論はその時間いっぱいと翌日の国語の時間いっぱいかかって、しかもなおすっかり解決したというのではなかった。なんという効率の悪い授業だろうと考える人があるかもしれないが、それは実感と反している。あれよ、あれよというあいだに、教室のなかの子供の世界は膨脹し、ねじれあい、展開し、堰をつくって深まり、どっとあふれでる、それは眼まぐるしいばかりだ。二十人の子供たちすべての個性と可能性とが、エンジン全開でフルに活動しているという印象があった。

犬を虐待していた指物師がふと自分をじつにみすぼらしい人間に感じ、その結果、犬のカシタンカにほんの少し優しくなる。かれは犬にむかって、おまえは虫ケラみたいなものだが、もっとも犬と虫ケラのちがいは、指物師と大工のちがいくらいなものだ、という。こうした部分で子供たちは、犬と虫ケラ、指物師と大工という比喩を直接には研究している。どうもこの比喩がはっきりわからない、というのが授業の焦点になっている。

ところが子供たちはこの比喩についての自分の意見をのべるために、じつに熱心にこの童話全体をくりかえしひっくりかえし、様ざまな箇所を引用しては自説をもりたてるのである。五分間も子供たちの発言をきいていると、この童話全体の筋みちや意味内容がはっきりつかめてくるほどである。鼻をつまんだり首のうしろをひっかいたり頬づえをついたりしている子供たち、サイヅチ頭、鼻ペシャ、額ナシたちが、猪のように童話の畑をすみからすみまで掘りかえす。この比喩のあいまいな二重性にひっかかって女の先生も頭をかかえて当惑している、それがごく自然だ。

教室で困ってしまい考えこんでいる先生を、美しく感じた体験はこれがはじめてだった。もちろん、この先生が独りぽっちでこの童話を読めば、この比喩のオトシ穴にはまることはなかったろう。しかし先生は子供たちと一緒に問題を展開させてゆくうちに、子供たちそれぞれがもっている独自な考え方の軌道にひきずりあげられてしまったのだ。子供たちの考え方の快速電車に同乗している先生は、電車をむりにとめたり、自分だけでとびおりたりして、おたがいを傷つけてはならない。子供たちのじつに個性的な論理をそのまま展開させながら、高い段階、いわば弁証法的に高い段階へ教室全体をおしあげねばならない。斎藤さんはこういうことを、子供と格闘してくみふせることだ、といっている。くみふせるという言葉が誤解をまねくかもしれないが、子供とともに躰をなげこんで、新しい高みへ子供の独自性をこわさずみちびくことである。

この比喩の研究の行きづまりを、女の先生は子供たちを別の側面からアプローチさせることでうちやぶろうとした。指物師とカシタンカの関係をはっきりつかみなおそうというわけである。サーカスで優遇されていたのに、なぜカシタンカは、かれを虐待した指物師父子のところにかえるのか？

この教室であきらかに子供たちの中心になっている女の子供がいた、ハルコちゃんということにしよう。ぼくが小学生だったころの教室にもハルコちゃんのように、知的にも肉体的にもよく発育しているヒロインはいたものだ。そしてこんなヒロインは教室を独占して、逆に知的・肉体的に遅れている子供たちを、ますます後にとりのこさせる原因となるのだった。したがってヒロインと遅れている子供たちとのあいだには頑固な断絶があった。

この教室でハルコちゃんは雄弁でよく活動する。しかしハルコちゃんがひとつの意見をだすと、それに教室全体の子供たちが、敏感に反応するのである。またハルコちゃん自身、隅っこのシラクモ小僧が反対意見をだすとそれを熱心に考えこむ。それは反対意見というよりハルコちゃんの弁証法の軌道にうちこまれた刺激物のようで、やっとそれを消化したハルコちゃんが新しく前にすすんだ発見をだすと、さきほどのシラクモ小僧は、まるで自分自身がその新しい意見の発明者ででもあるかのように、満足し眼をキラキラさせ頰を紅潮させて、ぐっと躰をのりだしているのだ。もうその瞬間には一分前のハルコちゃんとシラクモ小僧の対立は、子供たちの心のなかからすっぱりぬぐいさられている。子供たちは、論理というものが、いくつかの結び目をつくりながらどんどん発展していくものであって、それは時間のようにつねに更新されるのだという感覚、論理の運動エネルギーの感覚をそなえているようである。

なぜクラスの子供たちがこのように生きいきと組織されているのか？　自分の意見がのりこえられても、なぜその子供は屈辱感とともに黙りこまないのか？　つねに黙ってにこにこしながら、発言する子供をみまもっている、いわば陽かげの子供たちに、疎外感がないのはなぜか？

斎藤さんによると、この授業のいちばん熟した時間にいたるまえに(斎藤さんは参観者に授業をみせるとき、それが授業の最高の瞬間であるように配慮する、それは俳優たちが最高の演技を観客にみせようとすることとおなじである。ところが参観者のなかには奇妙なことにそれを不満にする者たちがいるという)、授業はいくつかの課程をへて成熟してくるのである。たとえばこのカシタンカの教材についても、最初子供たちはじつに様ざまな方向への自分自身のイメージをいだく、それは水面に湧いた数かずの波紋のようだ。そのなかで発展する意味のないものを教師はひとつひとつ、つぶしてゆく。そしておたがいに矛盾しあっていても、発展してゆく芽のある考え方のいくつかに、子供たちの波紋はしぼられる。そこですべての子供たちは自分がそのなかで生きいきと動くことのできるおのおのの波紋をはっきりつかむわけである。そのとき落伍する子供はいない、あやまった方向の波紋のつぶしかたがたくみで本質的だからだろう。そしていくつかのグループに組織された子供たちは、おたがいを乗りこえながらしだいにひとつのピークへと集中してくる。集中した段階でひとりのハルコちゃんがひとつのグループを独占したように発言をつづけても、そのハルコちゃんのものの考え方が、そのグループの子供たちのそれまでの発展に深く根をおろしたものである以上、他の子供たちは、それが自分自身の声であるかのようにハルコちゃんの声を聞くのだ、ぼくはこんなつぶやき声を教室で耳にしたものだ、ああ、ほんとうにそうなんだ、ハルコちゃんのいうとおりだがに……

このような教室に、疎外感のないのはあきらかであるだろう。さてカシタンカが再び指物師のところに戻ることをめぐって、教室にはふたつの意見の流派があらわれていた。ほとんどすべての子供たちが、このあわれな犬が指物師のところへ戻ることを心から肯定しており、ごく少数の子供たちが、犬のこの決心を疑って否定的なのである。おもしろいことに、ハルコちゃんはこの実際にはあやまちをおかしている少数派を代表しているのだった。ハルコちゃんはこの童話そのものの語りたい方向よりも、むしろ自分の犬にたいする固定観念にとらわれているようなところがある。いったん胃のなかにはいった食物を糸で引っぱりだすようなことを指物師は父子でしたのに、なぜそこへ戻るのか。それにたいして反対派のサイヅチ頭のヒーローは、やはり独創的な反論を考えだして主張する。

――二度目の主人は食物はくれたよ、でもガチョウは死んだし、死神がうろついていて恐いんだよ。

――胃にはいったもの出されるんだよ。

――死ぬよりはいいがに……

――死ぬもおなじだろがあ、胃にへえったもの引っぱりだされるんだぞ。

そこで女の先生は頭をかかえ校長先生とも話しあい、別の側から問題にふれていこうとする。このような子供たちの論争が迂遠だというまえに、ぼくはまずこの教材そのものが、決して悪い教材ではないにしても、子供たちの本質的な疑問のまえで、様ざまのあいまいさを露呈することに注目したい。他の教室ではもっともっと教材の悪さに胆をひやしたものだ。それらはもちろん文部省検定ずみだが、子供たちの論理のまえでいかにもモロくあいまいなのである。教材の悪さが直接先生たちに、根本的なひどい困難をあたえているのだ。すくなくとも国語の教材について文学者、国語学者の本質的な検討が必要だろう。

ぼくが見ている教室でハルコちゃんは誤りをおかしたのだったが、結局それは、子供たちの考え方の次元を別の高みにおしすすめることには役だっていた。子供たちがみんなで考えてAの解決にいたる。それを教師あるいは子供たちのひとりが否定して、こんどはBの解決にいたるまでの葛藤があらわれる。そしてまたBが否定されCの解決にいたる……

このような方法が子供たちのものの考え方を立体化し、かれらを新しい考え方の局面にみちびくことは、そばで見ているぼくに、いわば芸術的な感動をあたえるものだった。教師が子供たちの葛藤にまきこまれて新しい解決をさがしもとめているように、参観者のぼくもまたその葛藤のなかにいるのだった。そして解決が子供たちの波のようにうごく生きいきした顔のむらがりのなかにあらわれはじめると、解放感の喜びを子供たちとともに感じた。斎藤さんは教育を芸術だという。ぼくはそれも演劇芸術に近いと思った。

まず子供たちのあいだにダイナミックで劇的な葛藤がある。しかもその葛藤はしだいに新しい葛藤へともりあがってゆく。教師も、その葛藤にくわわる。まったく無意味な脇道へそれることをきびしく制することで教師は葛藤の外にあるようだが、その葛藤がしだいに根本的になってくると教師もそれにはいりこんでゆかざるをえない、そしてすべての葛藤がとけたあと、子供たちと教師、それに共感してみつめていた参観者は本質的な解放感、カタルシスをあじわうことになる。

これはすぐれた演劇とまったくおなじだ。教師たちも八百長で芝居に加わったのではない、その事情を斎藤さんは、こう説明している。

《前に一度やった仕事は、結果がわかっているから安心感がある。舗装された県道を歩いているようなものだから安易である。けれども、そういう安心感のあるところ、安易なところからは、爆発的な独創的な仕事は生まれてこない。苦しみもがき、どこへ行きつくかわからないようなはじめての道を、教師も子どもも歩いたとき、その苦しさ、きびしさ、抵抗感が、充実した爆発的な力をもった、独創的な授業となって現われてくる。授業が独創的であるということは、その授業が、そういう、冒険をしているということである。子どもも教師も、どこへ行きつくかわからないような開拓を、授業でしているということである。》

斎藤さんのこの十年の教育実践の成果を見に島小学校をおとずれる人たちは多い。毎日参観申しこみの手紙がくる。斎藤さんはこの十年間に七千人をこえる参観者をむかえた。毎年二日間の宿泊公開研究会をひらき、また普通参観日ももうけている。教師たち、学者たち、芸術家たち、お母さんたち、学生たちが日本のすみずみから島小学校にやってくる。その人たちが島小学校での真の教育を、日本のすみずみにもちかえるとしたら、それはすばらしいことだろう。しかし事実はかなり奇妙な事情をはらんでいるようである。

ぼくが島小学校へいった日、新潟県の校長先生たちの一団もまた、参観にきていた。東京の明星学園からきた絵の先生も一緒だった。授業の参観のあいだ新潟の校長先生たちは、子供の表情とか先生と子供のあいだの親密なコミュニケイションとかを見るよりは、壁にはった表とか図とかをのぞきこむのに熱心だった。子供たちの合唱のとき、斎藤さんは、子供の顔をみながら歌をきいてくれ、と大きい声でいったが、眠っている校長先生もいた。いちど参観を許可した以上、学校がわのプログラムにしたがって定刻の四時まで見てゆくように斎藤さんはいったが、校長先生たちの一団の幹事とおぼしい如才なさそうな人物が、昼食の用意がないから二時までにしてくれといった。昼食ぐらいぬいていいでしょう、と斎藤さんがいうと、その人物はこういって抗議したものである！

――基本的人権を認めてください。

新潟の校長先生たちと斎藤さんとが、参観の結果について話しあう席にぼくもでてみた。新潟の校長先生たちの質問は、それまで見てきた具体的な授業にそくするものではなかった。かれらは、カリキュラムがあるかとか、子供の発展の段階に無理がないかとか、抽象的・観念的な言葉だけで質問した。

斎藤さんはいった。島小学校には形になってうけつがれるようなカリキュラムはない、どこの学校が文部省のいうとおり模範的なカリキュラムをつくって授業していよう。それに、いま眼のまえで合唱し、窓のむこうで跳び箱をとぶ、あのすばらしい子供たちの、その発展段階に無理があるように見えますか？

そこで新潟の校長先生のひとり、土佐犬のような俗物は唸り声をはっし眼をぎらぎらさせ、猛然と腹をたてた。かれはおそらく自分の村の名士で、このように自分の意見を反駁されたりしたことはなかったのだ。それで斎藤さんの言葉に、自分の存在を否定されてしまったような気がし、傷ついた犬のように反撃し、咬みつきはじめたのだ。その土佐犬のごとき怒れる新潟の校長先生は、となりの校長先生に、こんな教育は小さい学校だからできるのだとか、斎藤は陰険だとか、憤然として悪口をささやきはじめた。ぼくはかれのすぐうしろで心に泥を投げつけられるような気持だった。

もちろん土佐犬のような校長先生は斎藤さんをやっつけたいのだが、表だった言葉がみつからない。そこで雨天の場合の体操はどうする？　とたずね、雨天体操場がないからやらない、という答をひきだすと、鬼の首でもとったように、ほんとうにヒヒヒッと笑ってまわりを見まわした。さすがに他の校長先生たちはそれにつづいて笑いはしなかったけれど。このようにして不満足で憤然とした新潟の校長先生たちは、予定の時間より二時間もはやく去って行ったのであった。

明星学園の絵の先生は、ぼくにこんな島小批判をしてくれた。明星では授業のあいだに、先生が芸術や学問、専門の分野にすすんで自分を肥やすことができる。しかし島小学校の教師たちはモラリッシュで犠牲的な精神にみちている。かれは教師がもっとエゴイスティックになるべきだと考え、子供のために、という考え方は古いし、このままだと島小学校の先生たちはしだいに自分を貧しくしてゆき、斎藤さんがいなくなれば永つづきはしないだろう、と不安に感じている。

この明星学園の絵の先生は、美術教育の点ではすでに高名な専門家だということだった。おそらくかれも、無着先生とおなじように、時にはテレビのスターでもある人なのだろう。ぼくは決してこの先生に批判的ではないが、この先生に陽の光のなかの明星での花やかな生活があるように、また、島小学校の先生たちには、かれらの誇りにみちた生活があるのであって、それが永つづきせず、タコのように自分を喰いながら貧しくなるというものであると判断する理由は、すくなくともぼくには見つけられないと思えたのであった。

参観の教師たちすべてが去った二日目の夕暮、子供たちが校長先生や自分たちの担任の先生の躰にちょっとさわりにきたりしていた解放的な教員室で、斎藤さんをかこんだ先生たちとぼくは、しばらく静かに話す時間をもてた。斎藤さんのいう良い教師の条件とは、頭の良い、育ちの良い、美しい教師ということだそうだが、そこに集っているおだやかな先生たちには、確かにその印象があった。これらの島小学校の教師たちは、その全生活を教育に投入しているのだ、と斎藤さんはいった。教材を研究するために熱情をかたむけ、仲間、校長、専門家に協力をもとめ、そのうえで子供と格闘している教師たちなのだと。そして明星学園の先生が不安に感じたことにたいする斎藤さんの回答はじつにはっきりしていた。島小学校の先生の精神が貧困であるものか。現場で自分をつくりあげることのほかに教師になにがありえよう?

教員室の窓から広い桑畑に夕暮のしのびより霧のようにけぶるのを眺め、点在する農家の白壁に昼の光の橙色のなごりがきらめくのを眺めていて、ぼくはあの子供たちはいま、あれらの家のなかで夕食をたべながら、明日の授業に胸をあつくしているのだ、と考えた。昼間の、解放されきった熱情的な合唱が、キラキラして激しくせまる子供たちみんなの顔とともに幻覚のようによみがえって、ぼくはしばらくのあいだ茫然としていた。

〔一九六二年〕

少年たちの非行のエネルギーは抹殺されるべきものか？

——少年非行問題

ぼくはまず最初に、ひとりの非行少年の犯罪の具体的なイメージを提出したい。これは東京家庭裁判所の調書からの任意のぬき書きである。

Kという十七歳の少年がいた。かれは強盗および婦女暴行をおこなって逮捕された。この事件にいたるまでのKの非行歴はこうだ。かれは小学校六年の時、近所の本屋で万びきした。この時、少年は警察で補導された。中学二年の時、かれは女性用の下着を物干台からもってきた。中学三年の時、小学校裏の空地で、女生徒に乱暴しようとしたが、騒ぎたてられて未遂におわった。この二つの犯罪について、少年は家庭裁判所で審判をうけ、結局、不処分ということになった。

この段階では、K少年についてふたつの意見が可能だし、K少年はまた、ふたつの青春のどちらを選ぶことも可能なわけだった。すなわち、ひとりの少年が本を万びきした。そんなことはありふれたことだ。たまたま、かれは女性用の下着を失敬した。そんなことも、あまり特別なことではないだろう。かれはまた、女生徒に乱暴しようとした。しかし、失敗したのだから、かれは本気で暴行するつもりはなかったのかもしれない。かれが、やがてこういう過去を忘れ、ごく普通の健康な若者としての青春をおくることになるとしても、それは不思議ではない。おそらく、かれを不処分にした裁判官は穏当にもこう考えたのだろう。

ところで、もうひとつの見方もある。すなわち、ひとりの少年が本を万びきしたが、その本は性的にいかがわしいものだった。かれは女性用の下着を、あきらかに性的な関心と目的から盗みとった。そしてついには、女生徒を乱暴しようとした。この少年には一貫して、性犯罪者たるべき素質があったのだ。やがて、かれは致命的な婦女暴行事件をひきおこして、自分自身の性向をつきつめるところまでつきつめ、完成した。現実的におこったのが、この第二のケースである以上、かれを不処分にした裁判官は咎められるべきだ、という声があるかもしれない。

しかし、この第一の場合と第二の場合の、どちらが現実として選ばれるかという問題は、じつに微妙で、その差は紙一重なのだ。それが非行少年の犯罪と、成人のいわゆる職業的犯罪者の本質的なちがいであろうと思うのである。

ぼくはさまざまな非行少年たちの調書を読むたびに、それら捕われた少年たちの、決定的な犯罪以前の、いわゆる《本件までの非行歴》という欄に眼をひきつけられずにはいなかった。率直にいえば、そこには、ぼく自身が少年時におこなった行為の域を出ないものが、たびたび記録されていたからである。少年時のぼくは(ということは、たいていの一般的な人間が、ということであるとしたいのだが)、いくつかのちっぽけな非行をした。しかし決定的な犯罪にはいたらなかった。それだけのちがいだし、それが最終的なちがいだったわけだ。

しかも、考えてみれば、ぼく自身、なぜ自分が決定的な犯罪にいたらなかったか? という確実な理由はみあたらないように感じられたのである。ぼくは不安な気分におちいった。この不安はその後、家庭裁判所で、審判を傍観する機会をあたえられたり、保護観察期間の少年たちを収容した施設洗心園をたずねて少年たちと話しあったりするたびに、ぼくがくりかえし感じたものだった。

非行少年の犯罪においては、その決定的な犯行の時においてすら、それが犯罪にいたってしまうか、そうならないかの、フィフティ・フィフティの瞬間はたびたびあらわれるようである。たまたまかれは犯罪者の道を選んだけれども、それは、たとえばぼくが犯罪者の道を選ばなかったことと同様、確たる因果律はなかったのではないかと疑わせる。

K少年の供述はこういうふうにはじまっている。《私はその晩、散策しようと思い、家を出た。》この冒頭の言葉は、かれあるいは非行少年一般の犯罪の根本的な性格を、じつに正確に表現し暗示している。その晩、かれとおなじような、あいまいな欲求不満の少年の数知れない大群が、散歩するつもりで、家を出た。そしてたまたま、K少年だけが、門のひらいている女だけの家にめぐりあったというべきだろう。少年は《ああ、今ごろあいている。この家にうまく入りこむと、何か物を盗ることができる》と考える。そしてかれは門をくぐったのである。そして犯罪が、舞台の正面によびだされたわけだった。

やがてK少年は眠っている被害者とその母親の枕もとに坐りこんでいる。かれは三十分間も坐っている。それから少年は目ざめた二人を脅迫して金をうばう。次にかれは食事をする。かれは、いかにものろのろした犯罪者だ。かれが婦女暴行しようと思いはじめるのは、それからなお時がたち、かれ自身の恐怖心から逃げるまえに二人を縛っておこうとし、そして、また時がたち、被害者が眠いからというので両手を自由にしてやろうとして、偶然被害者の乳房に自分の手がふれてしまってからである。少年の犯行はじつにスローモーに進む。かれは抵抗と、内心の犯罪への抵抗とたたかいながら、その犯行をおしすすめていっているように見える。かれ自身はそれを望まないのに、やむなく犯行をつづけているのだ、という感じさえある。

少年は、被害者と性交しようと思う。かれは女性との性交渉についてたびたび聞いたことがある。しかしかれはまだそれを体験したことがない。そこでかれの婦女暴行は試行錯誤にみちた、奇妙にまどろっこい、そして結果のはっきりしないものになってしまう。少年はあいまいな状態のまま被害者の横でうとうとする。夜明けに、少年は帰るようにすすめられ、被害者の母親のトリックにひっかかってしまう。結局、あわれな婦女暴行者はパンツひとつで逃走するほかなくなる。かれはどんどん逃げたが、近所の人びとに追いかけられ、そのうちに、パトロールカーがきてかれを捕えた。

この、のろのろして無経験な(童貞の婦女暴行者!)まのぬけた非行少年の犯行を仔細に検討すればするほど(かれはいったん婦女暴行をはじめてからも、長い時間をかけ、中止したり、また始めたりする。かれが本当に婦女暴行をねがっているのかどうかも疑わしくなってくる)、非行少年のさまざまな特性があきらかに見えてくるように思われる。

かれらは、いわゆる非行と、正常な行為のあいだを不安定に揺れうごいている存在だ。犯罪が決定的におこなわれるその瞬間まで、かれは揺れうごいている。むしろ、最終的におこなわれた犯罪が、過去にさかのぼってその少年の行動の翳りのなかに非行者の認識票を決定するのだ。したがって、非行の芽のごときものを頭のなかや体のはしばしに育てたまま、結局は、非行少年として自分自身を決定することなしに、この危険な年齢をやりすごすラッキーな連中は、ぼく同様、数しれないわけだろう。

警視庁の少年取締りのベテラン、精悍な現実派のユーモリスト、森警部補によれば、この種の非行の芽を摘発される少年たち、少女たちは、昨年、都内のその年齢層の者たちの一割に達したという。それらの膨大な数の新世代が街頭補導をうけたわけだ。もっともこの種の非行の芽は、いかにも正常な少年たちの日常生活の感覚に近い。たとえば、こうだ。

百貨店のガラス張りのラジオ放送局(この舞台装置は、消費生活ブームとか、マスコミュニケイションの肥大とかいう、今日のわれわれの社会のひとつのモデルだ)のまえの人だかりのなかで、森警部補は、二人の中学生にむかって、十五、六歳の二人の少女が近づいてくるのを見た。少女のひとりが、中学生たちにこう挨拶した。「今日は! 軟派しましょう!」そしてこの四人の即席の若い友人たちは喫茶店におちついたが、煙草を試みるまもなく、補導された。

この滑稽で、なんとなく愉快なエピソードもまた、非行の芽の摘発のひとつなのだから、日常生活への距離は短いわけだ。もっともそのようなちっぽけな非行の集積のなかに、致命的な非行や、いかにも反・日常的でショッキングな人生の秘密がひそんでいるのである。森警部補は、次のような少女をもまた補導した。

池袋の喫茶店で(ぼくは深夜そこへ行ってみたが、確かにいくらか誇張された印象の服装や身ぶりをする若者たちが集ってはいたが、ごく雑駁な場末の普通の喫茶店にすぎなかった)、十六歳の少女が、中学二年の可愛らしい少年に、ビタミンの錠剤ほどにも簡単に売られているひとつの鎮静剤をのませ、ふらふらにさせているところを見つけたわけだが、少女はこのようにしてなかば眠らせた年下の少年をホテルにつれこんで愛撫する、そういう性的習慣をもっている少女だった。そしてこの少女は、ある年長の男からうけた性心理学的傷痕を、このような形でみずから償っていたのだということがわかった。

森警部補によれば、補導される少年たち、少女たちは、最初にいくらかの反抗的態度を示すことはあるにしても、きまって、それを最後までつらぬきとおしはしないという。ぼくは戦後世代のわが非行少年たちがかれら独自の論理を駆使して、戦前派の取締官たちを圧倒する光景を空想していたので、一種意外な気持をあじわった。もっとも、性的非行を諭されて、あくまでも、それが自分の自由ではないかと主張しつづける少女はいたということだ。老練な警部補は性病をめぐる、ありとある悪夢をかきたてることで、ついにこの性的冒険家を不安におとしいれ屈伏させた。

非行少女たちが、いったん補導され、あるいは逮捕されると、いかに無抵抗に、おとなしく柔順な羊のごとくになるかということを、ぼくはやがて自分の眼で見ることになった。そしてぼくの非行少年の戦後的論理の威力という仮説は、すっかり崩れ去ったのだった。

ぼくは東京家庭裁判所で、非行少年たちの審判を傍聴してそれを認めたのである。

裁判官のまえにみちびかれる前に、すでに、少年たちの非行のすべて、かれらの性格や環境その他、非行少年たちの存在をめぐるもろもろのデータは、調査官によって綿密な調書となっている。すでにその段階で、少年たちの処分については定まってしまっているというほどの綿密さである。調査官は非行少年たちの生活の内側に入りこむ。調査官と非行少年たちの関係は深くむすびあわされ、それは永くつづくことになる。ひとつの施設で、保護観察中の少年たちは、調査官を味方、裁判官を敵というふうに感じて、裁判所にのぞんだ、と冗談めかして形容したものだ。調査官の仕事はきわめて多様で困難な内容をはらむことになる。

その日審判される少年たちの幾人かの担当者であった大塚調査官は、《わだつみの会》の中心メンバーのひとりであり、すぐれた歌人でもある。戦没学生の思い出から自分をときはなつことができず、きわめて地道で成否は疑わしく、煩瑣、繁忙、複雑でいやらしい人間関係や社会的歪みの確固たる抵抗やの網の目をくぐりぬけつづけながらも、素直な愛についても敏感でなければならない仕事をひきうけている大塚調査官。すなわちそのような人格が必要とされる仕事が調査官の仕事である。

大塚調査官の歌日記からふたつの章節をひこう。

《ヒューマニズムを口にすることは易い。しかし、時に全くひねくれ切っている少年少女に接すると、やり甲斐のある仕事と思っている自分の職も、ひどく嫌悪すべきものに、見えてくるのだ。

諭されて欠伸する児の顔見れば早やしらじらしわがいいいなりわいも》

《職務とはいえ、毎日、非行少年の家庭の内部のことを細々と訊かねばならぬ苦しさ、つらさ。今日、非行少年の母親から「そんなことまで話さねばならないのですか?」といわれてたじろいた。

容赦なく他人《ひと》の家庭の秘密訊く職久しくてこの鬢《びん》の白《しろ》》

調査官につきそわれて非行少年とその父兄が裁判官のまえに坐る。森田裁判官は、じつに優しくかつ厳粛に、少年と応答し、かれらの非行のイメージを浮びあがらせる。朝鮮人の少年の劣等感や、おばあさん子の少年の意志の弱さや、都会に出てきてたちまち悪い仲間につかまった農村育ちの内向的な少年というふうに、非行少年そのものの的確な肖像が、調書を前にした裁判官と少年との対話のうちにあきらかになる。

森田裁判官は、少年に対する優しさにくらべて、その父兄たちには不均衡なほど厳しいのだった。しだいにその厳しさは、たいていの父兄たちが、問題の少年たちにたいして、きわめて無力、かつ無責任であることを剔きだした。森田裁判官によれば、戦後の非行少年たちの共通の特徴として、少年たちがその保護者を頼りにできず、連帯感をもてないと感じている、ということがあるという。確かに、ぼくが傍聴していたあいだ、非行少年とともにあらわれた父兄たちはみな、驚くべきほどにも一様に、そのタイプの保護者たちだった。

このように非行の内容をあきらかにしながら、森田裁判官は、くりかえし道徳的な教訓を少年たちにあたえた。それが、この審判の特質のひとつだった。処分をきめて言いわたしたあとにも、いくぶん詩的で啓蒙的道徳にとんだ教訓がつけくわえられる。たとえば、かれひとりのいわば逃亡型の非行少年が審判される。かれは偽名をつかい、盗み、ありとある職場を、どんどん逃亡する、そういう少年だ。少年は荒川農園という葡萄園へおくられて調査官の保護観察をうけるという処分にきまった。森田裁判官の教訓は、そこに平々凡々といてはならないぞ、花は咲き、葡萄はもの凄い勢いでのびて行く、というような言葉で性格づけられるのだった。

少年たちはみな、じつにおとなしくすべてをうけいれた。この審判の特質のもうひとつは、少年たちに自己診断させることだが、少年たちはみな、全面的、徹底的に非行少年としての自分を否定し、悔いあらためていることを、貧しい言葉によってながら、ほとんど過度に感じられるほどにも真摯に告白した。ぼくは、例外的なひとりの少年が自分の非行を正当化するために熱弁をふるう光景を夢想した。しかしそれはまさにありえないことだった。かれらは償うべく夢中になっている、すっかりおのれをむなしくした《善き羊》だった。それが結局、ぼくにもっとも持続的なショックをあたえた。

森田裁判官もまた、おとなしすぎる少年について苛立っている、という印象があった。子供にとって抵抗感のある父親という人間のタイプを評価する森田裁判官にとって、おなじく抵抗感のある子供のタイプも評価されるべきものにちがいない。いうまでもなく、森田裁判官はその啓蒙的な道徳感覚によって数しれない非行少年たちを更生させてこられた方であって、氏の苛立ちは、もちろん道徳的な苛立ちであるが……

しかし、ぼく自身は、道徳とは無関係な苛立ちを、ある不安な気分、漠然とした失望感をいだいていた。数日後、ぼくは少年たちの施設のひとつ、洗心園を、青梅市の田園のなかに訪ねて行ったが、そこでぼくは、自分のそういう鬱屈した感情に形をととのえることができたように思うのである。ぼくは、ひとつの仮説をたてた。最後にぼくはそれを書いて、批判をあおぎたいと思う。

ぼくは雨もよいの暗い午後、洗心園へ向って、そこへ送られる二人の少年とともに出かけたのだった。少年たちは、ぼくが裁判所で見た、悔いあらためたかれらとおなじく、いかにもおとなしく、二時間のドライブのあいだ、姿勢をただし、ずっと黙っていた。洗心園は、いま加わりにゆくこの二人をいれて、三十人の非行少年たちが(婦女暴行がもっとも多いということだった)、一箇月から六箇月の試験観察をうけている場所である。

大原二三という婦人が雑木林をひらいてつくった民間施設で、すなわち篤志の民間人の社会事業に、家庭裁判所が、少年たちを委託するという形式である。ひとりの少年につき、家庭裁判所から二百六十二円で(去年までは百六十円だった!)一日のすべての生活をまかなうべく委託されている。そして施設費などはすべて洗心園主の個人負担である。農園はあるが、それも野菜などを自給自足するくらいのものだ。

少年たちはもっぱら、巨大な池をほったり、滝をつくったりという仕事、すなわち、かれらの洗心園づくりのために働いている。それが経済的にこの施設をうるおすということはない。もっともペンキ屋の小僧だった少年が施設をすっかり青くぬったり、大工の徒弟だった少年が、歪んだ窓をつくったりということはある。屋根屋の職人見習だった少年が、施設の屋根のふきかえの仕事をあたえられ熱情に燃えたという話も聞いた。かれはそれまで、いかなる小屋の屋根ふきかえの責任すら、とらせてはもらえなかったのだった。

洗心園の少年たちの印象は、まず、かれらがいかにもストイックだということだった。かれらは礼儀正しく、快活に挨拶し、軍人のような言葉で話した。少年たちは、《自分は……》といって非行少年だった時期のかれ自身を自己批判するのだった。ぼくはかれらのようにストイックな印象の少年たちに、かつて会ったことがあるとすれば、それは戦争のあいだ工場に働きにきていた中学生たちだけだ、と思った。

しかし、ストイックといえば、これら非行少年たちの非行自体、ストイックなものだという気がするのである。調書を読むかぎり、それはストイックで貧しい存在だし、非行少年としてかれらが味わう快楽は、いわば、《哀れな歓楽》の様相を呈している。ぼくは非行少年の溜り場を見て歩いたが、それらは例外なく貧しいものだった。大塚調査官も、森警部補も、最近、大人の遊びがゴルフなどをつうじてデラックス化したように、少年の遊びもデラックス化したという。その典型がボーリング場だという。しかし、ほとんどの調書の、かれら非行少年の生活圏に、デラックスな快楽の光はさしこまない。みんなストイックだ。

やくざ組織とつながりをもつ十九歳の工員がいた。工員はやくざの兄貴分の情人の、十六歳の少女と一緒に寝た。兄貴分が工員をとがめたとき、工員は仲間たちとともに、兄貴分をおそってドスをふるい乱闘し、兄貴分を傷つけた。工員はそのあとで自分の指をつめた。森田裁判官が、なぜそのような愚かしいことをしたのか? とたずねると、工員の少年は率直にも、報復がこわかったからだと答えた。

少年の愛と暴力と恐怖心の劇には、全体にストイックな感覚が一貫していて、ぼくは胸をうたれたものだった(この少年は、ぼくが家庭裁判所で見た、唯一の、屈伏しない少年だった。かれはいくらか反抗的に見えるほど毅然とし他人をうけつけない鋭い眼をして、亀みたいに凶悪な表情を示すこともあった。いちど少年院にいたことのあるかれは、そこへ戻ることを恥ずかしがっており、結局、この傷害事件の裁判を成人のあつかいで正規の裁判をうけることにきまったとき、それは森田裁判官のくだした最もきびしい処分だったが、この日、審判をうけた少年たちのうち、いちばん幸福そうな表情をした、かれの印象は深く残っている)。

夕暮れ、洗心園でぼくは数人の少年たちと話しあう機会をあたえられた。かれらはみな、個性的な美しい顔をした子供たちだった。ぼくは、礼儀正しくひかえめに微笑して坐っているかれらを見て、かれらが逮捕されるまえ、すなわち、この善良な家畜として飼育されるべく捕獲される前、非行少年として野獣のように盛り場で暮していた時分、いかに輝くように魅力的な小悪党どもだったろうか、と考えた。羽仁進の素晴しい映画『不良少年』の美学的モチーフはおそらくそういうところにあったのだろう。

しかし、いま少年たちは悔いあらためていた。かれらは老人が、自分の愚かしかった青春をかたるように、その非行の時代を回顧した。しかも、いささかの懐かしさの感情すら許容せず、ひたすら否定的にである。そしてかれらは、現在の洗心園での生活を全面的に評価するのだった。

かれらはユーモラスに、こういうふうに施設での生活について話しはじめる。最初に小さなトリックをはさみこむわけだ。この施設にくる途中、車の中で補導担当の先生は、あすこに行けば、動物の世話をしたり、花を育てたりするのが仕事だ、楽しんで暮してくれ、といった(それはなぜだろう? 人間通の調査官たちの気の弱さからの嘘だろうか? こういう例は、本当に多いそうだ)。ところが、ここへ来てみると、スコップを持って土方だ。毎日、池をほったり築山をきずいたり。これが少年たちの話術のちょっとしたトリックなのだ。かれらはすぐにつづける。そういうわけで最初は辛かったが、いまは本当にここでの生活を愛している……

少年たちは、いま穏和で清らかだ、しかしなにか脱落したものがある、とぼくは考えた。そしてそれは、かれらに出園後の希望を聞いた時、もっとはっきりしてきたのだった。ひとりの少年は義兄の所へ行って働くといい、もうひとりは、家族の所へ戻るといった。またひとりの少年は、現在手伝いに行っている漬物工場につとめるつもりだといった。ぼくはかれらの成功を祈りたい。ただぼくには、かれらが、出園後の生活について、ハイティーンらしい夢をかたる者はもとより、いくらか奥行のあるプログラムをももっていないことに、やはりショックをうけずにはいられなかったのである。

少年たちは出園後の自分の希望として、最も小さい希望を選び、いちばんちっぽけな、いちばんおとなしい未来を選んだのだ。それも、ひねくれたり、世をすねたり、シニックになったりというのではなく、善良に頬を微笑でうずめてそのように語ったのだ。

それはなぜだろう？　そしてぼくはそこへ、ぼくの苛立たしい不安な気分と、あいまいな失望感とを帰着させることになったのだった。

そこでぼくの仮説はこうである。

非行少年たちは、逮捕、審判、更生への道というエスカレーターの上で、つねに非行時代の自分を悔いあらため、否定してきた。犯した罪を償い、更生するという目的にそって、かれらはその柔らかい頭に、非行時代の自分の人生の時にたいして全否定の態度をとるべく強制してきた。その結果、かれはごく正常な自信をうしない、おとなしすぎる柔順な羊のごときタイプとなった。自分の過去を総懺悔的に全否定し、現在の他人どもからあたえられた枠を全肯定して、それによりかかっている少年に、かれ独自の未来への感覚はうまれないだろうではないか？

かれらの非行少年としての人生の時は、もっとも大切な青春のエネルギーの開花期でもある。したがって、かれらの非行時代にも、生きいきした良い要素は豊かにあったにちがいない。それらは、かれらの未来へのバネになるものであったろう。しかし、かれらは、非行時代をすべて否定し、未来へのバネとなるべき良き芽まで踏みつぶしたのではないか？　それでは自信を喪い、手さぐりで前へ進もうとして、最も卑小な希望にすがりつくほかないだろうではないか？

ぼくは、わが非行少年たちが、更生後、非行の時のエネルギーを幸福に開花させることのできる奇跡を夢みる。非行少年と、われわれ自身の少年期のさまざまな瞬間のイメージとは、時に区分不可能だ、それらはともに危く微妙なバランスの上を揺れうごいている。したがって、たとえばあの童貞の婦女暴行者が、まごまごした奇妙な犯行のあとパンツだけで夜明けの街を逃走し、逮捕されるという不運に向って、このバランスを踏みこえたにしても、かれの青春の最初の時のすべてのエネルギーの芽が全否定されてしまうことは、あきらかに不当であろう。

ぼくは、かれら悔いあらためたおとなしいもと非行少年たちに、かれ自身の過去の非行時代への、自由な財産調べの再検討を望みたいと思うのである。

〔一九六四年〕

VI

今日のクラナッハ

出会い　去年の秋から冬にかけてのヨーロッパ旅行で、ぼくは美術館にゆくたびにクラナッハの絵をさがした。そして結局その一枚も見ることができなかったのであった。フロレンスでティシアンやボッティチェリを見た幸福なある秋の昼さがり、ぼくはクラナッハの系列としかいいようのない一枚の絵をも見出していた。しかしそれは十五世紀前半の絵で、しかも大方の美術書では、クラナッハはイタリアのいかなる画家の影響もうけることがなかったということに一致している。ぼくには自分の目を信じないほかに仕様がなかった。

この旅行のあいだ、ぼくはクラナッハをまったく見ることができなかったわけだが、それは考えてみるとかなり不思議な話なのである。パリでぼくは、もしルーヴルにゆけば、クラナッハの『若い娘の肖像』一五二〇年前後を見ることができたはずであった。しかしぼくはパリに五十日もいながら奇妙な固定観念からルーヴルを訪れることがなかった。しかもそのあいだじゅう、クラナッハを見たいと、いつも考えていたのだった。

レニングラードのエルミタージュへは二度でかけた。そしてかなり丹念に見た。廊下の途中の暗がりに斜めにまがってひっかかっている不運なブリューゲルに気がついたりもした。しかし、そこにあるはずの『ヴィナスとアムール』一五〇九年という、クラナッハの最も若いころの作品を見た記憶がない。それはいま思ってもじつに胸が暗くなるほど心のこりなことである。

クラナッハはぼくにとって高校生のころからもっとも重要な画家であった。ぼくは精神分析に興味をうしなっているが、ぼくが生まれてはじめて、恐怖感なしに見ることのできた裸婦の絵がクラナッハの複製であった。それから現在にいたるまで、十年以上もクラナッハは、ぼくにとってあらゆる女性的なるものの根元に位置するイメージを供給してくれた。しかもそれはすべて複製をつうじてであったのだ。

冬のなかばのパリでぼくは日本にかえる準備をしていた。そして食事にでたかえりに小さな書店でクラナッハのイヴの部分を金と黒で刷った表紙の『エロティク文学集成』という本を見つけた。そしてそれを買うときぼくは、自分はむしろこの書物の印刷されたページより表紙がほしいのだ、と書店の女主人にいった。彼女は翌日もういちどくるようにといい、そして約束の時間にぼくが顔をだすと、にこにこして大版の画集をさしだしてよこした。カイエ・ダール版の『ルーカス・クラナッハ・アンシァンの裸婦』である。それはクラナッハに関するかぎり不運の連続だったぼくのヨーロッパ旅行の最後におとずれたひとつの小さな幸運であったわけである。

いまぼくはクラナッハについて自分の考えをのべようとして勇気がくじけるのを感じる。クラナッハは実際はどのような色をしているのか、どのようなマティエールの感覚なのかぼくは知らないし、ドイツ絵画の伝統についてもほとんど知るところがない。

ただぼくは、自分の裸婦にたいするイメージの根底にすわりつづけてきた自分のクラナッハにたいする、信仰告白をおこないたいと考えるのである。そしてまたぼくはぼくなりにクラナッハが今世紀にはいってはじめて、ひとつの理想的な女性像の典型の画家となった理由を考えてみたいとも思うのだ。

クラナッハについて書かれた文章は、ぼくの読んだかぎりでは、かれが絵画史にあらわれた瞬間からかれ独自のスタイルをもっていたこと、とくにいかなる流派の影響をうけたということもないらしいこと、とくにその絵画の発展の上に大きい変化の契機がおとずれたようでもないこと、などをあきらかにしている。それはごく一般的な鑑賞家にすぎないぼくに誤ちをおかす機会をかなり少なくしてくれるはずの事情である。

樹木　ぼくはゴッホの初期のデッサンで、黒っぽくごつごつした樹が、克明にたくみにえがかれているものひとつの複製を永いあいだ大切にしていた。パリとモスクワで大きいルソーを見たときは、その豊かで具体的な樹の部分に茫然としてしまうほど感動をうけた。それは複製で想像していたよりずっと独創的で技巧的な技や葉の処理で、まさに圧倒的に樹木の樹木たる本質をみちびきいれている絵だった。

ほかにも樹をたくみにえがくことのできる画家は、たとえばピエロ・デラ・フランチェスカやボッティチェリ、プッサン、ピーター・ブリューゲル、そのような画家が、ぼくは例外なく好きだ。それも樹を、細部にわたってくっきりとえがく画家が好きなのである。

その理由について考えてみたことがある。きわめて個人的な告白になるけれども、ぼくは風景画のなかに人間があらわれてこないと妙に不安になってしまう。そのかわりに、あたかも人間のように、くっきり個性をもった樹木がそのなかにあれば、不安はしずめられる。風景のなかで、あるいは画家の心象のうちなる風景のなかで、樹木は第二の人間なのだ。それにまた技術的なことをいえば、樹をしっかりかりかける画家は、たいていい非常に技術のたくみな画家ということになるようである。立派な画家と上手な画家という二つの言葉はもちろん、まったく別の次元にかかわるのだが、偉大な画家でしかもきわめて上手な技巧をもった画家といえば、かれはきっと樹木をたくみにえがける腕と目とをもっているように思えるのである。

幸福なことに、ルーカス・クラナッハも樹木をえがくこと実にたくみな画家である。『パリスの審判』一五二八年の魅惑は、右下四分の一の三人の女たちと、左下四分の一の鎧で身をかためた二人の男と馬と、そしてそれらとおなじ重みで、この絵の前景の大きい樹と人物の背後のほぼ三種類の樹とによって分けもたれているように思われる。

前景の大きい樹木はほとんど裸の幹のみで、この絵の縦の構成を担当している。そして上の五分の一のところで幹は三つの枝にわかれ柏のように大きい葉をつけて、この絵の上半分の密度をたかめ充実させ絵を安定させる、いわば空のかわりの役割をはたしている。まずこの樹の幹のしなやかな輪郭、幹の肌のひびわれ、くぼみ、そして枝にわかれてからの樹幹よりなおこまかい枝のつき方、葉の茂り方がじつに美しい。この樹はクラナッハの裸婦がそうであるように、腰の高い樹なのだが、柔軟で均衡がとれ安定している。それはたいていの現実の樹木がそうであるように、である。

そして画面の横の構成の軸になっているのが近景と遠景とをくぎって横にひろがる樹木群である。それらは前景の樹のように具体的にえがかれているというよりは、おなじく精密にえがかれながら、むしろタピストリーやミニアチュールの樹木のような、別の精密さをもっているほぼ三種類の樹木群で、それらは色や形や質の感じが、様式化されたといっていいほど入念に区分され個性づけられてえがきわけられ、かきこまれている。裸婦の部分だけの細部複製をみると三人の裸婦のあいだに、じつにしっかりした小枝や葉がのぞき、そして女たちの裸の足にまつわる下草も現実感にみちている。

このような樹木はいまもなおお高フランケン地方にあるだろう。ぼくはそれを見にゆきたいと思う。クラナッハの裸婦のような形をした女たちはもうこの世界にほとんど存在しないかもしれないにしても、これらの樹木群は、クラナッハがえがいたとおりに、正確に、均衡にみちて、細部までくっきりとあざやかに、ドイツの肥沃な土地にいまなお存在しているにちがいない。

これは感傷的な空想にすぎないが、同時にそれはぼくがクラナッハの樹木の細部についての正確さを信頼しているということでもある。裸婦のデッサンについての議論はしばらくおくとしても、樹木とか建物をふくむ野外風景の細部の正確さ、室内風景の細部の正確さ、そして人間の服装の描写の正確さは、クラナッハの美徳のもっともおおいなるもののひとつであることが確かだ。

『目《ルーユ》』誌一九六一年六月号にクラナッハの『支払い』一五三二年のまことに詳細な分析が試みられているが、それはクラナッハの細部の正確さへの賛嘆とでもいうべき性質の文章である。さまざまな野鳥の獲物、銃、狩笛、金貨、パンと布、蠅、葡萄、オレンジ、石榴、時計、ナイフなどが克明に描写されている室内(もっとも蠅は前景のナプキンにとまっているものの正確さにくらべて、後景のガラスを鉄でかこんだ草の葉の汁のような色の窓にとまっている二匹のデッサンが不正確で、分析者はおそらくクラナッハ以外の人間の手によってかきこまれたものだろうといっている)、それに対するに窓の下半分から見える風景の細部の密度がここで分析される。風景の部分だけ拡大した図版をみると、確かに、分析者のいうとおり、この城郭を中心にした風景は、室内の二人物をえがきだした絵の一部分として窓枠のなかにそれがかきこまれているというのではなく、描写風景画《ペイザージュ・ポルトレ》の印象がある。分析者はこう注釈しているが、ぼくはそれを信用する。《この風景は、巨匠の生誕の村であり、そこから巨匠が自身の名をえたところの高フランケン地方、クロナッハの村に似たるところなしとしない。》

これら明確に細心に風景を、風景のなかの樹木をかきこんだクラナッハの絵をみながら、ぼくが嘆息のごときものをもらすのは、現代の絵画がなぜこの種の絵画観をすてさってしまったのかと、いわば繰り言をくりかえし考えるからである。現代絵画がすてさったさまざまなるものの、そのもっとも愛惜されてしかるべきものが、たとえばクラナッハのこのような樹木群である。

ピカソがクラナッハを摸してつくった数種の『ダビドとベトサベ』というリトグラフではクラナッハの克明な樹木は、ゴムの樹のように単純で大柄な葉の樹木にとってかわられている。それはクラナッハの絵画のひとつのモティーフとしての樹木がピカソの目にごく大きいものにうつったことを示すことで、ぼくにひとつの満足をあたえ、また今日のヨーロッパでもっともたくみな指をもった画家にとってもクラナッハの時代に樹木がうけた鄭重なあつかいは、すでにすてられてしまった昨日の技術にすぎないとさとらせることで、ひとつの虚しさをあじあわせる。明日の画家はどのような樹木をえがくのだろうか？　いずれにしてもクラナッハの時代の絵画における至上の樹木のごときものが再びあらわれることはあるまい。それはなぜなのだろう、とぼくはいつも素朴な疑問をもっているが、ことは樹木にかんするけれども、おそらくヒューマニズムの歴史にかかわる事情があるにちがいない。くりかえせば、樹木はかつて絵画世界において第二の人間だったのだから。

裸体　樹木がいかにも細部にわたって正確なように、クラナッハのえがく女たちのデッサンも正確なのかどうかということは、クラナッハについて批評あるいは鑑賞の文章をかくものたちがつねに考えこむ問題のようである。クラナッハの時代の樹木はいまも高フランケンの森に茂っているが、今日の女たちはクラナッハの時代の女たちとちがうだろうという予想が、この問題を神秘化するわけである。

まずこのような乱暴なことをいう歴史主義者がいる、《およそ古代とはかけ離れた彼女たちの体つき、強い曲線だけで構成された輪郭、くねらせた細い四肢、S字形のひねりなど――は、彼女たちが旧いゴシックの世界の住人であったことを告げている。》

この文章家は、クラナッハがその時代の女の裸体を具体的に正確に描写した、と考えるがわにに属しているわけである。また、次のように書くかなり啓蒙的な批評家もいた。《ここで注目をひくのは、北欧の美神とよばれるこれらの作品の不思議なフォルムローズィッヒカイト、形体喪失である。独特のうすものをまとわせて、たくみに女性の裸体の完全な描写をしながら、なぜこのような形体の改変をおこなっているのであろうか。》

この文章家は逆のがわに属する。もしぼくが農民戦争の時代におもむくべく過去行きのタイム・マシンに乗ったとしても、クラナッハ型の裸体にめぐりあうことはできないというわけである。このような議論が、いわば過度に素朴で美術論とは別の世界にあることは、ぼくにもわかっている。しかしクラナッハの裸体がぼくの感情世界を永いあいだ支配してきた以上、ぼくもたびたびこの種の空想におちこまざるをえなかったのである。

そしてぼくはクラナッハ的裸体の実在を信じたいという身勝手な願望もあいまって、さきにのべたカイエ・ダール版『ルーカス・クラナッハ・アンシァンの裸婦』の編纂者、解説者であるクリスチァン・ゼルヴォスの意見にくみしている。

ぼくは初め、クラナッハとルターの精神関係について知ることを目的にしてゼルヴォスのテキストを読みはじめたのだったが、ゼルヴォスはそれについてまったくふれず、ただクラナッハの裸体についてのみかたっているといってよかった。ちなみにぼくは、あの熱烈にして峻厳な宗教改革家と、この最もエロティックな裸体の画家との親密な会話がどのようなものであったかを知りたいのである。しかしクラナッハとルターの関係については、クラナッハが描いたルターの肖像画と、次のような伝記的事実とをつうじて空想するしかない。一五〇五年にクラナッハはザクセン選帝侯フリートリヒにまねかれてその宮廷の画家となった。フリートリヒ侯はルターの庇護者である。王は思想家の雄と芸術家のもっとも個性的な才能とを、その宮廷でむすびつける奢侈をあじわったわけである。新教世界の中心であるヴィッテンベルクの町で、クラナッハは市長にさえ選ばれたし、ルターの好意で聖書の印刷と薬販売の独占権という有利な特権もえた。

ほぼおなじ時代のドイツを舞台にしたジャン・コクトーの『バッカス』を読んだとき、ぼくはルターとクラナッハの会話を空想したものであった。現実的な利益をえることにも敏感で政治的な地位をかちとるだけの魅力と権謀術数をもち、《一時間と休むことなく勤勉でつねに画筆をとり、他の絵かきのおよばぬ素速さで》あのエロティックな裸婦をかいたクラナッハは、コクトーの世俗的成功をとげた老怪物兼芸術家のイメージに近づくように思われたからである。そのようなクラナッハと、狂信的でかつ現実的な打算にもとんだ宗教家との対話はおそらく『バッカス』の世界に似かよっていたにちがいない。ついでに書いておくのだがコクトーはアラゴンとの対話による美術批評『ドレスデン美術館についての対話』において、クラナッハのハインリッヒ信心侯の肖像にふれ、侯の背後の犬の尾が悪魔の尾のようで、しかもそれが侯自身の尾のようにも見えるということを指摘している。そのような不遜な肖像画を権力者についてえがいたクラナッハという形で、コクトーはかれのイメージにちかいクラナッハ像を暗示しているように思われる。この肖像画はクラナッハのきわめて装飾的な衣服の描写力がもっとも華麗にあらわれた作品で、藤田嗣治の豪華絢爛たる角力取りの肖像画の源がここにあることはあまりにもあきらかだ。なお藤田嗣治の少女の肖像は、顔や髪や衣服にいたるまでクラナッハの深い影響下にあるように思われる。

さてクリスチァン・ゼルヴォスがクラナッハの裸体について熱い礼賛の声においてかたるところのことを紹介しよう。クラナッハの絵画はヴァン・エイクやベリーニ、ボッティチェリ、レオナルド・ダ・ヴィンチ他の画家たちの理想主義的なあこがれにたいする反動であり、クラナッハは精神的、知的情熱から解放されて、生命の力そのものによってひきおこされる緊張、活発な動機、偶然の行為などを、その才能の真の源泉として描いた、とゼルヴォスはいう。

《クラナッハは正常な生活の眺めの外に身をうつして、かれにとって見知らぬものでない、ごく親しいもの以外を見ることを拒む。かれは人間世界に確固と足をおろし、かれの絵画の証人につねに現実世界を喚起

する画家なのだ。》
ゼルヴォスによれば、裸婦をえがくことたくみなほぼ同時代の画家たち、たとえばボッティチェリはいわば凍りついているようだし、ラファエルはおおかれすくなかれ因習的であって、クラナッハだけがその想像力において規範《カノン》にしたがうよりむしろそれを打ち壊し、裸体のなかにイメージの真に創造的な衝動を発見する。クラナッハはいかなる形而上学、哲学や美学からも自由になった最初の男として、裸体に没頭したわけである。そこで、《クラナッハによってえがかれた裸婦はけっしてスタティックでない。芸術家は、主要な線をおきかえて裸婦を動きと緊張のなかに表現しようとする。胴のねじれや、ほとんどアクセントのない腕や足の非屈曲で、それらの裸婦の感情を表現することに成功する。》そして風景も獣たちも、その裸婦がひきおこす感情のおののきを強調するためにのみ導きいれられるのである。
ゼルヴォスはクラナッハを神学から美学にいたるあらゆる形而上学にとらわれないで、現実の裸婦のごく任意の動きや表情に密着することから出発したリアリストとするわけで、かれにしたがえば、ぼくの望みどおりクラナッハの裸婦たちは具体的な現実感をもつことになる。
ぼくにはゼルヴォスの《任意の行為《レ・ザクト・スポンタネ》》という言葉が興味深い。『パリスの審判』一五三〇年で三人の女神たちはじつに自由で偶発的で任意の姿勢をとっている。いちばん左の裸婦は左足をお尻のしたにもちあげて無表情な左手でささえており、中央の裸婦は両手を背後にまわして風か水の流れにでもさからっているように体をねじり、そして顔にはそれとまったく無関係な表情をうかべている。右はしの裸婦は幅のひろい庇の帽子をかぶって、それ以外には滑稽な首かざりだけをつけてぼんやり佇《た》っている。三人の表情には、じつにちぐはぐで無関係なおかしさがかもしだされている。一五二八年のおなじテーマの絵にくらべれば一五三〇年のこの絵の方が比較をぜっするほど自由で任意で偶発的な態度の三人の裸婦をえがいている点で、クラナッハがどのような方向にむかってうごいたかはあきらかのようである。

この無関係で任意なポーズを、鑑賞者の心に喚起される感情のがわからいえば、それはコミックな効果をあげるポーズということになるだろう。一五三〇年のこの絵の婦人たちのポーズがチャールストンの時代のナンセンス・エロティシズムの表現や、今日のハリウッドのソフィスティケイテッド・グラマーのエロティシズム表白ときわめて似かよっていることは暗示的だ。

この側面からクラナッハの裸婦の性格をとらえたものとしてトーマス・クレイヴンの編纂した『ルネッサンスから今日にいたる芸術的名品の宝庫』の解説がある。それはクラナッハの裸婦のフォルムの一般的特徴にもふれて明快にそのコミックな性格を指摘する。

《かれはユーモアのセンスをもっており、まったくそれにふけったのだ。かれはコミックな要素を裸婦のなかにもちこみ、しかも淫らになったり軽率になったりすることがなかった。この実現については他のいかなる一流の芸術家もかれにかなわない。》そしてまた、《クラナッハはかれ独自の裸婦のタイプを発明した。ロング・ショットでとらえた汁気たっぷりのドイツの娘《メッチェン》さんではなく、広い額と斜めの目、小さな口と顎とをした、すらりとして腰の高い娘を、かれは陽気な想像力と生まれつきの率直さでえがいたのだった。》

クラナッハの裸婦がかつて実在したかどうかという、美術には無関係な問いへのぼくの希望的意見を具体的にいえば、まずそれはあったと信じたい。クラナッハの裸婦の非現実感は胴体とまったく無関係な表情をもった頭と腕、ときには足に由来するようである。胴体そのものに限ってみれば、小さな丸い乳房とふくれあがって臍の位置の高い上向きの腹とのあいだの、細い部分のほんの少し平板でほんの少し長すぎる感じだけが、いわゆる規範《カノン》の裸婦になれた目をうらぎる要素である。しかし現実にぼくらの周囲で任意に偶発的に生きて動いている女たちの胴体の、奇怪な反・規範《カノン》性にくらべれば、それはまったく問題にならない。ある冬のこと、ぼくは北海道の温泉地の旅館のプールのような浴場にひとりでいた。そして突然に五十人ほどの女の団体客がそこにはいってきたときの、奇怪な胴体、奇怪な手足、奇怪に無表情な頭のひとかたまりからこうむった深甚な恐怖感を忘れることができない。ぼくは笑いに身悶えしながら恐怖したのだ。

裸の女が規範的な美のひとつの形式を構成しているという予定調和思想は、この不信の時代になぜいまなお生きのびている思想なのであろうか?

エロティシズムと死　クラナッハの裸婦においてその頭部、手、足と胴とに、あるいはその裸婦の行為と、その肉体の全的な反応とに、もっともあきらかな無関係、非連続の感覚があらわれるのは、一連のリュクレースをテーマとした作品群においてである。

『リュクレース』一五一八年前後はクラナッハの裸婦としてはもっともルネッサンスの規範《カノン》にちかい女をえがいている。ただこの女はさして力がこもっているというのでもない無表情な柔かい右手に剣をにぎっていて、それをみぞおちのあたりにつき刺しているのである。ゼルヴォスはクラナッハの裸婦がけっして乳房をかくすことのないことを指摘するが、このリュクレースの端正な腕輪をはめた左腕も、古典バレーの基本型のひとつのように、かろやかに胸の上部に位置するのみである。顔の表情もとくに苦痛を表現するとはいえない。それにしても裸婦の左上方にひらいた明るい窓のなかのしなやかな樹木の正確な美しさはどうだろう。

『リュクレース』一五三二年では明るい窓の風景がきえさるかわりに、この自殺しようとする裸婦はただ、その憂わしげな目と、強い表情をおびた唇で苦痛をあらわすのみである。左手はかろやかな薄布をつまんでさえいるのだ、踊り子のように。それ以後のいかなるリュクレースも、むしろ神話的な伝承のなかの一人の女の役割をポーズしている一人の女の印象の方が強い。クラナッハは物語あるいは形而上学的観念のなかの女をえがくかわりに、現世の、ポーズしているモデルの女の真実をえがきだしたわけである。

一五三七年の前後にかかれたリュクレースはいかにも悲劇的な情念とエロティシズムにみちているが、それはこのポーズをとっているモデルがきわめて秀れた演技者であったことを、むしろ示しているように思われる。それでなお、血のしたたる肉体のうえにのっかっている女の顔は苦痛、恐怖よりむしろ、かるいもののおもい、憂いをあらわしているにすぎない。

《エロティシズムについては、それが死においてまで生の称賛であるということができる》というジョルジュ・バタイユの言葉をぼくは思いだす。もしクラナッハの裸婦が本当に自殺をこころみる女の肖像なら、それは直接にバタイユの言葉の具体化であるだろう。

ぼくにはいま思いあたることがある。クラナッハのさまざまなリュクレースをみながら、ぼくは舞台で自殺する女を演じる女優をみるときとおなじように、このまったきエロティシズムの生の充実のなかでしかも死んでゆこうとする女という、絶対的な矛盾の現実的な克服のイメージに酔っているのだ。ぼくはリュクレースが快楽と無関心と軽い憂鬱のなかで、もっとも残酷な死をとげようとする絵画のまえで、自分の心と肉体に巣くう死への恐怖にいっぱいくわせているのだ。そしてそれは、今世紀にはいってのクラナッハ復活のもっとも根本的な動機のひとつであるはずなのだ。

そしてぼくはまた、嵐のごとき宗教改革者が死の恐怖をなまなましく回復し、地獄の実在感をいやがらうえにもたかめた戦乱のあいだの時代に、死期をひかえた実力者の老人が、陽気な冗談とも真摯な願いともとれる一種の無関心の態度で、この逸楽にみちた自殺のイメージをくりかえしえがいている様子を思いうかべるのである。

〔一九六二年〕

裸体の栄光と悲惨

絵画にえがかれた裸体ほどにも美しい裸体が現実世界に存在することはない、という啓蒙的な知恵は、絵画にえがかれた裸体ほどにも醜い裸体が現実世界に存在することもまた、ありえないという、もうすこし高度な知恵によっておぎなわれなくてはならない。

それでは、どのような裸体が、絵画の歴史において、もっとも美しかったかといえば、それは、ジョルジュ・バタイユが『エロスの涙』でつぎのようにいうとおりであろう。

《あらゆるエロティックな絵画のなかで最も魅惑的なものは、私の考えでは、マニエリスムという名で呼ばれたものである。しかし、それは、現在でもなおよ

く知られていない》

フォンテーヌブロー派の裸体の美しさは圧倒的で、それは、このエコールの絵画そのものの退屈な平板さと、不思議な無関係さにおいて、平和共存している。

フォンテーヌブロー派の素裸の貴婦人、あるいは高級娼婦たちは、美しい裸体と、そしてなによりも印象深く、美しい容貌をそなえている。いったい、画布の上の裸の女たちが、その裸体の美しさとともに、容貌の美しさをも、あわせ要求された時代の終焉はいつのことだったろう？ いまや、なお美しい裸体に固執する昔気質な画家にしても、その体のうえに、絶世の美女の頭をのせはしない。

現代のフォンテーヌブロー派は、どこにいるか、どこに、どのように姿をかえて生きのこっているか？今日のフォンテーヌブロー派の末流は、僕の考えではたとえば『プレイボーイ』誌のカラー・ヌードの写真の製作者たちである。その素裸の、あるいはそれこそフォンテーヌブロー派めいたウスギヌをかぶった美女たちには、現代のマニエリスムとでもいうべき効果のすべてが背負いこまされてある。しかもグラビアの前後にはモデルとなった裸体の持主が、今日のアメリカ社会の、貴婦人と高級娼婦の折衷体のごときものであることがあきらかにされるというわけである。

ところでビュッフェの裸体は、もっとも醜い裸体のひとつであろうが、僕に興味深く感じられるのは、女の裸体への嫌悪で頭と指を燃えたたせんばかりのビュッフェの裸体が、時として、あの美しい裸体の描き手、デルヴォーを喚起することがあるということである。

デルヴォーは、すばらしい陰毛と、ぽってりとした大腿部との賛美者だった。もし二十世紀が過去の裸体の栄光の時期にたいして、この世紀独自の裸体の美しさを主張できるとしたらデルヴォーをはじめとする、シュールレアリスムの画家たちの仕事においてだ、といっていいかもしれない。バタイユによれば、《要するに、今日のマニエリスムを代表しているもの》である、シュールレアリスムが、フォンテーヌブロー派を彷彿させる美しい裸体を数多くつくりあげたことは筋にかなっているが、その典型デルヴォーの、いかにも画家の趣味らしい、いくらかおとろえた小さな乳房と、ふくらんだ下腹とは、すなわちビュッフェの悲惨な裸婦たちの属性でもあるではないか？　デルヴォーは裸の女たちへの熱愛から、ビュッフェは、やはり熱い嫌悪から、おなじタイプの裸体への固執に到達したということであろう。

したがって、画家たちの裸体の印象から、簡単にいくつかの定理や教訓を抽出することは困難だし、たびたび滑稽な自家撞着におちいるよりほかなくなってしまう。しかも、同時に、画家たちのつくりだした裸体についてほど、その栄光の時代から、今日の受難の時代にいたるまで、われわれが、なにごとか言葉をとおしてかたりたいという誘惑をよびおこされる主題は絵画世界に他に見あたらないはずだ。

＊

もっともデルヴォーやビュッフェという具象的な画家たちにおける裸体の問題は、反・具象的な画家たちの裸体の問題にくらべればずっと容易だというべきかもしれない。

抽象絵画の画家たちにとってもなお、緊急に裸体が必要であるのはなぜかというのが、単純ながらもっと困難な問いである。かれらが、若い時分、美術学校で、裸体のクロッキーの時間を忍耐しなければならなかったなごりというだけではないだろう。しかも、具象的な画家から、いわば反・具象的な画家にいたるまで、おそらくは画家たちの数とおなじほど、さまざまな段階がある。

ピカソの、鉄板でつくったジャクリーヌは、人間の裸体にきわめて深くよりかかっている。臍や、下腹の黒い半月形は、おおいに、具象的な意味を主張しているようにみえる。ところで、この鉄板のジャクリーヌ全体は、一羽の猛禽みたいな感じであって、それは具象的な裸体からは遠い。そこで、われわれの目は、裸体・性的なるものという具象的な感覚と、鳥のようでもあり、鉄片のカカシのようでもあるもの、という反・具象的な感覚との、いわば弁証法的なからみあい、一箇のささやかなドラマを見ることになるのである。

しかもこのドラマは軽快なコメディだ。ユーモラスな明快さにみちている。そしてそのユーモラスな気分には、たしかに、性的なるものが作用しているように感じられる。現代においても、古代同様、性的なるものをユーモラスに処理する才能をうしなわない芸術分野は、画家たちのそれである。

裸体のかたちをしていたチョコレート菓子がすっかり溶けてしまい、クリームが泡みたいに浮びあがってきて模様をつくっている、そういうふうな、デュビュッフェの裸体もまた、グロテスクではあるが、独自のユーモラスの印象をうしなうことはない。そしてそのユーモアもまた、裸体そのもの、性的なるものに由来するエロティックなユーモアであろう。この溶けてしまった人間が、壁の落書きみたいな性器を確保しているのは、一種のオマジナイのようなもので、すなわちグロテスクな恐怖や不安を、滑稽な性象徴のオマジナイで追いはらいたいのである。しかもなお、オマジナイはオマジナイにすぎない。エロティックなユーモアを圧して恐怖の声が鳴りひびくように感じられることもある。すなわち、このタブローにおいてデュビュッフェは、ピカソの軽喜劇のかわりに、胸がわるくなるシック・ジョークの匂いのする、そして、こけおどかしのようでもあれば、キチガイがヒーローの心理小説めいた深刻さもある、人形劇をもくろんでいるのであろうと思う。そして、裸体そのものが、フォンテーヌブロー派の時代に、薔薇色の栄光にかがやいていたとすれば、やはりデュビュッフェの時代にいたって、裸体は壁の猥ざつな落書きじみた悲惨をあじわっていることになるかもしれない。しかもなおデュビュッフェは、フォンテーヌブロー派の誰よりも、ヒューマニスティックな精神の持主のように感じられるのである。それがなぜなのか、僕にはわかりはしないが、すくなくとも、絵画世界の《裸体》と人間性とは、どのように古典的な時代であれ単純に直結してきたのではなかった。

フランシス・ベーコンの絵画の領域でも、なお裸体は、具象的な裸体の喚起するところのものをとどめているように見える。しかし、その裸体は、あざやかな肉体の色、あるいは皮膚を剝ぎとったあとの、ほんとうに赤裸の肉体の色彩をしめしてはいるものの、その形は、焼死体のようだ。歪み、ねじくれ、ふくれ、縮こまっている。もっとも焼死体とちがって、フランシス・ベーコンの裸体には、流動するいきいきした感覚がある。それでも、なぜフランシス・ベーコンが、裸体を、かれの絵画の世界に必要としているのか、ということは、すっかり明瞭だというのではない。僕は、うっとりして複製を眺めるばかりだ。ソファにあおむけに横たわっている、お行儀の悪い裸体の、自由闊達な焼死体の印象、そして、ソファや壁や床が、このようにあざやかな色でくっきりとえがかれているのは、この力強いがあいまいな裸体にとってどのような意味をもつのだろう、などと考えながら。それでも、やがて画集をとじるとき、僕はフランシス・ベーコンが、裸体の呪縛からもっとも自由に、みずからを解放しつつある画家のひとりであるらしいという見当はつけることができるように思われるのであるが……

フォートリエの裸体にいたると、そこにはもういささかも、具象的なるもののなごりはない。それはブルーにかこまれた、一種異様な白のかたまりが中心になっている、ひとつのタブローというほかない。それでいてわれわれは、裸体という言葉の魔力から、すっかり自由であるわけにはゆかないのである。

フォートリエが、おなじように反・具象的な絵画にたいして、たとえば、ネオンとかミルウォーキーとかいう名前をあたえる。しかしそれらのタイトルは、なんとなく情緒的なアクセントをタブローにあたえはするものの、それによって絵を見る者の心をかきみだしたり、不安な気分にさせたりすることはないであろう。

しかし、裸体という言葉には、このブルーにかこまれた暗い白のかたまりを《一種異様な》と感じとらせる力、絵を見る者の意識の奥底に動揺をあたえるところの力がある。僕は色情狂でもなんでもないが、この絵から、ひとつの不安な信号、確実に性的なるものにもたらされた信号をうけとらざるをえない。しかも困ったことに、フォートリエのタブローに内在する性的なるものには、いささかもユーモラスな脱け穴がひらいていないように感じられるのである。

フォートリエをその一典型とするような最新の画家たちが、具象的なるものから逃亡しつづけてきた、あるいは具象的なるものを克服しつづけてきた、その拒絶の振幅というものは、じつに大きくひろがっているはずであるが、しかもなお、フォートリエが、絵画の長い歴史のすべての期間にわたっての《裸体》の重荷から自己解放できないということは、いったいどういうことであろう？　それはフォートリエとかれの絵画のためにも有利な性格なのか、ハンディなのか？　それが僕には、はっきりわからないし、裸体という言葉から、フォートリエをつうじてすら特別な喚起をうけるわれわれが、まちがった道に踏みこんでいるのかどうかすらも、さだかではないのである。

*

そういうとき、ひとりのファナティックかつ素朴な魂をもった、ゾンネンシュターンという孤独な画家が、裸体の歴史のどういう場所に自分自身を位置づけるかというようなことにくよくよ気をつかってみることなどはしないで、まことに直截なかれ自身の裸体をつくりあげているということがあった。裸体というモティーフには、時代の趨勢などと無関係に、ひとりの画家を個人的な穴ぼこの最先端まで疾走させてしまうほどの力があるのだし、現代でもなお、裸体というモティーフの力強さはうしなわれていなかったわけである。

そしてゾンネンシュターンの裸体とは、ひたすら性的なるものの役割を誇張し強調し、あらゆる動機づけの中心にすえつけた、そのような裸体であった。山羊のお化けのような真紅の男が黒い馬をかけって逃げてゆく。その黒い馬の薔薇色の生きいきした陽根、馬の尻尾につかまっている肥満した女怪物の、アメリカ通俗小説のいわゆるオーヴァー・デヴロップした胸、ペニスの形をした舌と耳。そしてゾンネンシュターンは、女怪物の両腿のあいだを描きだすことが構造的にむりだと考えると、お尻の上部にピンクの無花果みたいな女陰をつけくわえておく徹底ぶりである。ゾンネンシュターンがかつての裸体の栄光の時代を再現したとは考えない人びとが多いだろう。しかしかれが、絵画における裸体の性的なるものにかかわる力を、断固として再現し、再確認したことに、異議申し立てをする人はいないはずである。そして僕は、ゾンネンシュターンの偏執狂的なその努力に、重要な暗示を見出すものである。

絵画における裸体が、画家にとっても、それを見るわれわれにとっても、いまや総合的な意味づけのあきらかな役割をはたしているとはいえない、そういう時に、すくなくとも、裸体を性的なるものの側面において、徹底的に強調してみること、それは果敢かつ有効な、絵画全体の反省の試みではないか？

そしてバタイユのいわゆるマニエリスムからシュールレアリスムに至る絵画の発展の先端に、僕はゾンネンシュターンの裸体をおいて考えたいのである。ゾンネンシュターンのような一種の日曜画家風のスタイルの持主を、マニエリスムの末裔と擬すことを滑稽とする声があるかもしれない。しかしバタイユの次の言葉は、僕の着想をいくらかなりと正当化してくれるだろう。

《マニエリスムとは狂熱の追求なのである！……つまり、私は、狂熱を——狂熱、欲望、燃えるような情熱を——表わそうとする執念に憑かれた画家たちの根源的な統一を指摘したいのである。》

裸体にたいする狂熱を、それがビュッフェの場合のように嫌悪の狂熱であれ、画家たちが確実にもっているとき、絵画はわれわれをとらえずにはおかない。東京でおこなわれたダリ展の会場で、巨大な絵の繁茂する森の下草の一茎とでもいう具合に一枚の『両性具有』というデッサンがあったが、僕自身は、他のいかなる絵によってよりも、このペニスと睾丸をそなえた痩せがたの美しい女のデッサンにショッキングな感動をうけたものだった。裸体には、それがこのように悲惨なそれであれ、逆に古典的な栄光にかざられたそれであれ、絵画の歴史のタテの進行を、突如として超越させてしまう、そのような根源的な力がある。二十一世紀の画家たちも、裸体を放棄することはないだろう、というのが未来の絵画にたいする僕の最大の希望的観測である。

〔一九六五年〕

ここにヘンリー・ミラーがいる

絵画、とくに水彩画については、僕にとって個人的な感懐をかたることのみが可能だ。しかもヘンリー・ミラーの水彩画には、とくに人をしてかれ自身の個人的な実在の根にむかって深く、急速に潜りこませる方向づけの力がそなわっていると感じられる。ミラーの水彩画を見ていると、眼がフナクイムシの幼虫のようなものにかわり、それがミラー経験の海になかば沈んでいる、われわれ自身の存在の船体に侵入してゆくのが感じられる。そして、さあこれがヘンリー・ミラーだ、という意識の声に、さあこれが僕自身だ、という無意識の声がミラー経験の海の水面をへだててあい呼応する。作家ヘンリー・ミラーは、われわれにじつに多くのものをあたえたが、いま水彩画家として、あらためてかれの巨大な全体を顕現しようとするヘンリー・ミラーが、われわれ日本人にあたえようとするものはなにか？　いったいどのような新しいミラー経験に、われわれを参加せしめようとするのか？　それについて僕はもっぱら個人的な声によって語るほかにないというのである。そしてそれを試みることは、まず僕自身に喜びをあたえる。時には、自分の個人的な実在の根とそのように幸福なめぐりあいをしうるのでなければ、われわれの世界は、水中のごとくにわれわれの生存に適しない。

個人的な感懐には、子供の時分からの古びた玩具のように、もともとはいずれ小さく愛らしいものであったにしても、日を経るにしたがって物自体のグロテスクな実在感をあらわにすべく成長してきた、まことに即物的な核《コア》がふくまれているものだ。現在の場合、僕とミラーの水彩画をむすぶ引力の中心にある核《コア》は、小作農たちの運びこむ米俵を貯蔵した米蔵である。

僕がミラーの水彩画のコレクションを見た場所は、かつて大地主の暗い米蔵であった建物を改造して、大量に明るい光をみちびいたアトリエであった。まずそのアトリエに、かつての大地主の暗い日本人を西欧の明るい光によって内側から照明したような風貌のコレクターにみちびかれて入って行った時から、僕の遠い記憶のうちなる核《コア》としての、もうひとつの米蔵が、意識の浅い層にむかってゆっくり浮上してくるのを僕は感じていた。

僕はまた、そのアトリエに入って行った時、数日間つづいている、すでに感情の底に癒着したともおぼしい瞋《いか》りのかたまりと共にであったことを附記しておかなければならない、瞋りについての僕の体験的な辛い知恵は、それが年齢とともに、しだいに持続力をそなえてくるということだ。時には、自分がこの渇いた頭にいまおとずれている瞋りと共に死ぬほかはないのではないかという気持にすらとらえられることもあるほどに。僕はかつての米蔵いまのアトリエに入ってゆき、当然僕の瞋りも行動をおなじくした。僕の記憶のうちなる核《コア》は浮上しつづけていたが、しかしなおそれは定かではなかった。そして僕は、まずミラーの水彩画の、最初の一枚を見た、実際にはその場所のいかなるものとも無関係でありながら、そこにおけるいかなるものよりも実在感のある瞋りのかたまりと共に。

その最初の一枚は、じつはその厄介な瞋りのかたまりを錘りとしてぶらさげている僕の不自由な眼が、なにかおしはかりがたい手続きにおいて、意識と無意識のはざまの一触による選択をおこなった一枚であったかもしれない。ミラーの水彩画の数十点が、壁にそってすべて並べられているアトリエに入るやいなや、僕はただその一枚の絵のみをいっしんに眺めはじめていたのだから。それは真横を向いている道化師の絵だ。道化師は、赤い尾をひいた黄土色の帚星のごときものの描いてある帽子をかぶっている。かれの前後の星とかかわりあって、この帚星の帽子は天界につらなっているように感じられるが、その遙かな心をさそう帽子よりもなお天上的に、道化師の顔は美しい。その美しさは尋常な地上のものではない。

僕ははじめその美しさについて、現代の職業的な画家たちはその美しさを、こうした道化役の横顔などに、このようにも美しさそのものとして提示することを、ナイーヴすぎるのではないかと感じるだろう、というように考えていたのだった。この顔の美しさは、まだ表面の肉や皮膚の破れくちが乾いていない新しい疵のようだ。それは酷たらしさの感覚に似ている美しさのようなところがある。しかし、この絵をよく見ていると、酷たらしいのはこの道化役の美しい顔そのものではなくて、その美しさプロパーの力によって一撃うけているこちら側の眼だ、その傷みだ、と了解されてくる。この美しさの力のひろがりのうちには、優しさの感覚もふくまれているが、たとえ優しさにしても、このように純粋な精製過程によって透明な粒子のごときものとなった優しさは、やはりこちら側のやわらかい眼にしたたかな一撃をあたえるものだ。

それから僕は、単純さということについていくらかのことを自然に考えながら、なおこの絵だけを眺めつづけていた。ナイーヴという言葉は、われわれの言葉の世界に外来語として住みついて久しいが、それは一般に賞め言葉として用いられている。英語圏であれ、仏語圏であれ、ナイーヴという言葉にあたるものは、しばしばペジョラティフとして発せられる筈ではないだろうか？　かれはナイーヴだ、といわれて瞋る異邦人は、おなじ言葉を外来語として用いた、同一の文脈が、日本人を喜ばせることにいくらかなりと驚かずにはいないだろう。もっともシムプルという外来語は、われわれの言葉の世界でペジョラティフの効果を果たしている。ミラーの水彩画のいくつかのタイトルが、シムプルという言葉をいわばあがめつつ用いていることを考えあわせると、日本に定住せざるをえなくなった異邦人の運命同様、外来語の運命もまた波瀾にとんでいると思えてくる。

さて僕は、単純さということの意味あいについて考えていたのだ。この両刃の剣たる危険な言葉を用いて、ミラーの道化役の横顔についてなにごとかを表現してみようとするとおおいにためらわれるが、しかしともかくこの美しい顔が単純であることはまさにあきらかだ。そう考えて僕はあらためて、なぜ単純さのみをわれわれはあのようにも怖れながら、二十世紀芸術の錯綜した森の暗がりをさまよい歩いてきたのだったろうと思った。あの人たちは単純なものを複雑にする、しかし自分は、複雑なものを単純にする、とひとりの技巧的なフランスの芸術家がいったということであるが、むしろわれわれ日本人は、このミラーの酷たらしくも率直な単純さにより近い世界を、われわれの背後にひかえてきたのではなかったか？　僕は単純な美しさということを表現するために、ひとつの寓話をつくってみた。若い王子が、鉄の手袋を持ってきて娘にそれをためすようにいう。鉄の手袋は三本の指しかおさめきれないように小さく、あらゆる娘たちがその手袋にいどんでは成功することがない。ところが、もっとも美しくもっとも勇敢な娘は、手斧で拇指と小指を叩き切ると、まことに単純な三本指の掌を鉄の手袋に押しこんで、王子の愛をかちえた。したたる血を酷たらしがった王子が鉄の手袋をとりのぞいてやると、傷口にはやわらかく白い拇指と小指が、なおいくらかは疼きながらも新しく生えてきていたのである。ミラーの道化役の単純な美しさには、手斧で指を叩き切った酷たらしさと、殻からぬけたばかりの蝉のようにも柔媚な新しい指の優しさとがこもっている。その時、この世界への人間のかかわりあいとして単純さよりほかに、もっと美しいありようが可能だろうか。単純さの美しさにあくまでも絶望的な抵抗をおこなって、複雑さの美しさを主張するものがマニエリスムの絵画だとしても、マニエリスムの最上のものの印象は、ほとんどつねに複雑さの限りにおける単純さであって、しかも憐れなことには、いくらかずつ不純物の残っている単純さのように思われるのである。

僕は、ミラーの水彩画の一枚を眺めながら、そうしたことを考えつづけていた。そして僕は、しだいに数日間冷え固まったままであったところの、瞋りのかたまりが自然に融けてゆくのを感じたのである。しかも、瞋りの二日酔の穴ぼこがあくことのないような穏やかさにおいて、それからはじめて僕は自由に、ミラーの水彩画のコレクション全体を眺めわたすことができたのであった。僕は自分の眼がそれらのいちいちをそこに見出し、注視しつづける力をえたことを悟った。やがてその旧米蔵、現在のアトリエに入った瞬間から、僕の無意識を上昇しつづけていたところの核《コア》が、ついに意識の水面におどりでて、僕の遠い記憶をすっかり新しくした。

記憶の核《コア》、米蔵。僕はその米蔵を現実に見たわけではないが、幼い時分あまりにもしばしばその米蔵の情景を想像したために、おなじころ実際に見たところの多くのものより、その米蔵の記憶は濃い現実感をそなえている。しかし僕は、明るいアトリエとなった米蔵を見ることによって、はじめて明確に、記憶のなかの米蔵に空間的限定をあたえることができた。もっともその記憶のなかの米蔵は、薄暗いままの米蔵である。この薄暗い、ということが重要だ。

僕の祖母が聞かせた話。彼女の舅が、ある時、人に激しく憎悪されて殺害されそうになった。その男が刀をさげて舅を殺しにくるという情報がはいったけれども、この男の勇猛ぶりと瞋りのすさまじさは、誰にもとどめようがない。狙われた男は米蔵にこもって薄暗い土間に蹲みこんでいた。かれはそこに隠れたのであったろうか？　そうではない、隠れ場所としてそのような袋小路にはいりこむことは妥当ではない。しかもそのあたりを探しまわってどこにも、殺すべき男が見あたらなければ、暗殺者は結局のところ米蔵をめざすであろう。祖母の舅は哲学的な理由からただ薄暗い所をもとめたのである。かれは死をまぬがれぬことを知り西方の浄土を観想するために、『往生要集』が教えるとおり、薄暗い所に入りこみ、西にむかってじっと観想していたのだ。恐怖に耐えないからといってもかれは涙を流すことはなかったにちがいない。なぜなら観想する時、西にむかって涙、唾、大小便をしてはならないからである。

暗殺者は、ついに米蔵にやってきた。かれは抜き身をふりかざすと米蔵に猛スピードで走りこみ、蹲んでいる憐れな観想する男の脇を走りぬけると、正面の土壁にバン！と音をたてて衝突し、そのまま方向転換して表に跳び出してしまった。そして暗殺者は、ふたたび抜き身をふりかざすと、米蔵にもっと猛スピードで走りこみ、殺害されるべき男の脇をむなしく駈けぬけ、バン！と衝突し、表に跳び出した。そこでかれは殺人を断念して、自分の屋敷にかえった、ということである。

自分では念仏をおこなうことのない祖母は、この插話によって西方の浄土を観想する者の幸福を僕に語ったのではなかった。彼女は、あまりに激しく瞑っている者は、なにひとつ見ることができないという科学的な知恵を、孫にさずけたのであろう。彼女の関心の焦点は、薄暗い土間に蹲んで西方の浄土を観想している男にはなく、血ぬられるべき刀をふりかざしてまっしぐらに走り、壁にバン！と衝突して、走りかえる猛き男にあったのだ。ほとんど三十年の空白をへだてて回復した遠い記憶が僕にあらためて、瞑りをいだいている者は、ものを見ることができない、と教えにきたのであった。

僕はミラーの水彩画の一枚によって、瞑りのかたまりを融かされた、自由な人間の眼によって、あらためてコレクションの全体を、真に見ることをはじめた。瞑りのかたまりはすっかり融けつくして、僕の眼はしだいにより深く見はじめたように思う。しかも僕は、永らく埋もれていた記憶にめぐりあった喜びにもまた昂揚していたのであった。そのような気分の時、ゆっくり眺めるべき対象として、ミラーの水彩画はおよそ最上のものだ。

　中央に帽子のような形の島があり、前景に海そして画面の上部三分の一を空が埋めている絵。この高く盛上った島の形や樹木の具合は、われわれの国の伝統的な絵画や、そこに直接濃い影をおとしている中国の絵画の世界で、すでにわれわれにとっては深いなじみのあるものだ。それはもうひとつの絵の、前景には愛らしい二頭の馬が原にたたずみ、田舎風の小集落があり、そしてその背景に小高い山がある風景の、その山の形とデッサンにおいてもっと明瞭であろう。この島はやはり端的に美しい島だ。それは、このような島をかつて見たことがあり、いまはこのような丸っこい、はっきり把握された形において、自分の想像力の世界に、その島を所有しているひとりの人間の全体について、ある確実なことを教える。

　その男は、このような島を見てその美しさをすみやかに感じとり、自分が美しいと思う島は、まさにこのような島だ、と自分にははっきりいった男にちがいない。われわれが人に会って、あなたが本当に美しい島だと思うのはどのような島ですかとたずねることができ、それにすぐさま答えてもらうことができる、ということはいかにも稀な経験である。これが自分にとって真に美しい島だ、とある人生の時の一瞬に、はっきり見きわめてきた人間というものは、まことに稀なのであるから。したがって実際にそういう恐しい質問を発して、確実な答をうけとることができる種類の人間に出会うことができればそれは、まことに稀な幸運といわねばならない。

　ところが、ここにひとりの男がいて、かれにあなたが本当に美しい島だと思うのはどのような島ですか？　と問いかけると、ただちにその男が決然とした確信ある態度で鉛筆をとり、この盛上った帽子のような恰好の島を、描いてくれたとする。その時われわれは、そこに描き出された島を見ることによって、その男がどのような観察力をもっているかということのみならず、かれがどのような人生の時と場所をへめぐってきた人間なのかを理解する。またわれわれは、かれがいまどのような想像力をそなえているかということのみならず、現在そして未来にわたって、かれがどのような人間であるのかを、深く確実に感じとることができる。ヘンリー・ミラーという人間について、われわれは、まことに動かしがたく本質的なひとつの啓示をうけとることになるのである。この不恰好ではあるが、直接にわれわれの情念の基部に指をふれるような訴えかけをおこなう絵を見ることによって。そしてこの島と、それを描いたヘンリー・ミラーのことを考えることは、実際などやかな充足感をあたえられることになる経験である。僕はこれからしばしば、誰かはじめて会った他人にむかってヘンリー・ミラーとこの島のことを話しかけたいと思うことだろう。僕はポケットから鉛筆をとりだして、この島の恰好や絵としての質感をノートのすみに再現してみせるべくつとめるかもしれない。巨人伝説を語りひろめるべき人間は、格別巨人でなくてもよいのだから。

しかし、このような島を画面の上に実在させることのできる唯一の人が、ヘンリー・ミラーであることにかわりはない。そしてヘンリー・ミラー自身にとっても、かれが島を描こうとする時、かれにとって唯一の島がこの島であるのではあるまいか？　われわれが、島という言葉をひとつだけ島とのみ所有しているように、この絵はミラーにとって、唯一の島なのではあるまいか？　ヘンリー・ミラーの水彩画には、職業的な画家の仕事とことなって、つねにそのような唯一のものの印象があると感じられる。瞋りに燃えたつ男に追いつめられて、すでに抵抗のしようもなく、薄暗い土間に蹲みこんでいた男の観想する西方の浄土の光景が、かれにとって唯一の風景であったように、ミラーが島を観想する時、その唯一の島がこの水彩画における島なのであろう。

『往生要集』において観想という言葉は、また観察という言葉におきかえることの可能な言葉であるようだ。そして観想という言葉のはらむところのことを、われわれが今日使用する言葉において表現すれば、それはもっとも集中的な想像力の発揮というべきであるように思われる。そこでわれわれは、観想という言葉を軸にして、

観察——→想像力

という公式がなりたつのを認めることができるかもしれない。とくにヘンリー・ミラーの水彩画の世界において、この公式は端的に有効であろう。ミラーの水彩画を見つめながらわれわれは、この人間はこのように観察するのだ、というにしても、この人間はこのように想像力を働かせるのだ、というにしても、それはまさに同一のことをいっているのにすぎないからである。

ところで再び、鉄の手袋の寓話を思いだしてみる必要がある。あるひとつの実在する島を見出して、ミラーがやがてこの絵に描かれるべき島にいたるような観察をする。それは余分な指を手斧で叩き切る作業とあい似たところがある。そしてかれが想像力を行使して画面にこの島を描きあげたとき、われわれはあの殻からぬけたばかりの蟬のような新しい指を見るのである。その酷たらしい切断と優しい新生のふたつの崖のあいだの吊り橋のようにヘンリー・ミラーの肉体が空を横

切っている。僕はやがて様ざまな場所を旅行してあるく男になり、ついにはこの水彩画における島とおなじ島を見ることになるかもしれない。もしその幸運に接するなら、僕はしばらくその島を眺めた後、ホテルへ戻って部屋を薄暗くするであろう。そして旅行鞄から磁石をとりだすと、西方がどちらであるかを確実に見きわめ、そちらに向って蹲みこみ観想するであろう。僕は幾時間も、涙を流さず、唾をはかず、大小便をおこなわずに、じっと集中して観想をつづけるであろう。そして僕はしだいにあきらかに、ミラーの自画像のいくつかのような、まことに美しいミラーの顔を見出すのではあるまいか。逆の方向にそれをたどれば、ヘンリー・ミラーの水彩画をつうじて、かれの観察──→想像力の全体を確実に把握することは、そのような観想をおこなうことにひとしいと感じられるのである。

僕の友人のひとりは幸福な若い父親であったが、かれの息子はほんの四歳で死んでしまった。若い父親がそれから数週間をかけてなしとげたことは、かれの住居の一室に、死んだ息子に関わるありとあるものを徹底的に蒐集し整理することであった。僕が訪ねてゆくと、それまではもっぱらかれのみの独占的な博物館であった、その小さな部屋を、友人は僕に見せてくれた。そしてかれは、僕が直截にかれの言葉の意味するところのことを理解するであろうことを疑っていない、晴ればれした声で、

──ほら、こういう人間だったんだよ、かれのことはこれで全部だ、といった。

僕はかれの小さい息子がどういう人間であったかを理解した。ヘンリー・ミラーが、かれの生涯の過去と現在、それに未来にまでおそらくは関わって、かれをめぐる外部とかれ自身の内部の、すべての核《コア》を丹念に描きこんだと思われる一連の絵を見ている時、僕が思

い出したのは、そのまことに個人的な博物館の光景である。僕は、ヘンリー・ミラーのことをかれ自身よりも熟知している人間の声で、ミラーについてこう語りかけられるのを聞いたといってもよいであろう。

——ほら、こういう人間なんだよ、かれのことはこれで全部だ、Ecce Henry Miller.

また僕はクレムリンの博物館で中世の武士が身につける甲冑、具足一式を見たことがある。そこには巨大な鉄の甲冑のみならず、それをつけるための下ごしらえやら、それをつけた後人間がなお重量に耐えて身動きしたり馬に乗ったり、あまつさえ敵を攻撃したりできるものだとしての話だが、それらの非生産的な諸行為のためのすべてのこまごました道具がそろっていた。棘のいちめんに生えた長靴をはくための特殊な靴ベラまでそろっていたような気がする。そして僕の案内人は、ここにまだ鬚も生えそろわぬ若者が裸でやってきたとしても、これらすべてを身につければかれは一箇の武士として千軍万馬の武将にも一応は対抗できるであろうといった。鬚も生えそろわぬといったのは甲冑の一部に、まことに威圧的な鬚があらかじめうえこまれていたからであろう。その説明を聞いているうちに、僕は実際にその武装のための一式が陳列されている部屋へまだ鬚も生えそろわぬ若者が、まったくの素裸でりりしくも急ぎ足に入ってくるのを待っているのだというような気がしたものだ。

ミラーの水彩画を見ているうちに僕が思い出したもうひとつの博物館の光景は右のごとくである。すなわち、ひとりのまだ鬚も生えそろわぬ若者が、なにかえたいのしれぬ怪物にたちむかうために、もうひとりの巨人ヘンリー・ミラーたろうとすれば、これらの水彩画のなかに入りこんで、ここに描きだされたこまごましたかたちのものをすべて身にまとい、しかもその重量になんとか抗《あらが》うことができれば、それでかれは新しい巨人ヘンリー・ミラーなのだ、というように感じられたのだった。

僕がそのようにひとりの友人に語ると、ヘンリー・ミラーの文学のもっとも集中的な読者であるその男は、いや、それはちがう、ミラーはかれの水彩画のように単純ではないといった。そしてその男は、自分のようにある季節から次の季節へと、いつまでもいつまでもミラーを読みつづけてきた人間には、かれの一枚の絵のうちの淡い青と濃い青で、アルファベット型ビスケットとか、ネオン・サインのように描きこまれている、VALという文字などは本当に懐かしいが、かれの水彩画自体は、文学的な世界でのヘンリー・ミラーの全体性を表現しえていない、水彩画をつうじては十全なヘンリー・ミラー経験はできない、といい置いて僕から別れて行ってしまった。

もし友人のいうことが正しいとすれば、僕がミラーの水彩画のうちに見出す確固とした全体性の感覚は、作家ヘンリー・ミラーの全体性とはことなるものなのであろう。確かにかれが偏執狂的な克明さでもって文章に書きこむ諸物体のすべてを、水彩画の一枚にすべて描きあげるとすれば、まことに広大な規模の画用紙が必要であるにちがいない。しかし僕は、まことにちっぽけな一枚の画用紙にわずかな水彩絵具で書かれた絵を見つめるうちに、やはりあの耳なれた声が過去か未来の暗闇から聞えてくるのを感じとらないではいないのである。

——ほら、こういう人間なんだよ、かれのことはこれで全部だ、Ecce Henry Miller.

それでもなおかつあの友人が、いやヘンリー・ミラーはもっと複雑だと抗弁するとするなら、僕はミラーの水彩画には、ともかくひとりの人間の全体性か、あるいはそれにむかってわれわれの冥想をみちびく誘い水が、すなわちひとりの人間の全体性の核《コア》が描かれているといいかえてもいいであろう。僕は一枚のミラーの水彩画を夜明けがたから夕暮れまで、食事をしたり人と話したりしているあいだも、ずっと眺めつづけていた一日を体験したが、その次の朝眼ざめた時には、昨日ひとりのまことに人間的な人間の全体を経験した、という素晴しい疲労感をいだいていた。

もし荒蕪の地に一冊の本だけをもって追放されるならばどのような書物を選ぶか？　という問いにまっとうな答があるとは思われないが、もし荒蕪の地に移住をせまられることになり、開拓小屋の板壁に一枚の絵をかけることができるとして、きみはどのような絵を選ぶかと問われるなら、僕はミラーの水彩画の、それもこまごました不思議な実体の入念に描きこまれた一枚を持ってゆきたいと思う。そこには、人間というものが生涯のうちにどのようなものを見、どのようなものを忘れがたく思うか、ということを率直に語っている声が、つねに響いているから。

僕はまたガガーリンが宇宙空間へとびだした時、丸窓から地球全体の眺めを見ることができるとはいえ、ほかにはいかなる装飾も衛星船内にはないとすれば、一枚のミラーの水彩画をＵＳＳＲが買いとって、それをかれのためにかざってやるべきではなかったろうか、と考えたものだ。ミラーの水彩画には、確かにここにはひとりの人間がいると感じとらせるものがあり、しかもそのひとりの人間とは、気密装置のついた丸窓から眺める地球の全体に匹敵するような、ある全体性がそなわっている人間であるからである。ガガーリンは、ミラーの水彩画をまことに懐かしく感じて、地上への通信のあいまには画面のうちなるひとりの人間への個人的な挨拶をおくりさえしたのではあるまいか。

それは、いったい西方とはどちらか、という考え方自体のまさに困難な宇宙空間での、効果的な観想でもありえたことであろう。

さて僕はヘンリー・ミラーの水彩画の原色写真版をトランクにつめて旅行のあいだもつねに持ちまわり、くりかえし眺めつづけてきた。それは僕になにをもたらしてくれただろうか。それは僕の瞑りをしずめて平安をもたらした。僕はある確実な人間の全体的な実在感をたしかめることができた。そしてそれをここにあらためて言葉で、しかも一般的に表現できるかどうかを不安に思いはするが、ともかくミラーの水彩画を眺めながら僕はしだいに、人間はなぜ絵を描くのか？ということの根源的な意味にふれてゆくように感じたのである。

人間はなぜ絵を描くのか？　様ざまな場所の洞穴の壁面に先史時代の人間がのこした絵画について、明日こそはこの収穫を得たいとねがっている心が、たとえば肉のみっしりとついた肩をもつバッファローをオーカー色の粘土で描いたという学者がいる。もしそれが本当なら、このようにもすばらしい絵画への動機づけはないし、いったん描きあげられた絵画が、このようにもすばらしく描き手の生活と自然、社会生活のうちに場所をえる例も他にはないであろう。深夜の制作の翌日、遅くても一週間のうちには、立派なバッファローがしとめられたにちがいないから。しかし今日の原始人たるわれわれの子供らは、実際にそのような動機づけにおいて絵を描いているだろうか？　われわれと同時代の画家たちの仕事に、そうした動機づけの血は流れているだろうか？　僕にはそれが皆無であるように見える。そうだとすれば、原始の時代にさかのぼっても、やはり人は肩に肉のついたバッファローをしとめる祈りのためにのみ絵を描いたのではなかったのではないかと、疑われるのである。

またある学者は先史時代の人間が、ひとつの禁忌をあらわすために絵を描いたという。確かに今日の原始人たる子供らもまた、恐しく厭らしいものをうまずたゆまず絵に描きつづけている。われわれもまた、便所の壁や電柱の、そこにものを描きだすことで手に肉体的な喜びがかえされることとてはない、ざらざらした不愉快な表面に、その抵抗をおして性器の絵を描いてみることがある。われわれが、禁忌にさからう自由の感覚をまことにみすぼらしくも、そこに主張していることは認められるべきであるかもしれない。しかし、われわれの同時代の画家たちが、もっぱら禁忌に関わってのみ絵を描いていると考えることはできない。

僕はかつてオーストラリアの一部になお先史時代の生活をつづけている誇り高い種族の絵画の、ヨーロッパ人による模写を見たことがある。この種族の独自の技法はレントゲン法と呼ばれていて、かれらはしばしばカンガルーの絵を描くのであるが、そのカンガルーの腹部にはあたかもレントゲン光線によって透視されたかのごとくに内臓のひだひだが描きこまれているのである。たとえこの狩猟で暮す人びとにとって大きいカンガルーの獲物がいかに望ましいものであれ、かれらの狩猟の目的はカンガルーの内臓にあるわけではないのであるから、かれらがレントゲン法によってカンガルーの内臓を描くのは、ただひたすら認識の熱情にかられてのことだというほかにないであろう。われわれの文明世界の者にとってカンガルーの内臓の認識は、いくばくかの科学的情熱をそそるかもしれないが、かれらオーストラリアの砂漠で原始生活をおくる者たちにとって、カンガルーの内臓の認識がいかなる意味をもつかと問われても、僕のみならずかれら狩猟の民もまた答えることはできないであろう。しかし、かれらはおそらく数千年にわたって、カンガルーの内臓の認識の試みをつづけてきたのである。

われわれのヘンリー・ミラーがその水彩画でおこなうこともまた、カンガルーの内臓の認識のごときものだ。かれは、かれ自身を認識し世界を認識する。かれ独自のレントゲン法によって、かれ自身の精神と肉体の、すなわちかれの実在の根本の内臓を認識する。そしてミラー自身の心づもりとしては、かれは一枚の水彩画を描くたびに新しい心で、かれと世界の内臓の認識をおこない、それから次の絵を描くべく白い紙をひろげるまでの、かれ自身と世界の卦をたてているのだ。おそらくはそれが、かれの水彩画の一枚ごとに独立して実在している全体性の意味である。

ある朝、ミラーがすがすがしく眼ざめて一枚の水彩画を描きはじめる。背後からかれにむかって、あなたはなぜ絵を描くのか、と問いかけたとしても、ミラーは明瞭には答えることがないであろう。かれはいま、かれ自身というよりはむしろ人間と世界の今日の卦をたてているのだから。かれの算出した数値にしたがって生きのびるべく、かれの卦を信じる者にとっては、人間はなぜ絵を描くのか、という問いへの答はおのずからあきらかであるにちがいない。ヘンリー・ミラーのような巨人の、かれ自身と世界の認識は、一瞬雷火のようだ。

〔一九六八年〕

危険の感覚

作家にとっていちばん大切な、そして最も基本的な態度とは、どういう態度でしょう？　というインタヴィュアーの質問を、読んだことがある。ぼくがこのインタヴィュー記事を読んだのは、大学にはいった年の夏休みで、ぼくは語学の勉強のつもりで、イギリスの新聞の文芸附録を読んでいたのだった。その時ぼくは作家でなかったし、作家になろうともしていなかった。そこでぼくは質問された作家の答については興味をひかれなかったが、この質問だけは刺戟的だった。ぼくがやがてひとつの職業につく、そして、こう訊ねられる時がくる。あなたの職業にとっていちばん大切な、そして最も基本的な態度とは、どういう態度でしょう？　ぼくは漠然とした恐怖感を、その自分の未来の時にたいして感じた。

最初の本を書いてから、当然ぼくはこの質問をたびたび思いだすことになった。それは時どきぼくにとってひとつの強迫観念じみてくることさえあった。ぼくは自分自身の答を幾とおりも考えたし、自分が好きな作家たちの言葉のなかから、かれら流の返答をさがしだそうともしたものだった。

たとえばイギリスの若い作家のひとりは、こんなふうに答えている。頭を冷静にして、溺れないようにすること。またアメリカの若い作家の答は、いつまでも叛逆的でありつづけること、だった。そしていま、ぼく自身はこう考えている、もっともそれは、きわめて個人的な感想にすぎないが。《ぼくという作家にとっていちばん大切な、そして最も基本的な態度とは、それは危険の感覚をもちつづけることです。》

危険の感覚という言葉に、ぼくはオーデンの詩集のなかで出会ったのだった。それはいま、ぼくにとって重要なキイ・ワードのひとつだ。深瀬基寛訳で引用すると、オーデンはこう歌っている。

危険の感覚は失せてはならない
道はたしかに短かい、また険しい
ここから見るとだらだら坂みたいだが。

この詩をぼくがはじめて読んだのも、ずいぶん以前のことで、ぼくはやはり学生だった。ぼくは感動し、この詩を自分の行動法にしようと思った。現在についてばかりでなく、過去にむかってもぼくは、危険の感覚というフィルターをとおして子供のころの自分をのぞきこみ、いくつかの発見をしたものだった。戦争のおわりのころ、ぼくは熱病にかかった。そして奇妙な夢を見て泣き叫んだ。母親はぼくが熱に頭をやられてしまったのだと思った。ぼくが見た夢は、夕暮の谷間の村の空いちめんにガダルカナル島での戦闘が、真赤な蜃気楼のように映って見える、という夢だった。それは夕焼けの雲が地図に、それも島嶼地方の地図に似ているという単純な観察と、教師にきいた南洋での戦争についての空想とが子供っぽく合成された夢だ。しかし真赤な雲を踏みしめて鬼のような形相の兵士たちが進んで行く光景は、たとえようもなく恐しかった。かれら兵士のやはり真赤な頰には、汗のような涙がとめどなく流れていた……

熱病がすっかりなおったとき、ぼくは、自分が戦争について恐怖にみちた夢を見て泣き叫んだことを深く恥じていた。しかし、結局ぼくは臆病な子供というより、危険の感覚に敏感な子供として、戦争の末に谷間の村に生きていたのだ。そう考えることは、十数年をへて過去のぼく自身のための名誉回復に効果があった。未来についてぼくは、自分がどのようなタイプの社会制度のうちに生きることになるにしても、危険の感覚をうしないはすまい、と考えた。危険の感覚というひとつのキイ・ワードで、自分の過去と現在と未来とをむすびつけたぼくは、小さな満足をあじわったものだ。やがてぼくが作家の仕事を日々くりかえすようになって、危険の感覚という言葉と作家の基本態度とはなにか？　という問いが、ぼくの内部で出会った。

危険の感覚があるかどうか、ということで芸術や人間を価値評価すること、それも、ぼくの個人的な癖のひとつになった。リパッティの最後のコンサート録音という二枚つづきのレコードがぼくは好きだが、そこには死に瀕している音楽家の危険の感覚がいかにもまざまざとにじみでている。

小説における観察力ということについて、ぼくは観察力の信者だが、その観察力に二種類あると思っている。危険の感覚にみちた人間の観察力と、大船に乗った気持で悠ゆうとした観察者の観察力と。ぼく自身は危険におびえている観察者のひとりでいたい。おちついて微笑している観察家たちの、いかにも緻密な作品にたいしては、一応の関心しかひかれることがない。

数年まえ、ぼくには様ざまの政治運動家たち、左翼のオピニオン・リーダーたちと、会議や行進で毎日のように会った一時期があった。ぼくはたいていの会議で退屈し、行進では苛立ち、かれら政治的人間たちを、危険の感覚のある種族と、そうでない種族に分類しようとしたものだった。おおむね実際運動家たちには、危険の感覚がなかった。危険の感覚から、運動にはいりながら、会議や行進で、しだいにそれをすりへらし稀薄にして行く知識人たちを見るのは辛かった。

この夏のはじめ、ぼくは江田島の旧海軍兵学校の建物のひとつで、特攻隊員の遺書を数多く見た。そこには危険の感覚に緊張して鉱石のように硬くなった手紙と、そうでない手紙とがあった。そうでない手紙、それらは死をまえにして危険の感覚を、肺葉を切除するように切りすててしまった若者たちの、愚かしく弛緩した、それゆえにこそなお悲惨な手紙だった。目前に確実な死をひかえた恐怖の時に、なお危険の感覚をもちつづけることがどのような意味をもつか？　というならば、ぼくはそれが人間の威厳ということではないだろうかと思うのである。

社会主義国であれ、西側の国であれ、海外の国ぐにを旅している時、ぼくは自分の危険の感覚の生きいきした活動をたびたび確かめることができたものだった。しかし、いったん書斎に戻って作家の生活をふたたびはじめると、自分の内部の危険の感覚の声が死にたえてしまったように感じる瞬間がある。作家にとっていちばん深甚な恐怖の時とは？　という質問があれば、ぼくはそれこそこの瞬間だと答えることだろう。

〔一九六三年〕

日本に愛想づかしする権利

広島空港では、樽につめたカキを売っている。朝、東京をたち、昼のあいだ広島で人と会って、夜、東京で新鮮なカキを食べることができる。そして、広島のテレビと東京のテレビは、おなじ西部劇をうつしている。昼、話しあっていた広島の人間と東京の人間が、夕暮に、さよならと挨拶し、夜、広島と東京で、おなじテレビを眺めているわけだ。こんなことは、いま、誰もが考えてみることで、とくにショッキングなことではない。日本じゅうが、いまや、隅からすみまで結びつき、統一され、単純化されている。一九六五年の日本は、百年前の慶応元年のひとつの小さな村ほどにも、狭くなっているというべきかもしれない。

しかし、この日本でおこる、重要なことからツマらないことまで、なんでもテレビで見て知っていられるあなたは、この数週間のうちにおこった、広島での、ふたつの死、若いふたりの人間の死のことを、ご存じないはずである。ところが、この、結びつけられたふたつの死において、第一の死は直接、日本という国家に責任があり、第二の死も、もし人間的な心をもった日本人なら、やはり国家にその責任があると感じるにちがいない、そういう死であった。

第一の死は、嘔気と関節のすさまじい痛みにせめさいなまれての死であったし、第二の死は、若い娘の穏やかな、そしてもっとも絶望的な自殺であった。

広島に、四歳のとき被爆した、二十三歳の青年がいた。かれがハイ・ティーンになったとき、白血球がふえてきたので、かれは原爆病院にはいった。専門の医師たちには、かれが白血病にかかっていることがわかっていた。宇宙飛行の時代であるが、血液の癌といわれる白血病は、いまなお、致命的な不治の病気である。白血球の増加をくいとめ、一時的に病気の《夏休み》をまねきよせることはできる。広島の医師たちの努力は、いま、この白血病の夏休みを、二年間にまでひきのばした。しかし夏休みがおわれば、再発した白血病は、絶対に、確実に、人間の生命をうばいさるのである。

青年は、この仮りの回復期のあいだ、就職したいと希望した。医師たちは、青年がそういう病気にとりつかれていることを秘密にして(そうでなければ、青年の希望はかなえられなかっただろう)、印刷会社にポストをみつけた。青年は職場で評判がよかった。『ライフ』誌が愉快に働く青年のことをとりあげ、明るいヒロシマという印象の記事をつくったほどであった。そして、かれは楽器店につとめている二十歳の娘と、愛しあい、婚約した。

しかし、二年の猶予期間のあと、青年は嘔気になやむようになって、病院にかえり、死亡した。

一週間たち、青年の婚約者が、原爆病院の看護婦詰所に、ツノをはやした強そうなシカと、愛らしい小さなシカのひと組の置き物をもって、お礼にきた。彼女は平静でしっかりしていた。しかし、翌朝、娘は睡眠薬をのんだ自殺体として発見されたのである。

おなじころ、東京では、日本政府が原爆の直接の責任者に、勲一等旭日大綬章をおくり、官房長官は、にっこりしてこんなことをいっていた。

《私も空襲で家を焼かれたが、それはもう二十年も前のこと。戦争中、日本の各都市を爆撃した軍人に、恩讐をこえて勲章を授与したって、大国の国民らしく、おおらかでいいじゃありませんか。》

ぼくは、数年前、愉快な明るい被爆青年の写真と記事を眼にしたことをおぼえているアメリカの『ライフ』誌の読者に、二年たって、あの青年とその恋人にどのようなことがおこったかをつたえたい。官房長官には《もう二十年も前のこと》に、現にいまこのように悲惨な苦しみが、苦しまれていることをつたえる。

　白血病で死んだ青年には、まだほんの幼児であったかれに、いわば白血病の種子をまいた原爆にたいして、戦争にたいして、戦争をひきおこした国家にたいして、賠償を請求する権利がある。戦争についての責任はかれにはなかったのに、二十年後、かれは個人的に、その生命をかけて、犠牲となったのだ。もちろん、青年は拒否するだろうが、国家はこのような青年にこそ勲章を授与すべきであった。

　しかし、青年にあたえられた本当の勲章は、かれを愛している娘の後追い自殺だったのである。二十歳で、すなわち戦後にだけ生きて、まさに戦争とは無関係だった娘が、国家にかわって、やはり個人的に、その生命をかけて、みずからを青年のための勲章としたのだ。彼女にもまた、戦争と国家にたいして、婚約者をうばわれた悲惨の賠償を請求する権利があったのに、この若い娘は、死にあたっていささかも国家を非難しなかった。十日間をへだてて、おたがいに沈黙したまま、恋人たちは死の国へ歩み去ったのであった。

　だからといって、この若い恋人たちが、国を愛して、その犠牲となったのかといえば、それはまさに真実の逆であろう。青年はすでに国家が、かれの白血病のためになにもできないことを知っていたからこそ、沈黙していたのである、このにがい沈黙。

　娘はもっと徹底的に、自分にとって、日本という国家をふくめてこの世界全体が、死んだ青年ひとりの価値にあたいしないとみなして、自殺したのである。死んだ青年のかわりになるものを、国家とこの世界が、自分にあたえることなどできはしないと感じて、彼女は死を選んだ。国家とこの世界全体に背をむけ、死んだ青年の価値が決してふたたびこの国、この世界に見出せないことを、身をもって示したのであった。

　もし、国家の代表とこの世界全体の代表が、広島の楽器店をたずねて、お嬢さん、死んだ青年より、国家とこの世界が、すなわち生きている者たち全体のほうに価値があると認めて、生きのびてください、と頼んだとしても、彼女は拒否したであろう。いやです、いまとなっては、日本もこの世界すべても、自分には関係ありません！　と彼女はいっただろう。本当に青年の死後、彼女には、日本という国、二十世紀後半の世界、そのすべてが、いかなる価値もないものだったのだ。彼女は自殺によって、それを確実に語った。この絶望した娘のヒロイックな自殺のにがい味……

　青年の肉体に白血病の種子をまいた核爆発物が、なお世界政治の主役でありつづけるいま、この地球上の誰が、死を決した娘にあなたはまちがっているといえただろう？　われわれもまたにがい心で沈黙する他ないではないか？

　日本という国家にたいして、自殺したヒロシマの二十歳の娘のように壮絶にでなく、さしせまった抗議の声によってでもなく、日常生活のなかで不自然ではないほどの響きで、いやです、自分はあなたと関係ありません、と愛想づかしをいう権利もあることを、日本の戦後世代は知っている。そして、ぼくはそれを、戦後の民主主義時代の、いっとう有益な知恵であると同時に、いっとう厄介な知恵であろうと考えている。

　戦前の、絶対的な天皇主権の巨大なツバサのもとでは、ここにひとりの愛国的な人間がいるとしても、かれにはその愛国心が、国家に縛りつけられている自分の、奴隷の本能なのか、自分が主体的に自由に選んだ、人間らしい意志なのか、はっきりしないところがあったにちがいない。江田島に展示されている特攻隊員たちの遺書が、いかにも酷たらしいのは、この奴隷の本能と人間らしい意志とが、あからさまにまじりあっているからである。

戦後の日本人に、愛国心を見出すことが、たとえ困難であるにしても(困難であるかもしれないというのは、非常時よりほかの時代において、愛国心は体温のようにありふれた、めだたぬ状態にあるからである。愛国心の温度が上昇し、発熱状態にいたらないからといって、それがうしなわれているのではない。むしろそれは正常かつ日常的な状態で、機能をはたしている)、われわれは、いったん見つけることのできた愛国心には、留保条件ぬきの評価をあたえていい。

それは国家に縛られていない自由な人間が、主体的に自分の意志において選んだ、価値ある愛国心であって、奴隷の習性とは無関係だからである。これは、愛国心をささげられる国家のがわにも、愛国心をいだく国民のがわでも、ともに、誇らしく気持のいいことであろう。われわれがもっとも根本のところまでは、国家に縛りつけられていず自由であり、愛想づかしの権利もあるという戦後的な知恵の、いっとう有益なゆえんだ。

ところで逆に、それがいっとう厄介な知恵、重いハンディであるとみなすゆえんは、自由な状態が、つねに不安をともなうものであるからである。

ぼくの友人のひとりが、ある日、ぼくにこういった。《おれは、大学を卒業して六年、かなりちゃんとした会社の課長補佐だが、つまり、いちばんありふれた小市民なんだが、なんとなく宙ぶらりんな、こころもとない気分だね。そして、最近のおれの口癖、ゾクシテイナイなのさ。》

ゾクシテイナイ? それはなんのことだと、ぼくはたずねた。

《属シテイナイ、だ。朝、新聞を読む、除名された共産党員が新しい党をつくる、と出ている。そこでおれは、自分が共産党にも、その分派にも、属シテイナイと、独り言をいう。革命がおこったなら、おれはヒヤメシをくうだろうと思う。もっとも、おれは右翼にも、保守党にも、属シテイナイ。選挙では、無所属の、感じのいいやつに投票する。

会社への電車のなかで、おれは週刊誌を眺める。創価学会の大運動会のグラビアがある。そこでおれは、自分は創価学会に属シテイナイ、と考える。次の選挙で、おれの気にいっている無所属の候補者は、公明党にはじきだされるだろう、という気がする。だからといって、おれは自分の一票よりほかの、いかなる票に働きかけてみる気持もないというわけだ。天皇家のグラビアもある。おれは天皇家を頂点とする感情的なピラミッドに、属シテイナイ。

仕事をやっている時にも、自分は本当には、この会社に属シテイナイ、と感じるし、北朝鮮の映画を見る集いにひっぱってゆかれたりすると、この新しい朝鮮人たちがその国家に属しているようには、おれは日本に属シテイナイ、と思うのさ。おれはジャイアンツのファンだが、後援会には属シテイナイ。いったい、おれのような、属シテイナイ・ノイローゼは特別かね？もっとも、ノイローゼが昂じて、首をくくるようなタイプにも、おれは属シテイナイ。》

だからといって、かれがひとつの政党なり宗教団体なりに参加し、なにものかに属することを望んでいるかといえば、実際はそうでないのである。かれはそういうかたちの自由が性格にあう男だし、おそらくこの性分は、日本全国の、数の上ではどのような《属していない》小《属している》人たちよりも多いはずの、市民一般のものであろう。かれは自由な状態に漠然とした不安を感じてはいるが、自分がそういうタイプの自由よりほかの状態は望んでいないことも知っているのである。もし、かれを旧体制の軍隊のごときものに強制的に参加させたとすれば、かれはたちまち、束縛サレテイル・ノイローゼにとりつかれてしまうにちがいない。

したがって、なにものにも《属していない》数千万の小市民とともに、かれは、そうした《属していない》状態を、あらためて自分の態度として意識的に選びとるほかに、覚悟のきめ方はないはずであろう。そのように《属していない》人間として開きなおってみれば、われわれ《属していない》人間たちにとってなにひとつ、《属している》人間たちに劣等感をいだかねばならぬ理由はない。戦後の日本の民主主義時代というものは、旧日本的な、さまざまの束縛からわれわれを解放して、大量の《属していない》小市民をつくりだすことで始まったのではないか。

明治百年をひかえて、一九六五年は、ナショナリズムのよみがえりを多くの人たちが問題にする、そういう年であることだろう。それはすでにここ数年、あるいは無邪気に、あるいはウサンくさい手つきで、たかめられてきた気運である。

日本という国家に、本質的に離れがたく縛りつけられていると感じる人間の、戦前以来のナショナリズムが、古典的かつオーソドックスな様相をおびて、まず復活し、権利を主張している。日本という国家から切りはなされれば死滅するほかない、そういう器官みたいなものとして自分自身を考える種類の人びとのナショナリズム。しかし、われわれ数千万の《属していない》小市民は、いったん国家から自由である者の感覚をあじわったのだから、すくなくとも理不尽に自己犠牲を強いるナショナリズムに熱をあげることはないだろう。いったん、熱狂するにしても、熱はすぐさめるだろう。

オリンピックの《東洋の魔女たち》の練習法は、小市民の生活のモラルにも影響をあたえているように見え、大松監督の本は小市民の人生指南書となったが、われわれ小市民は、できることなら大松監督のように、《オレについてこい!》と叫びたいのであって、忍従し克己する六人の娘たちのように、黙ってついてゆこうとしているのではない。数千万の小市民の日常生活に、オリンピック優勝のような劇的瞬間はないこともわれわれはよく知っている。

こうしたナショナリズムが、《属していない》小市民の思想でないとすれば、そこにはナショナリズムの反対語、インターナショナリズムの思想が存在しているのか? ぼくはそうでないと考えるものである。

われわれは、自分が日本という国家に愛想づかしする権利をもっていることを知っているが、しかもなおごく少数のインターナショナルな例外者をのぞいて、日本にとどまっている。すなわち、われわれは自分の自由な意志において、日本人であることを選びつづけているのだ。そこには、戦前のナショナリズムとも、逆のインターナショナリズムともちがう、新しいナショナリズムが根をはり、幹をのばしうるはずではないか?

ぼくはそのようなナショナリズムをこそ、自分の国家への態度としたいと思う。そしてぼくは、国家の責任と帰すべき白血病に苦しんで死んだ青年を愛して、日本に愛想づかししたばかりか、この世界全体にも別れをつげた、ひとりの二十歳の日本人のことを記憶したいのである。もし、あの真摯な娘が婚約者をうしなったあと、なお日本人として生きつづけることに希望を見出す国家のイメージが実在すれば、そのような国家こそが、新しいナショナリズムの頂点にひらく花であろう。

〔一九六五年〕

未来へ向けて回想する——自己解釈㈠

大江健三郎

1

ついにサルトルが死んだ時、ジャーナリズムの様ざまな場所で考えをのべるように誘われたが、結局僕はなにひとつ自分の書いたもの、録音したものを公表することがなかった。サルトルの死に大きい印象を受けることがなかったなどとは、もとよりいうことができない。サルトルの重態がつたえられる以前から、僕はこの人の死についてしばしば考えた。むしろその死について考えることなしには、かれの新しい著作や、インタヴィユーその他に接することがなくなったのも、ずいぶん以前からのことだ。カメラの前でサルトルがインタヴィユーに答えて語る。その映画が到着し、僕は多くのことをそれについて読んだが、とくにその上映時間の長さを聞くと、見に行く勇気はでなかった。僕はいかに大量の時間、この人の著作を読んできただろう。実際にこの映画の時間を越えて、直接かれに会ったのでもあった。しかも僕がその映画を惧れるようであったのは、スクリーンにいまや死に瀕しているサルトルを見るだろうと、しかも数時間にわたって見つづけねばならぬだろうと知っていたからだ。死について考えることについても、もっとも深く綜合的であったこの人が、すでに避けがたく迫っている死を、いわば頑固な従者をひとり待たせているように脇に置き、そしてこの人らしくユーモアにみちた情感をあらわして、エコール・ノルマルの学生気分のなごりすらをもて、語り口にあらわして、およそ生真面目に話す。そのありさまを僕は想像して、四度も五度も誘われながら映画を見には行かなかったのである。かれがそこでなにを語っているかという記録は、早くから見ていたが……

そしてサルトルが重態になったという外電をラジオで聞き、まだそれを新聞で確かめるまえに、当の新聞からその死について文章を書けといわれ、それを断わる行為が、もう一度サルトルを恢復させることへの、およそ世界じゅうで数知れぬ人びとが心によぎらせたにちがいない、一種のおまじないとして胸をかすめた。そして最初のこの呼びかけを断わった勢いで、ついにサルトルが死んだあとも、なにひとつ書いたり録音したりはしなかったのである。

サルトルが死んだ際、僕をとらえた強い思いは、――また遅れてしまった。この大きな思想家のその仕事の全体にたいして、自分としての積極的な把握をなしおえることのないうちに、思想家の死の知らせに接することになってしまった。これでは自分がこの思想家と同時代に生き、実際この人に会いもしたことの、その意味があやふやなものにすぎなかったことになる。このようにしてまた、自分にとって大切な思想家の死に、準備不足のまま出会うことになり、子供のように立ちすくんでいるのだ、というものであった。

僕は、事の性質上ひんぱんにというのではないが、まさにこれと同じ思いを、この十年間痛恨という言葉を思い出すほどに、胸にきざむことを繰りかえした。それは渡辺一夫のような、自分がその肉声にふれることと永かった思想家についてそうであったというかぎり、大方の納得をえることができるだろう。しかしそのように個人としてつながりの深かった人についてでなく、むしろ遠方からの読者であって、たまたま会合や、それよりも気のおけぬ集まりで同席したことのあるのみの思想家、武田泰淳や竹内好について僕が右のようにいえば、頭をかしげるむきもあるはずであろう。さらに毛沢東について同じことをいえば、たとえ僕がこの思想家の、肉体も精神も壮健な最後のさかりに会見をゆるされたことがあるといっても、失笑する人の方が多いだろう。しかも僕はそれに抗弁しないのである。中野重治という思想家についても、僕はさきの言葉を自分にいったものだが、しかしそれにたいしての第三者の批評にも、僕は楽観的にそれにむかいうるものではないだろうと思う。ともかくも僕は、これらの思想家の死の報に接するたび、胸を激しくかきたてられる思いで、このように考えたのであった。——また遅れてしまった。……これでは自分がこの思想家と同時代に生き、実際この人に会いもしたことの、その意味があやふやなものにすぎなかったことになる。……

もちろんそれだけの胸苦しい感慨があって、そのままになってしまうということはない。遅れた、遅れてしまったという思いとともに、僕は当の思想家を切実な緊迫感に支えられて読み、読みかえしはじめる。渡辺一夫の専門的な研究とそれにかさねてのラブレー翻訳、フランス・ルネッサンスを多様にめぐる文章を、僕はこの人の死後あらためて読みなおし、この大きく豊かな思想家に、生涯二度にわたって全面的な教育を受けるように感じた。サルトルについても、毛沢東についてすらも、僕はなお二十数年間の読書生活をつづけられるものならば、いつまでも遅れたままではいないということになるだろう。本を読むだけでなにが、という声は自分の内側からも聞えるが、それはそれとして、僕は三十代のなかばすぎから、本を読むことの先行きについてのみは悲観しなくなった。時をかけ集中して読めば、自分がこうと狙いをつけた思想家について、その仕事のそのすべてとはいわぬまでも、ほとんどの仕事を理解できるようになる。秀れた思想家は、そのようにかれらの書物を書いているのでもある、と考えるようになったのだ。

しかしやはり同時代を生き、個人的な友人でもありながら、自分より早く死んでしまった人間の誰かれについて、その死の際にやはり自分が遅れてしまったと、この友人の人間としての全体について、それもそのもっとも秀れているところについて、自分はよく受けとめえていなかったと、それこそ遅れに遅れ、もう取りかえしのつかぬ嘆きの心で考えることもあった。しかもその友人が仕事を文章に残していない、その時、僕としての手遅れの思いはもうつぐないがたい。

この年のはじめにスカラー・ジャーナリストであったひとりの友人が死んだ。明敏で時には異様なほど自己犠牲的であったかれは、その病床を見舞った編集者としての附合いの人に、彼女が同行したイタリア人医師であるその夫君のこともあり、フランス語で、血液の異常にかかわる病状と治療の進みゆきを説明したということだ。そしてイタリア人医師は、患者が不思議なことに白血病という病名にのみは気づいていなかったと、関係者に語ったということだ。

僕はヒロシマの被爆者について一冊の本を書いた者として、この友人と白血病について話したことがあった。かれを見舞った際にも、友人は僕に病状を語ったが、その時かれが白血病または leucémie という言葉を、日本語としてであれフランス語としてであれ、舌の先に出ているそれをあえてのみこむようにしているのを僕は認めていた。友人はそのように最後の病床にあっても、見舞う者らに徹底的な心づかいをする人間であったのだ。

友人の死後、未亡人の話によれば、かれは長篇小説を永く構想していたという。宇宙の果て、あるいはわれわれの人間世界をすっぽりくるむ、宇宙論的な殻ともいうべきところから、巨大な鷲の羽ばたきが聞える。それがいつも小説の人物たちに、根本的な動機をあたえる、そのような小説。かれを永く知る者らの誰もが、未亡人をのぞいてこの小説の構想を知らなかった。しかしかれの書斎には掌でなでられて脂光りしている、鷲の木彫りが残されているのでもあった。僕はあらためて、またもや自分が遅れてしまったことを、この小説の構想の詳細なりと聞いておかなかったために、やがて成長する遺児たちに、それをつたえてやることができぬことを、茫然と思うのである。

少・青年のころおなじ教室で学んだ友人の死についての考えは、すぐさま自分の死についての思いへとゆく。そしてこれはあきらかに滑稽感もまじる悲嘆の印象において、僕は友人の病院でのベッドのような、つまりはそこに横たわる患者のためというより、治療にあたる医師の腰の具合を配慮して、背の高いものにつくられているベッドの上で、当の僕があわてふためきつつ、——また遅れてしまった、と胸をかきむしる光景を想像するのである。もとより僕は、自分をいかなる意味あいにおいても思想家とはみなしえぬし、それもこれは生涯をつうじてかわることのない自己定義だと思うのではあるが。すなわち僕は一箇の作家としてよりほかの、いかなる自己定義からも離れることとなしに、生き死にしてゆけることを望むのであるが。

さて自分自身の死を想像しつついうのである以上、さきの様ざまな思想家たちについて同じことをいうのとは、同時代という言葉を軸として、端的に差異が生じよう。したがってそれはこういいかえるべきでもあろう。——また遅れてしまった。それも今度は掛値なしに遅れてしまった。同時代の全体にたいして、自分としての積極的な把握をなしおえることがないうちに、死の時にめぐりあわせることになった。これでは自分がこの同時代に、ひとりの人間として生き、文章を書く仕事をしもしたことの、その意味があやふやなものにすぎなかったことになる。このようにしてついに、自分にとっては大切な人間であるにちがいない当の自分の死に、準備不足のまま出会うことになり、子供のように立ちすくんでいるのだ……

つづいて僕が暗澹たる笑いをわらうのか、自己憐愍の涙にくれるのか、それはこの想像をめぐらす時どきの僕の心の状態に応じてことなるのだが。しかし僕はもっとも根深い所からつきあげてくる大きい無力感において、その笑いであれ涙であれ、自分の肉体と意識の最後の身ぶりをなすものについて思いやっているのである。

2

だから遅れないように、なお時間があるうちに自分として怠けず急ぎ、というようにゆくのでないことは、この思いをしばしば続けてきた経験によって知っている。それはあるいは、この思いをしばしば続けてしまうような性情の人間としての経験から、というべきであるかも知れないのだが。むしろ僕は自分の死について、さきの嘆声のごときものをあげつつ不意撃ちのようにそれを迎えるのをおよそ確かなことのように考えながら、しかし怠惰からの奮起を自分に保障するために、やがてあの子供じみた無力な狼狽の時がくる、それは避けがたいことなのだと、日々思い出しつづけていようと思う。僕はさきに、なお二十数年の読書の時間があればと書いたが、それこそ楽天的な夢想にすぎぬこともありうるのであるから、僕はむしろこれを思い出す操作を日課のようにすべきなのであろう。

僕は一九五七年、二十二歳での最初の小説の発表から、今日まで作家として仕事をつづけてきた。なぜそのように早くからものを書き、発表することを始めたか、そのようにして限られた範囲のそれであれ、公衆に若い自分をさらすことを始めたか、それが可能となったことによりあたかも有頂天になるかのようにして……　この思いは、僕が自分の肉体と意識についた恢復不能の傷痕にふれるように、年々繰りかえすことの多くなる反省である。そのように早く仕事を始めたことによって、もとよりその上での怠惰ということもあるが、僕は青年時の修業期間に獲得しておかなければならなかった多くのものを、それも核心のものとすらいってもいいそれらを、いまとなっては手のとどかぬ所になし崩しに棄てた。それは白血病によるその死について書いた友人をはじめとして、おなじ大学で学んだ、三十代に到るまで勤勉な修業期間をすごし、そしてその成果のいまにあきらかな友人らを見ればすぐにわかる。死のまぎわに、さしせまった悔いの思いにおしひしがれる、その僕としての理由のひとつには確実にそれがあろう。しかしもとより僕は、自分で選んでそうしたのだ。僕はあらためてそのように選んだ自分を引き受けねばならないのでもある。またそれを希望するのでもある。

そのように若くから書いてきた僕の小説についてはは別に見るとして、といってもその小説について考え語ることは、これから僕が行なおうとすることと別箇のものであるわけはないから、僕は繰りかえし小説に立ち戻るだろうが、しかし当面の問題として、僕は自分が小説を書きながら、それとかさねるようにして書いてきた批評的な文章、つまりエッセイ、評論について、その総体を集成し、それらに編集を加えて刊行しようとしながら、それらのすべてについて考えることをする。編集を加えてというのは、総体のなかからどのように取捨選択するかということであり、文章のいちいちについては、あきらかな誤りの訂正、それも印刷レヴェルのあやまりに属するものをあらためるということしか行なわない。つまり現在の僕の考え方にそぐわぬという場合も、それを書きなおすことはせず、むしろそれらをとくに選んで編集のうちに加えもしたい。

そのようにつとめることは、多様性において欠けるところが多いと自覚される自分、それもエッセイ、評論の書き手としてとくにそのように自覚される自分において、積極的に意味があることのように考えられる。それになによりもまず、僕はいったん公表した文章について、それをあらためて別の主張につくりかえる意志を持たない。

僕が自分のエッセイ、評論の総体を読みかえし、取捨選択し、かつそれらについて書くことと、この文章の最初に書いたこととは、現在の僕の思いとして直接につながっている。同時代の全体像について積極的な把握をなしとげた上で、それをできるだけ簡略に書くという、およそ理想的な評論の書き手で僕はなかった。小説を書きはじめると同時にエッセイ、評論をも書きはじめた、そのそもそものはじめの時期、自分がそうでなかったことはいうまでもないが、それは二十年後の現在にいたっても同じである。そしてそれは僕が生涯をつうじて書く批評的な文章について、おそらくそうでありつづけるだろう。同時代の全体像を積極的に把握するという行為の、たとえそれが個々の人間の、しかも様ざまな時代に繰りかえされた思いこみの行為にすぎぬとしても、その基本的な態勢づくりに必要な、学問的習練に僕は欠けている。

それを自覚しながら、しかし僕は文章を書こうとして紙にむかうたびに、自分がつねに同時代の全体像の積極的な把握こそをめざしてきたようにも思うのだ。

小説を書くこと、それを作家としての自分の宇宙モデルをつくりだすことだと、そのように僕は主張してきた。宇宙モデルとはなにか？　小説を書く作業は現実世界について言葉によるモデルをつくることだが、そのモデルづくりをつうじて、現実世界にたいする作家の認識と把握が、言葉の原理的な性格によって、読み手に伝達され、コミュニケイションが成立する。その現実世界のモデルということを、小説の言葉の働きをつうじて経験的に見ると、それが外面的、表層的な現実世界のモデルにとどまらぬことはすぐにわかる。それは人間の内面、その意識と無意識にも深くかかわっている。しばしばそれは現実世界の否定であるし、それに対立するフィクションの申し立てでもある。しかしそのように多様なあらわれも、人間がこの宇宙のなかでの生き死にをどのようにとらえるかの観点、すなわち宇宙論的な観点からすれば、すべてがすっぽりとつつみこまれる。しかもこの宇宙論的な観点が、われわれの生きる日常的な現実世界の、その意味を、根源から照し出すものでもあることを、とくに文化人類学者たちがあきらかにして、われわれに文学の新しくかつ根本的な解読法を示したのであった。僕はこのような意味の脈絡に立って、宇宙論的な視野をもとりいれた現実世界のモデルを、作家が小説としてつくりだすべき宇宙モデルと呼ぶのである。

作家である僕が小説を書きながら、つまり自分の言葉による宇宙モデルの製作をめざしながら行なう実際。それを宇宙論的な観点からもうひとつ下のレヴェルにおろせば、それは自分の生きている現実世界の、同時代の全体像を積極的に把握することにちがいない。話をより明確にするために、積極的にということを、受け身でなくといいかえてもよいであろう。作家が言葉をひとつずつ書きつけてゆく作業、それによって自分の想像力の働きを確かめてゆく作業は、本来、受け身でなりたつものではない。作家が仕事をつづけてゆくうちに、言葉を文字に書きつける自動機械とかわってしまうような、自動化作用の筋みちにはいりこんでしまわぬかぎり、作家の仕事は能動的なものだ。そしてあらゆる種類の作家が、ともかく自分が最初に小説を書いた行為は受け身のものではなかったと、はっきりした思い出を持つはずのものにちがいない。

全体像という場合にも、小説を書く作家は、自分の書こうとする全体像の、その一部分しか見ていないにしても、その一部分がそれ自体において全体への方向性を持つならば、それを持つものによく言葉をみがきうるならば、自分は全体像を描こうとしたのだと主張することができる。古代の彫像の一部分が発掘されて、われわれをよくその全体への想像力の発揮にさそうように。むしろ作家は、かれの描く全体像についてよく知らぬ人間だとさえいうべきであるのかもしれない。かれは言葉を書きつけることによって、その未知の全体像へ自分を投げかける(そして読み手をその投げかけ行為に参加させる)ための手がかり、装置をつくるのである。むしろ全体像をはじめにはよく知りえぬゆえに、作家と読み手との、全体像への想像力の発揚がより根本的となり、より激しくなるともいいうるはずであろう。

そして作家にはもうひとつ、小説を書くことで同時代の全体像の把握につとめるにあたり、自分を励ますための根拠がある。それは小説という言葉の構造体が、しばしば作家の意識しているところを越えて、あるいはそれにさからいさえして、より深い表現を達成しうることである。われわれは過去の作家たちについて、歴史の進みゆきを現在からふりかえり、そこにあきらかに見える筋みちに対比しながら、この作家、あの作家の同時代認識はあやまっていたということを見る。しかもその作家たちの遺した小説は、かれらの同時代をよく表現しているともいうのだ。あるいはもっと端的にこうもいうだろう。この小説は、作家がその同時代を描いたものとして歪みにみちている。しかしその歪みそのものが、かえってその同時代を思いがけぬ鋭さで提示しえていると。小説の書き手たる作家が、その同時代観によって裁かれねばならぬ時も、小説そのものはそのように自立して機能をはたし、受けいれられもしてきたのである。むしろ小説という言葉による宇宙モデルは、多義性にこそその綜合的なリアリズムの特性があるのであって、それを一面的な言葉によって説明することは誤りをおかすほかない行為だと、そのようにすらもわれわれは納得しているのではないであろうか？

しかし作家の書く批評的な文章、エッセイと評論までもが、小説の言葉のこの特権的な性格を共有しうるとは、またわれわれの誰もがそれを認めぬところであろう。そこで小説の書き手としてむかえ入れられた若い作家が、同時に批評的な文章を書く際の、かならずしもすべてかれに責任があるのではない、労作《トラヴァーユ》の苦しみが出てくるのだ。そのようにして僕は第三者から見るかぎり当人の苦しさ、困難の感覚よりも、滑稽さ、浅薄さ、子供じみた思いこみこそがまず眼に入ったにちがいない、そのような言葉の書き手としての、小説を書く作業と併行する、批評的な文章を書き始めたのであった。僕はそのような書き方による二十代での批評的な文章をすべて集めた本に、『厳粛な綱渡り』というタイトルを課したのであったが、本人としては時に生命をかける綱渡りが、観客にはまず滑稽な身ぶりの面白さのものでもあるという、その多義性をよく表現しえたタイトルであったとも思う。しかしその綱渡りの滑稽さよりは厳粛さの意味を、作家として仕事を始めたばかりの僕も自覚していたように、すくなくとも自覚していると信じていたように、それから二十年たった現在、僕もおなじくそれを否定することはしない。僕はそれらが自分の生涯の仕事の、小説とともにふたつの根本の構造材をなす、出発点をきざむものであったとして、あらためてその書き手を、自分にほかならぬと引き受けるのである。

3

そのようにして僕が引き受けるのは、一九三五年生まれで敗戦時には谷間の村の十歳の少年であり、そこにつくられた新制中学で戦後の民主主義教育を受け、地方都市の高校生活から、東京の大学に入った青年である。かれは大学のフランス文学科の学生として、小説を書きはじめた。そして批評的な文章をも発表することになり、そこで戦後の民主主義世代のものの感じ方、考え方を、ほとんど臆面もないほどのオプティミズムに立って主張した青年である。

僕はいま「戦後世代のイメージ」の、よくいえば素直、悪くいえば単純な感じ方、考え方について、それは確かに二十年前このように感じ、このように考えていた青年がいたのであり、小説のなかの一人物のように、その自分自身とその言葉とをいかなる防禦態勢をとることもなく表現しているのだと読みとることができる。そしてそのような青年の眼にうつっている同時代としての一九六〇年前後を、片方でその時代を見、片方でその時代のなかに生きている青年を見るようにして再把握するのである。そしてそのような読みとりを生きいきしたものになりたたせるだけのイメージ喚起力を、この青年の文章がそなえていると考えるのである。

同じ時期に、同じ世代の人間として、民主主義世代の自己主張をした者らは、いま多く戦後民主主義への論難者となっているが、かれらの幾人かをいま思い浮べてみると、かれらが僕の文章と同じ時期に、民主主義世代と対立する制度や人間に放った批判は、僕自身のそれにたいしてはるかに激しかった。それは現在のかれらの社会的なありようや思想に向けての、なお生きている批判ともなりうるものだ。なぜ当時の僕の文章が、かれらのそれより穏やかなものであったかを、いま僕が考えて思いいたること。それは僕がかれらの誰よりも、民主主義世代としての自分の育ち方について、またその自分をふくめた民主主義世代の先行きと、それが社会的な展開のうちで果たすはずの役割について、オプティミスティックであったからだ、ということである。現にこれらの文章における僕は、天皇制について賛成でないが、その擁護者に対して攻撃に出ようとはしていない。その上で、もしかしたら皇太子が即位を拒否することがありうるかもしれぬなどと、およそ極楽トンボ式な夢想すらいだいていたのが読みとられるのであるから。

　その極楽トンボ式の夢想は、「ぼく自身のなかの戦争」の、戦争を体験するには幼なすぎた者が、戦争において死んだ人間の、その死に際しての戦争への恐怖感を、もっとも深く追体験しうる者だという、ある点では奇態な考え方にもあらわれている。もしそうであるならば、未来の核戦争について深く重い恐怖感とともによく想像する者が、核権力に対抗してむすびつきあうことへの、ひとつの希望は確かにあるわけだ。しかし二十年後のいま戦争をまったく知らぬ、つまり幼時の銃後の経験としてすらもそれを知らぬ世代の、未来の戦争について拒否的でない態度はあきらかに見うけられる。つまりは核戦争を頂点とする次の戦争への、かれらの想像力の貧困は明瞭であろう。そのような世代にオートバイをあてがい、かつかれらの頭にヘッドフォンを縛りつけさせて有卦に入った企業家たちが、かれらに国防意識を植えつける運動をしたいなどといいだすわけだ。

二十年前の僕の、批評的な文章の書き手としてのこのようなオプティミズムは、同時に僕が書きすすめていた小説のいずれをも覆っていたペシミズム、やはり若わかしいとはいうことのできるペシミズムと裏腹に、およそありとある方向づけでそれを見出すことができる。安保条約反対の六〇年闘争への参加のしかた、そしてその高潮のなかでの中国への旅、あらためてのそれらの経験の評価の仕方について、それはあからさまにあらわれている。「強権に確執をかもす志」と「憲法についての個人的な体験」との間の、わずかな年をおいての微妙なズレ。これらおのおのの文章と講演の、その書き手と話し手との間に、戦後の民主主義時代の評価において変化があったというのではなく、根本においてそれはまっすぐつらなっているのだが、しかしそのように民主主義教育を受けた人間としての、同時代とその先行きについての感じ方、考え方の、オプティミズムがしだいに翳りをおびてきている。それゆえのズレ。僕はそれを読みとりながら、自分の出発点から現在にむけてのびている、批評的な文章を書きながらやってきかた、その道すじを特徴づけているものを、すでにこの最初の巻に見出すのである。

僕のこれらもっとも若い時期の文章は、いまそれがあやまった方向にあったと僕はいわぬが、むしろ僕がそこから歩き、時には走りして進んできた、その出発点においての方向づけにほかならぬのではあるが、それゆえにこそ僕は、そこに土台としてあった戦後民主主義世代の人間としてのオプティミズム、そこからきている浅く軽いところ、多義的なものを一面化してとらえる仕方（その欠陥はいくつものルポルタージュにあらわれていよう）、考えつめて自分自身の乗っている土台を揺るがせるところまでゆき、その上であらためて土台を確実なものに再建する、そのような徹底性の欠除、僕はそれらを見ぬわけにゆかない。

そしてそのような欠陥の、たとえ自覚してもそれをすぐさま取りのぞくわけにゆかぬ、むしろ矯正に時のかかる肉体の癖のごときものの、それでもなおかつ湧きおこる自覚が、僕をさらに遠く批評的な文章を書きつづけてゆく道すじに進ませたと、僕はそのように考えもするのである。それはこのような欠陥をあらわしながら、そのような欠陥ゆえにむしろ当の若い人間としての、書き手自身にもよく意識されていない伸びのびしたものが、その文章をかれが書いていている同時代を反映してもいる、そのようなエッセイと評論を、時をへだてて読みかえしながら僕が確認するところである。

しかもそのような自分の欠陥の意識化とその乗り越えについて、これらの批評的な文章を書きながら僕がなんとかそれを明瞭化しようともしていたことが、たとえばサルトルについて書いた「飢えて死ぬ子供の前で文学は有効か？」の結びの、次のような言葉に読みとられもする。《ぼくは、「飢えた子供がいる時に……」という考え方の極に定住することはできないし、個人的な自己救済の極に定住することもできない。そのあいだをつねにフリコ運動しているという感覚が、ぼくにとってもっとも普通な、作家としての職業の感覚だ。そして、フリコ運動の水平面への投影の軌跡が、地球の自転によってゆっくり方向を変えつづけるように、ぼくもまた、ひとつの連続性のなかで変ってゆくことを望むほかはないと考えるのである。》

すなわち僕は現にそのようにある自分と、その否定としてあるべき自分との間を、なにものか自分よりほかからあたえられる、知の道具としての思想を利用して跳びこえることを拒み、奇妙なやり方ではあるが、現にある自分とその否定としての自分との間を、ひとつの連続性のなかで変ってゆくべく試みようとしていたのである。そしてそのような僕が短いサイクルでとらえては批評的な文章に表現した同時代が、より長いサイクルで自分のとらえてゆく同時代像のうちに発展的に統合され、これこそが自分の同時代だった、このような同時代をつうじて、自分はかくのごとき態度をたもって生きたといいうるように、つまりはこの出発点においてすらもやはり僕は、自分の死の時の無力感や狼狽を、つまりは早くもその到達点（つねに宙ぶらりんのものでしかないはずの到達点）のことを思っていたのであっただろう。

――（一九八〇年八月）――

初出一覧

V

独立十年の縮図――内灘……『朝日ジャーナル』一九六二年五月六日号
失業に悩む旧軍港――呉……『朝日ジャーナル』一九六三年六月一六日号
今日の軍港――横須賀……『世界』一九六二年一〇月号
プラットフォームの娘たち……『世界』一九六一年三月号
アジア・アフリカ 人間の会議……『世界』一九六一年六月号
未来につながる教室……『文藝春秋』一九六二年七月号
少年たちの非行のエネルギーは
抹殺されるべきものか?……『朝日ジャーナル』一九六四年四月二六日号

VI

今日のクラナッハ……『芸術新潮』一九六二年四月号
裸体の栄光と悲惨……『芸術新潮』一九六五年二月号
ここにヘンリー・ミラーがいる……「鯨の死滅する日」文藝春秋刊　一九七二年二月一〇日
(執筆　一九六八年)
危険の感覚……『新潮』一九六三年八月号
日本に愛想づかしする権利……『サンデー毎日』一九六五年一月一〇日号

外函装画は一九七一年夏、『沖縄経験』の創刊にあたって渡辺一夫先生が描いてくださったものを縮尺した。表紙の金版はその部分であるが製版上の理由から手直しが加えられている。再録してこの同時代論集をかざることを許していただいた先生未亡人にお礼を申しあげたい。

K・O

・本書は一九八〇―八一年に小社より刊行された「大江健三郎同時代論集」(全十巻)を底本とし、誤植や収録作品の重版・改版時の修正等に関してのみ若干の訂正をほどこした。
・今日からすると不適切と見なされうる表現があるが、作品が書かれた当時の時代背景や文脈、および著者が差別助長の意図で用いてはいないことを考慮し、そのままとした。
・渡辺一夫氏の装画は底本では外函と表紙において使用されたが、本書ではジャケットと表紙において踏襲した。

ブックデザイン　鈴木成一デザイン室
装画　渡辺一夫

新装版 大江健三郎同時代論集 1
出発点　（全 10 巻）

2023 年 8 月 25 日　第 1 刷発行

著　者　大江健三郎《おおえけんざぶろう》

発行者　坂本政謙

発行所　株式会社 岩波書店
〒101-8002 東京都千代田区一ツ橋 2-5-5
電話案内 03-5210-4000
https://www.iwanami.co.jp/

印刷・三陽社　カバー・半七印刷　製本・松岳社
カバー加熱型押し・コスモテック

ISBN 978-4-00-028821-7　Printed in Japan